Umwelthinweis:
Dieses Buch wurde auf chlor- und säurefreiem Papier gedruckt.

Sophie Jordan

Tease –
Verlangen nach Glück

Roman

Aus dem Amerikanischen von
Gisela Schmitt

mtb

MIRA® TASCHENBUCH
Band 25870
1. Auflage: Oktober 2015

MIRA® TASCHENBÜCHER
erscheinen in der HarperCollins Germany GmbH,
Valentinskamp 24, 20354 Hamburg
Geschäftsführer: Thomas Beckmann

Titel der nordamerikanischen Originalausgabe:
Tease

erschienen bei: William Morrow, New York

Published by arrangement with William Morrow,
an imprint of HarperCollins Publishers, LLC.

Konzeption/Reihengestaltung: fredebold&partner GmbH, Köln
Umschlaggestaltung: pecher und soiron, Köln
Redaktion: Mareike Müller
Titelabbildung: Shutterstock
Autorenfoto: © Country Park Portraits
Satz: GGP Media GmbH, Pößneck
Druck und Bindearbeiten: CPI books GmbH, Leck – Germany
Printed in Germany
Dieses Buch wurde auf FSC®-zertifiziertem Papier gedruckt.
ISBN 978-3-95649-227-3

www.mira-taschenbuch.de

Für Lily Dalton und Kerrelyn Sparks,
meine Road-Trip-Freundinnen

1. KAPITEL

„Bist du sicher, dass wir hier richtig sind?“ Ich stieg aus Annies Auto. Die Januarnacht war kalt. Kurz ließ ich die Hand auf dem Griff der Beifahrertür liegen, als wollte ich sie unvermittelt wieder aufreißen und zurück in den Wagen springen.

Die Bar sah eher nach einem heruntergekommenen Hafenspeicher aus als nach einem Club. Ein starker Wind, und das klapprige Ding würde zusammenbrechen. Vor der Wellblechwand standen mehr Motorräder als Autos. Die Parkplatzsituation war das reinste Chaos, alles überfüllt. Es gab keine Begrenzungslinien oder so was, hier konnte jeder parken, wo und wie er wollte. Kostenlos.

„Ja“, antwortete Annie. „Das ist das Maisie’s.“ Sie deutete auf das rote, schief hängende Neonschild. Trotz des unverfänglichen Namens sah der Laden ungefähr so harmlos aus wie … Na ja, ich jedenfalls nicht.

„Und es gibt bestimmt kein anderes Maisie’s?“, hakte ich nach. Eins, das nicht so wirkte, als würde man beim Betreten der Bar sofort Wundstarrkrampf kriegen.

„Da.“ Sie zeigte auf einen Lexus, der zwischen einem Pickup und einem rostigen Ford Pinto stand. In der Kälte bildeten sich weiße Atemwölkchen vor Annies Mund. Die Luxuskarosse war hier genauso fehl am Platz wie wir in unseren Skinny-Jeans und den Designerjacken. Sie ging ein paar Schritte auf das Auto zu, wobei ihre Stiefelabsätze auf dem schneebedeckten Kies knirschten. „Das ist Noahs Wagen.“ Noah. Annies neueste Eroberung und der Grund dafür, weshalb wir hier waren.

Nickend vergrub ich die Hände in den Jackentaschen und schritt mit ihr zusammen in Richtung Eingang. Auf keinen Fall wollte ich, dass sie merkte, wie total deplatziert ich mich fühlte. Ich machte gern Party, ganz klar. Dafür war ich bekannt. Mir war nichts zu wild – nicht mal eine Biker-Bar.

Dennoch versuchte ich, mir meine beiden besten Freundinnen hier vorzustellen. Unmöglich! Selbst wenn Georgia und Pepper keine Freunde hätten, die ihre ganze Zeit beanspruchten, wäre das hier auf keinen Fall ihre Szene.

Und deine ist es auch nicht.

Richtig. Meinen Typ Mann würde ich hier nicht finden. Nicht mal jemanden zum Flirten. Und ganz bestimmt niemanden, den ich mit nach Hause nehmen würde. Aber vielleicht kam ja einer aus Noahs aufstrebender Band infrage.

Seufzend schaute ich rüber zu Annie, die jetzt ihre Jacke öffnete und ihre enormen Brüste in Position brachte, damit ihr Dekolleté in ihrem eine Nummer zu kleinen Pullover auch gut präsentiert wurde. Sie war wirklich nicht der optimale Umgang, doch heute Abend hatte sich sonst niemand zum Ausgehen gefunden. Georgia war mit Harris unterwegs. Pepper und Reece hatten mich eingeladen, zusammen mit ihnen daheim einen Film zu gucken, allerdings fühlte ich mich dabei immer ein bisschen einsam oder außen vor, obwohl wir alle befreundet waren. Aber die beiden waren frisch verliebt und verhielten sich eben auch so. Mit jedem Wort. Mit jeder Berührung. Und ja – sie berührten einander die ganze Zeit. Meine Anwesenheit hielt sie gerade so eben davon ab, sich die Kleider vom Leib zu reißen. Das alles verursachte mir Übelkeit. Doch hey – besser sie als ich.

Denn Liebe bedeutete, die Kontrolle zu verlieren. Und ich verlor nie die Kontrolle. Ich sorgte nur dafür, dass es so schien, indem ich mich jede Woche mit einem neuen Typen einließ. Aber ich war mir jeder meiner Aktionen vollkommen bewusst. Die Kontrolle gab ich nie ab.

Seufzend schob ich mir eine Haarsträhne hinters Ohr. Sogar Suzanne, meine Mitbewohnerin vom selben Flur und seit Neuestem meine Zuflucht, hatte heute Abend ein Date. Alle meine Freundinnen hatten plötzlich einen Freund oder waren kurz davor. Und da ich auf keinen Fall so enden wollte wie sie, musste ich mich eben mit Leuten wie Annie begnügen. Nicht die netteste Frau, die ich in meinen zwei Jahren in Dartford kennengelernt hatte, allerdings die einzige, die verfügbar war. Da ich nicht zu denjenigen gehörte, die zu Hause blieben und die Wände anstarrten oder zum x-ten Mal uralte Folgen von „Glee" guckten, hatte ich keine andere Wahl. Darum die Biker-Bar.

Kaum hatten wir den Laden betreten, zweifelte ich daran, dass ich es hier länger als eine Minute aushalten würde. Das Maisie's war von innen noch schlimmer als von außen.

Offensichtlich galt hier das allgemeine Rauchverbot nicht, denn die Luft bestand nur aus Zigarettennebel. Ich hatte zwar gern Spaß, doch ich rauchte nicht. Weder Zigaretten noch sonst was. Das Ungesündeste, was ich meinem Körper zumutete, waren die Burritos von Taco Bell. In dem Dunst begannen meine Augen sofort zu tränen.

Der durchschnittliche Gast in diesem Laden war männlich, über dreißig, trug einen Bart und hatte schlecht gestochene Tattoos. Aufnäher, die an Gang-Zugehörigkeit erinnerten, prangten auf Jeansjacken und -westen. Ich konnte nicht mit Bestimmtheit sagen, ob diese Aufnäher echt waren, aber ich hatte mal auf History Channel eine Doku über Motorradgangs gesehen, und die Typen da hatten alle solche Abzeichen getragen.

„Annie", murmelte ich und verharrte im Türrahmen. „Ganz sicher, dass wir hier reingehen sollen?"

„Was ist?" Sie blinzelte. „Hier fangen alle Bands an, die später mal groß rauskommen."

Ich schüttelte den Kopf und sagte gespielt lässig, während ich meinen Blick durch den Raum schweifen ließ: „In solchen Schuppen wird man höchstens abgestochen."

So war ich nun mal. Ich beobachtete. Schätzte spontan die Lage ein. Nach außen hin erschien ich unbeschwert, doch mein Verstand lief auf Hochtouren. Ich wog permanent ab und analysierte. Anders funktionierte das nicht. Nur so konnte ich vermeiden, dass ich in einer Situation endete, aus der ich mich nicht mehr befreien konnte. Wie schon mal.

Annie verdrehte die Augen. „Ich hätte echt nicht gedacht, dass du so ein Weichei bist. Los, wir suchen uns einen Tisch."

Ich war kein Weichei, doch jede meiner Aktionen war geplant. Ich feierte immer nur an Orten, die ich kannte. Im Mulvaney's, im Freemont's, den Verbindungshäusern. Und ich machte auch nur mit Jungs rum, die ich kannte. Selbst wenn es Fremde waren, kannte ich sie. Weil ich den Typ von Mann kannte. Sie waren alle gleich. Leicht zu durchschauen, leicht zu kontrollieren.

Als ich mit Annie durch die Bar ging, um einen Tisch zu suchen, wurde mir schnell klar, dass diese Art von Männern hier nicht vertreten war. Im Gegenteil – die Kerle sahen alle aus, als wären sie gerade aus dem Knast entlassen worden. Die meisten untersetzt und tätowiert. Mit dem Blick hungriger Wölfe. Solche Typen hatte niemand unter Kontrolle.

Ich starrte stur geradeaus und gab vor, dass ich sie gar nicht bemerken würde. Und ihre Blicke nicht spüren würde.

Wir entschieden uns für einen Tisch in der Nähe der Bühne, schlüpften aus unseren Jacken und hängten sie über die Stuhllehne. Noah und seine Band spielten bereits. Sie waren nicht besonders gut, aber in diesem Laden waren die Ansprüche bestimmt nicht sehr hoch. Dennoch hätten die Jungs gut daran getan, nicht unbedingt einen alten Depeche-Mode-Song zu spielen. Die paar Gäste, die ihnen zuhörten, schienen alles andere als begeistert zu sein.

Annie klatschte laut – als Einzige –, nachdem sie den Song beendet hatten und einen neuen anstimmten. Noah zwinkerte ihr zu.

„Ist er nicht super?“, rief sie mir zu.

„Ja.“ Und dann zuckte ich zusammen, weil seine Stimme mitten im Song versagte. Dabei sah ich schon darüber hinweg, dass er in einer Biker-Bar eine Depeche-Mode-Nummer spielte und ein gestreiftes Polohemd trug. Er wirkte wie frisch aus einem Modehaus entstiegen.

„Wie ist er denn eigentlich an den Gig gekommen?“

Annie antwortete nicht. Sie klatschte wild in die Hände und wiegte sich auf ihrem Stuhl hin und her. Ich verdrehte die Augen und hielt nach der Bedienung Ausschau, die hoffentlich bald bei uns auftauchen würde. Diese ganze Nummer ließ sich nur mit Alkohol ertragen.

Es war einer dieser Abende, an denen ich es nicht aushielt, allein zu sein. Wäre ich zu Hause geblieben, hätte ich die ganze Zeit nur über das nachmittägliche Telefonat mit meiner Mutter nachgedacht. Es war immer das Gleiche, wenn wir miteinander sprachen – was zum Glück nur selten passierte. Sie machte mir jedes Mal ein schlechtes Gewissen und warf mir vor, eine schlechte Tochter zu sein. Das Einzige, was dagegen half, war, ein paar Drinks runterzukippen und sich einen Typen zu angeln, der wusste, wozu man seine Zunge benutzt. Und damit meinte ich nicht zum Sprechen.

„Ich brauch was zu trinken“, verkündete ich und schaute mich weiter nach der Bedienung um.

Als das Lied zu Ende war, gelang es mir, die Aufmerksamkeit der Frau auf mich zu ziehen und etwas zu bestellen. Sie fragte nicht mal nach meinem Ausweis. Ich blickte mich in der

Bar um und fragte mich, wie ich hier bloß einen süßen Typen finden sollte. „Wie lange spielen sie denn?"

Annie zuckte mit den Schultern. „Keine Ahnung."

Entmutigt sank ich auf meinen Stuhl zurück und wurde erst wieder munter, sobald die Kellnerin mit einem Pitcher Bier zurückkehrte. Ich musste mich wappnen für den Fall, dass Annie mir gleich die Ohren mit Noah-Gewäsch volllabern würde.

Ich goss etwas in den Plastikbecher und kippte das Bier schnell herunter. Schon breitete sich ein wohliges Gefühl in mir aus. Ich entspannte mich. Nach meinem zweiten Becher wandte ich mich wieder der Bühne zu und nahm Noahs Drummer genauer unter die Lupe. Nicht schlecht. Etwas mager vielleicht, doch seine Haare waren toll. Er grinste mich an, und ich lächelte zurück. Danach prostete ich ihm zu, obwohl er nicht gerade ein Gott am Schlagzeug war.

Während der folgenden Songs ließ ich den Blick unablässig durch den Raum schweifen und genoss mein Bier. Vor langer Zeit hatte ich gelernt, dass es für einen Mann eine Einladung war, wenn man Augenkontakt mit ihm aufnahm. Also hielt ich von Augenkontakt Abstand, wenn ich einen Typen nicht unbedingt wollte. Und heute Abend wollte ich ganz bestimmt nicht. Jedenfalls nicht hier.

Nicht einmal, als ich *ihn* entdeckte.

Heilige Scheiße. Ich erschauderte regelrecht, während ich ihn insgeheim musterte, vorsichtig darauf bedacht, ihn nicht auffällig anzuglotzen. Ich trank noch etwas, als würde das den Schock dämpfen, den sein Anblick mir versetzt hatte. Er war einer der Jüngsten hier, dennoch älter als ich. Wahrscheinlich Anfang zwanzig. Er begrüßte ein paar Leute mit Nicken, Winken und Schulterklopfen. Ich schaute ihn bewundernd an, während ich weitertrank. Der Alkohol war keine große Hilfe.

Ich wand mich auf meinem Sitz, weil ich plötzlich Schmetterlinge im Bauch hatte.

Es ging nicht anders, ich musste ihn anstarren. Er sah einfach zu gut aus. So wild und ungezähmt. Mit anderen Worten: nicht mein Typ. Trotzdem – gucken tat niemandem weh. Solange er nicht bemerkte, dass ich ihn anschaute.

Ich stützte das Kinn in die Handfläche, hob meinen Becher und leerte ihn. Inzwischen fühlte ich mich gut. Eine gewisse Euphorie erfüllte mich, während ich zu ihm hinüberblickte.

Er trug eine Biker-Lederjacke, schmal geschnitten, an den Nähten und Ellbogen zerschlissen. Seine langen Beine steckten in Jeans, eine Kette reichte vorn vom Hosenbund nach hinten. Natürlich fehlten auch die Biker-Boots nicht. Selbst in diesem Aufzug konnte man erkennen, dass er durchtrainiert war.

Sein Gesicht war von der Kälte gerötet, sein Haar zerzaust. Eine verwegene Frisur, oben etwas länger und an den Seiten kürzer. Wie viele Jungs an der Uni bemühten sich um einen solchen Look und stylten sich bis zum Abwinken! Dieser Typ allerdings fuhr sich wahrscheinlich nur einmal kurz mit den Fingern durchs Haar, wenn er morgens aufstand. Er schien hier ein und aus zu gehen, und jetzt setzte er sich auf einen Hocker an dem langen Tresen.

Die Barkeeperin, eine ältere Frau mit unnatürlich rotem Haar, das schon beinahe lila wirkte, beugte sich über den Tresen und küsste ihn kurz auf die Wange. Aha. Eindeutig ein Stammgast. Und ein weiterer Hinweis darauf, dass ich jetzt besser aufhören sollte, ihn zu beobachten, bevor es auffiel.

Annie stieß mich an. „Warum machst du nicht gleich ein Foto?“

Ich wandte meine Aufmerksamkeit von ihm ab. „Er ist süß.“ Ich hickste. Bäh! Von Bier musste ich immer aufstoßen. Ein unangenehmer Nebeneffekt.

Hatte ich gerade *süß* gesagt? Nicht süß. Sexy. Scharf.

„Worauf wartest du dann noch?"

Fragend starrte ich sie an.

„Jetzt komm schon. Kein Freitag, an dem du dir nicht einen Typen angelst."

Ich funkelte sie wütend an. Auch wenn ein Funken Wahrheit in ihren Worten lag. Sie rümpfte die Nase, als hätte sie etwas Ekliges am Schuh. Seltsam, wenn man bedachte, dass sie selbst nicht gerade ein Musterbeispiel für sexuelle Zurückhaltung war.

„Hey, ich muss mal aufs Klo." Ich zögerte, denn eigentlich dachte ich, sie würde aufstehen und mich begleiten. Mir war ganz und gar nicht danach, allein durch diesen Laden zu marschieren – doch Annie rührte sich nicht. Natürlich nicht. Sie war eben nicht wie Georgia oder Pepper, die darauf bestanden hätten, in einer Location wie dieser nur zusammen aufs Klo zu gehen. So machten wir es ja sogar in unseren Stammläden. Sie waren eben gute Freundinnen. Die besten, die ich je gehabt hatte. Ich war froh, dass es die beiden gab. Das wurde mir heute Nacht mal wieder besonders klar.

Seufzend erhob ich mich. Der Raum drehte sich kurz, und ich musste mich am Tisch festhalten. „Bin gleich wieder da."

Ich richtete meinen Blick konzentriert auf das Neon-WC-Schild und versuchte, nicht zu schwanken, was mir weitestgehend gelang. Vermutete ich zumindest. Ich ignorierte blöde Anmachrufe und schaffte es ohne Zwischenfall auf die Toilette. Dort standen zwei Frauen vor dem Spiegel und trugen Lippenstift auf.

Die eine hielt in ihrer Bewegung inne, sowie ich den Raum betrat. „Kleine, hast du dich verlaufen? Du hast hier nichts zu suchen."

Damit traf sie den Nagel auf den Kopf. Ich nickte, wovon mir schwindelig wurde, also ließ ich es und schloss für einen Moment die Augen. Als ich sie wieder öffnete, gestand ich: „Bin wohl falsch abgebogen." Und zwar schon in dem Moment, in dem ich zu Annie ins Auto gestiegen war.

Die andere Frau wandte sich zu mir um und begutachtete mein Outfit – Skinny-Jeans, Kaschmirpullover. „Wenn ich du wäre, würde ich mich schleunigst wieder in meinen Wagen setzen und ins nächste TGI Friday's fahren." Sie wackelte mit dem Finger. „Das ist kein Laden für dich. Es wird hier ziemlich wild, je später es wird." Sie blickte auf eine nicht vorhandene Uhr an ihrem Handgelenk. „Eine Stunde hast du noch."

„Danke. Ich bleib nicht mehr viel länger." Hoffte ich jedenfalls. Während ich die Toilette benutzte und mir hinterher die Hände wusch, beschloss ich, Annie davon zu überzeugen, dass wir jetzt abhauen mussten.

Nachdem ich von der Toilette kam, blieb ich erschrocken stehen, als ich ein Paar entdeckte, das gemeinsam durch den schmalen Gang stolperte. Der Mann hatte der Frau eine Hand unter den Rock geschoben, sodass man ihren Slip sah.

Ich zwinkerte ein paarmal, als würde dadurch die Szene verschwinden. Der Mann presste die Frau an sich und schlang eins ihrer Beine um seine Hüfte, während sie gegen die Wand knallten. Ihr anderes Bein ragte in den Gang, weshalb ich nicht an ihnen vorbeigehen konnte. Meine Güte! Die beiden hatten Sex vor den Klos!

Sie zappelten wild hin und her, die Beine der Frau durchschnitten die Luft. Ich kam einfach nicht an ihnen vorbei. Jedenfalls nicht, ohne Gefahr zu laufen, an die Wand gedrückt oder von einem ihrer tödlich spitzen High Heels erstochen zu werden. Und leider waren meine Reflexe momentan auch nicht die besten. Nicht nach vier Bier. Oder waren es schon fünf gewesen?

Ich beobachtete die beiden und überlegte, was ich tun sollte. Und da bemerkte ich ihn – auf der anderen Seite, hinter den beiden. Um genauer zu sein: Da bemerkte ich, dass er *mich* bemerkt hatte.

Das Paar schien er überhaupt nicht wahrzunehmen. Er schaute mich direkt an und musterte mich. Ganz unverblümt. Von oben bis unten. Als wüsste er nicht, was von mir zu halten sei. Verständlicherweise. Vermutlich war ich nicht der typische Gast des Maisie's. Ich trug schwarze kniehohe Stiefel, Jeans und einen lilafarbenen Kaschmirpullover. Außerdem die Diamantohrstecker, die mein Vater mir zu Weihnachten geschenkt hatte, um sein schlechtes Gewissen zu beruhigen, weil er über die Feiertage mit seiner Freundin nach Barbados geflogen war. Immerhin hatte er dann noch Silvester mit mir verbracht ... Ich versuchte, die innere Stimme zu ignorieren, die mich daran erinnerte, dass er das nur gemacht hatte, da sich seine Freundin gleich nach dem Barbados-Urlaub von ihm getrennt hatte.

Der Typ blickte mir ins Gesicht. Seine Augen waren dunkelbraun. Da ich nicht viel größer als eins sechzig war, fühlte ich mich meistens kleiner als alle anderen – vor allem bei Männern. Aber Biker Boy reichte ich nicht einmal bis zur Schulter.

Den Gedanken schob ich rasch beiseite. Was spielte das für eine Rolle? Wann würde ich jemals so dicht neben ihm stehen? Nie, schätzungsweise. Ich war nicht so dumm, mich mit einem Typen wie ihm einzulassen.

Nachdem mir klar wurde, dass ich ihn genauso anstarrte wie er mich, wandte ich mich rasch ab. Mein Gesicht wurde plötzlich ganz warm. Auch jetzt spürte ich noch seinen Blick auf mir. Wir standen da, zwischen uns das vögelnde Paar, das stöhnte und keuchte – und ich tat so, als sei das alles ganz normal. Als sei ich nicht wackelig auf den Beinen und drauf und dran, mich von einem heißen Typen verführen zu lassen.

Ich wagte einen erneuten Blick. Es ging einfach nicht anders, ich musste ihn anschauen.

Er lächelte nicht, doch irgendwie wirkte er belustigt. Er schaute kurz zu den beiden anderen, danach sah er wieder mich an. Ganz klar, es amüsierte ihn. Ich presste die Lippen zusammen, um ihn nicht zu ermuntern. Er sollte sich ja nichts vormachen und glauben, ich wäre so eine Tussi, die auf Biker abfuhr.

Endlich ergab sich die Gelegenheit, sich an dem Paar vorbeizuschieben. So schnell ich konnte, lief ich auf meinen hochhackigen Stiefeln an den beiden vorbei. Biker Boy drehte sich zur Seite und blickte mich an, während unsere Körper sich sehr nahe kamen. Zum Glück war der Gang wenigstens breit genug, dass wir uns nicht berühren mussten. Gott sei Dank! Ein paar Zentimeter waren zwischen uns – und natürlich hatte ich recht gehabt: Ich reichte ihm nicht einmal bis zur Schulter. Er war wirklich groß. Und wenn ich nicht schon betrunken gewesen wäre, hätte ich mich in seiner Nähe sicher ganz trunken gefühlt.

Sein Blick ruhte auf mir. Ich ging weiter, täuschte Desinteresse vor – wie immer, wenn ich das Gefühl hatte, dass ein Kerl eine Nummer zu groß für mich war.

Wenn nur der leiseste Verdacht bestand, dass ich einen Typen nicht unter Kontrolle haben würde, ließ ich mich auf keinerlei Experimente ein. Dann passierte eben nichts. Punkt.

Ich schritt weiter und widerstand dem Wunsch, mich noch einmal umzudrehen. Er beobachtete mich nämlich immer noch, das spürte ich. Mein Nacken kribbelte. Wahrscheinlich fragte er sich, was ein Mädchen wie ich an einem Ort wie diesem zu suchen hatte, und war der Meinung, dass ich schleunigst von hier verschwinden sollte. Oder war das vielleicht eher das, was *ich* dachte?

Nachdem ich zu unserem Tisch zurückgekehrt war, kippte ich sofort das nächste Bier runter. „Wie lange wollen wir noch bleiben?“, fragte ich Annie nach ein paar Minuten.

Annie stöhnte. „Wenn ich gewusst hätte, dass du so nervst, hätte ich dich nicht mitgenommen.“

„Ich hatte ja keine Ahnung, dass wir in so einem Laden landen!“ Ich blickte mich um und nutzte die Gelegenheit, um nach Biker Boy Ausschau zu halten. Er saß jetzt wieder am Tresen und kriegte gerade von der Barkeeperin eine Flasche Bier hingestellt. Er unterhielt sich mit einem stämmigen älteren Typen, der neben ihm hockte.

„In so einem Laden! Hör dir doch mal zu! Du bist so eine schreckliche Prinzessin, Emerson!“

Ich verdrehte die Augen. Wer von uns war es denn, der diesen albernen Bodyglitter auftrug, der nach Pfirsich roch? Annie sah aus, als hätte die Fee Tinkerbell ihr den gesamten Inhalt ihres Glitzertäschchens über den Kopf gekippt. Ich leerte meinen Becher und griff nach dem fast leeren Pitcher, um mir noch etwas nachzugießen. Ich fühlte mich angenehm betäubt, schwindelig und kuschelig warm. Sogar die Band klang auf einmal besser.

Der Drummer zwinkerte mir zu, und ich grinste zurück. Ja. Der Typ würde reichen. Sowie ich mich umsah, fiel mein Blick wieder auf Biker Boy. Als würde er es merken, drehte er sich unvermittelt zu mir um. Rasch schaute ich weg. Meine Wangen brannten. *Tolle Methode, Desinteresse zu heucheln, Em.*

Ich spürte, dass ich rot anlief wie eine Tomate. So was passierte mir sonst nie, wenn mich ein Mann abcheckte. Lag sicher an dieser komischen Bar.

„Was ist denn? Du hast diesen merkwürdigen Blick. Welchen Typen hast du gerade im Visier?“

„Niemanden.“ Ich schüttelte den Kopf. Gar nicht gut. Ich fasste mir an die Schläfen. Der ganze Raum drehte sich.

Prüfend musterte mich Annie. Offensichtlich glaubte sie mir nicht. „Aha.“

Ich sah heimlich über meine Schulter und folgte ihrem Blick. Frustrierend. Sie hatte ihn entdeckt. Wen sollte ich auch sonst in diesem Schuppen betrachten? So viele Optionen gab es nicht.

„Er wieder, ja?“

„Was?“ Ich spielte die Dumme.

„Jetzt komm schon! Tu nicht so, als hättest du ihn nicht schon eben beobachtet. Hast du nämlich. Er ist der heißeste Kerl hier.“

Ich zuckte mit den Schultern und trank noch einen Schluck Bier. „Gut. Er ist mir aufgefallen. Doch er ist nicht mein Typ.“

„Biker-Idiot oder nicht, dieser Mann ist der Typ von allen Frauen. Auf jeden Fall im Bett, würde ich wetten.“ Sie kicherte. Es ging mir auf den Wecker.

„Tja. Ich habe bestimmt nicht vor, das herauszufinden.“ Ich genehmigte mir einen großen Schluck. „Wahrscheinlich ist er eh in so einer Biker-Gang.“

Annie wandte sich um, damit sie ihn besser in Augenschein nehmen konnte. „Auf jeden Fall ist er bestimmt gut im Bett. Könnte den Collegejungs, die wir so gewöhnt sind, bestimmt noch das eine oder andere beibringen.“ Sie stieß mir mit dem Ellenbogen in die Rippen. „Ich würde ihm eine Chance geben.“

„Bist du nicht wegen Noah hier?“, fühlte ich mich bemüßigt, sie zu erinnern, weil mich ihr plötzliches Interesse an ihm ärgerte. Irgendwie hatte ich vergessen, wie freigebig sie mit ihrem … Charme war. Verglichen mit ihr hatte sogar ich einen guten Ruf.

„Noah hat zu tun." Und schon winkte sie meinem heißen Biker Boy zu.

„Was soll denn das?", zischte ich sie an und wollte ihre Hand runterziehen. Was mir nicht gelang. Ich probierte es noch einmal, und diesmal klappte es.

„Ich versuche nur, jemanden kennenzulernen. Was ist schon dabei, ein paar Takte mit ihm zu sprechen?" Sie machte ihre Hand los.

„Noah guckt schon", warnte ich sie.

Annie drehte sich erneut um und winkte Noah zu, als hätte sie nicht gerade einen Fremden angeflirtet. „Ich erzähl ihm einfach, dass ich nur für dich mit ihm Kontakt aufgenommen habe."

„Lügnerin", zischte ich sie an.

„Es würde dir guttun. Ich habe nicht geahnt, dass ich das jemals zu dir sagen müsste, aber ... du solltest dich mal entspannen."

In diesem Moment legte sich ein Schatten über unseren Tisch, und eine Stimme, die so klang, als würde ihr Besitzer jeden Tag eine Schachtel Zigaretten wegqualmen, erklärte: „Scheint so, als könntet ihr beiden Süßen noch ein Bier vertragen."

Als ich aufsah, war ich enttäuscht und erleichtert zugleich. Es war nicht Biker Boy. Im Gegenteil – dieser Typ hätte sein Großvater sein können.

Annie hob ihren Becher an die Lippen, und ihr angewidertes „Iiieh" konnte nur ich hören. Sie starrte reglos zur Bühne und überließ mir es, mit der Situation klarzukommen.

„Nein danke, alles gut." Meine Worte klangen leicht lallend, wie mir auffiel. Hastig stellte ich meinen Becher hin. Ich hatte mich davon verleiten lassen, dass ich nicht selbst fuhr. Großer Fehler.

Der Typ zog einen Stuhl unter dem Tisch hervor und drehte ihn um. Danach setzte er sich breitbeinig darauf, wobei sich sein fleckiges Hemd, das unter der mit Aufnähern besetzten Weste hervorlugte, über seinem kugeligen Bauch spannte. „Das sehe ich." Er glotzte zwischen mir und Annie hin und her, und ich fragte mich, wie er sich auch nur annähernd attraktiv finden konnte. Annie tat weiterhin so, als gäbe es ihn überhaupt nicht und starrte fasziniert zur Bühne, wobei sie den Kopf im Takt zur Musik wiegte. „Echt gut", ergänzte er.

„Also, wir sind nur hier ..."

„Ich bin Walt." Er beugte sich nach vorn und kippelte mit dem Stuhl.

Ich lächelte verkrampft. „Walt." Tief Luft holen. „Wir sind nur hier, um unsere Freunde spielen zu hören." Ich deutete auf die Bühne. „Wir sind nicht auf der Suche nach Kontakt."

Walt vergrub die Finger in seinem dichten Bart und kratzte sich. „Aber klar seid ihr das. Eine Frau, die so gut aussieht wie du, ist immer auf der Suche nach Kontakt."

Ich zuckte zusammen. Wie konnte ich ihm charmant erklären, dass ich keinen Kontakt zu *ihm* wollte?

Er rückte mit seinem Stuhl näher heran, und die Stuhlbeine schabten laut über den Holzboden. Jetzt konnte ich seinen Atem riechen, der nach faulen Eiern stank. Aus dieser Nähe konnte ich sogar die Essensreste in seinem Bart entdecken. Und das Ekelhafteste war, dass Walt mir immer näher auf die Pelle rückte. Von Höflichkeitsabstand hatte dieser Typ wohl noch nie etwas gehört.

„Im Ernst, Walt. Wir wollen nicht ..."

Da klatschte auch schon seine Pranke auf meinen Oberschenkel. Ich keuchte auf, da seine fleischigen Finger mich kniffen. Rasch riss ich seine Hand weg und legte sie auf den Tisch. Seine Freunde am Tisch neben uns blökten laut vor Lachen.

Auch Walt lachte. „Schon okay, Zuckertittchen. Du wirst mich schon noch lieben lernen." Er strich mir mit der Hand durch mein Haar. „Beschwerden gab's noch nie."

Sehr charmant. Am liebsten hätte ich ihn gefragt, ob diese beschwerdefreien Frauen alle auch bei vollem Bewusstsein gewesen waren, aber ich verkniff es mir. „Nein, im Ernst." Ich schlug seine Finger noch einmal weg und schüttelte den Kopf. Langsam wurde ich wütend. Die Muskeln in meinem Nacken krampften sich zusammen. Ich hasste dieses Gefühl. Es erinnerte mich daran, was ich mit fünfzehn erlebt hatte – weil ich dumm gewesen war und all die Warnzeichen und Alarmglocken ignoriert hatte. Weil ich so naiv gewesen war und geglaubt hatte, dass mir sicher nichts Schlimmes passieren würde.

Doch ich war keine fünfzehn mehr, und ich hatte auch keine Lust, Alarmglocken jemals wieder zu ignorieren. Und jetzt schrillten sie gerade ziemlich laut.

Mir reichte es. Ich schnappte mir den Pitcher und kippte Walt den Rest des Biers in den Schoß.

Fluchend sprang er auf, und sein Stuhl fiel krachend um.

Annie lachte auf, aber schnell schlug sie sich die Hände vor den Mund – nicht dass das etwas gegen ihr hyänenhaftes Gekecker half.

Ich schoss mit meinem Stuhl nach hinten, denn ich bemerkte, wie Walts Gesicht gefährlich rot anlief. Sein Blick wanderte von seinem klitschnassen Schritt zum Tisch mit seinen Kumpeln, und sein Gesicht nahm eine noch intensivere Färbung an. Sie lachten immer lauter. Er keuchte wie ein wütender Stier, und seine Brust schwoll an, als würde er gleich explodieren.

Die Musik verstummte. Noah sprang von der Bühne. „Annie?“ Er sah erst sie, danach mich besorgt an. „Was geht denn hier ab?“

Walt richtete seinen Blick auf Noah. In diesem Moment leuchteten seine Augen auf wie die eines hungrigen Mannes, der endlich etwas zu essen bekam. Er machte einen Schritt auf Noah zu, rempelte den hageren Jungen mit seinem breiten Oberkörper an und schubste ihn nach hinten. „Gehören die Schlampen zu dir?“

Annie keuchte. Noah warf uns einen Blick zu, bevor er angsterfüllt den Biker musterte, der gut und gerne fünfzig Kilo mehr als er auf die Waage brachte. Und bevor er reagieren konnte, holte Walt aus.

Ich zuckte zusammen, als man das Geräusch von aufeinanderprallenden Knochen hörte. Noah sackte nach hinten auf den Tisch, glitt herunter und landete schließlich auf dem Fußboden.

Annie fing an zu schreien. Die anderen drei Bandmitglieder bildeten einen Kreis um Noah und stellten ihn wieder auf die Füße. Sofort sprangen Walts Kumpel auf und bildeten eine Front.

„Was hast du getan?“, schrie Annie mich an, während sich uns das halbe Dutzend Biker näherte.

Hilflos schüttelte ich den Kopf. Mein Magen streikte, und ich schmeckte schon Galle im Mund.

„Ihr habt euch die falsche Bar ausgesucht“, stieß Walt hervor und schaute Noah an. Das bisschen Mund, das inmitten des grässlichen Barts zu erkennen war, verzog sich zu einem feindseligen Grinsen. Er streckte die Hände aus und packte Noah am Hemdkragen. „Und jetzt mach ich dich fertig, Kleiner.“

Oh Scheiße.

2. KAPITEL

Kaum hatten die Worte Walts Mund verlassen, gab es kein Halten mehr.

Chaos brach los. Wildes Geschrei überall. Walt und seine Kumpel stürmten auf Noah und seine unglückseligen Freunde zu. Annie schrie wie am Spieß. Gläser zerbrachen, Stühle und Tische flogen durch die Luft. Ich stolperte und fand mich mitten in der aufgebrachten Menge wieder. Ein Ellbogen landete in meinem Gesicht. Ich schrie auf und ging zu Boden. Vor meinen Augen tanzten Pünktchen, neben mir trampelten Füße. Ich biss die Zähne zusammen und krümmte mich.

Da spürte ich eine Hand auf meinem Arm und wurde hochgerissen. Jemand trug mich weg. Blinzelnd versuchte ich herauszufinden, wer es war. Sexy Biker Boy.

„Was tust du da?", fragte ich verdattert.

„Ich schaffe dich hier raus, bevor du totgetrampelt wirst." Beim Klang seiner Stimme überlief mich ein Schauer. Sie war tief und kehlig und passte perfekt zu seinem Äußeren.

Ich drehte den Kopf, um mir das Chaos anzusehen. Was war mit Annie? Und den anderen? „Halt! Meine Freunde!"

Er schüttelte den Kopf und presste nur grimmig die Lippen aufeinander.

Im Geiste sah ich die von Bikerstiefeln zerquetschte Annie vor mir. Verzweifelt trommelte ich auf Biker Boys Brust ein. „Du musst ihnen helfen!"

„Du kannst froh sein, dass ich *dich* rausholen konnte. Euch alle kann ich nicht tragen."

Ich wand mich in seinen Armen, wollte zurück zu Annie und den anderen. Ich konnte doch nicht einfach abhauen! „Lass mich runter!"

Da ertönte das Tröten eines Drucklufthorns. Von den Dingern kriegte man Ohrenbluten, so laut waren sie. Plötzlich herrschte absolute Ruhe. Alles erstarrte – auch Biker Boy.

„Schluss jetzt!“

Ich drehte den Kopf in die Richtung, aus der die Stimme gekommen war. Ein Mann stand auf dem Tresen, ein Gewehr in einer Hand und in der anderen das Drucklufthorn. „Heute Abend wird meine Bar nicht schon wieder verwüstet! Der Nächste, der seine Fäuste fliegen lässt, kriegt eine Kugel in den Kopf!“ Um seine Worte zu unterstreichen, schwang er das Gewehr. „Habt ihr das kapiert?“

Ich fühlte mich, als wäre ich in einem alten „Dirty Harry“-Film gelandet. Das konnte doch alles unmöglich echt sein.

„Oh, das ist echt, Süße.“ Da war sie wieder, die tolle Stimme. Und meine Gänsehaut.

Offensichtlich hatte ich den Satz laut gesagt. Ich blickte Biker Boy an. Sein Herz klopfte kräftig und ruhig unter meiner Hand, die auf seiner Brust lag. Rasch riss ich sie weg und verschränkte die Arme vor der Brust. „Du kannst mich runterlassen. Anscheinend ist jetzt alles unter Kontrolle.“

Ein rascher Blick bestätigte mir, dass Walt und seine Kumpel sich grummelnd wieder hinsetzten und ein Gesicht machten wie Kinder, die man ausgeschimpft hatte. Die anderen Gäste folgten ihrem Beispiel. Tische und Stühle wurden wieder an ihren Platz gestellt.

„Klar.“ Er ließ mich runter, wobei ich in äußerst verstörender Weise an ihm herabglitt.

Schnell trat ich einen Schritt nach hinten und drückte mir eine Hand auf den Hals, wo mein Puls wie verrückt hämmerte. Ich konnte seinen Körper riechen. Er roch frisch. Gut. Vor allem hier, wo die überwiegenden Aromen Schweiß und Zigarettenrauch waren.

Er schnalzte mit der Zunge und betrachtete mich eindringlich. „Du wirst ein schönes Veilchen bekommen."

Ich verzog das Gesicht und berührte vorsichtig mein versehrtes Auge. „Jetzt hole ich meine Freunde und gehe."

„Das halte ich für eine gute Idee."

Mit mürrischer Miene drehte ich mich um. Ich ließ ihn stehen und fand Annie, die einen Arm um Noahs Hüfte gelegt hatte. Er sah nicht gut aus. Seine rechte Gesichtshälfte war geschwollen, das Auge zugequollen. Die anderen Bandmitglieder machten auch keinen besseren Eindruck, als sie schwerfällig ihre Instrumente einsammelten.

„Komm, ich helf dir." Ich schlang einen Arm um Noah, doch Annie schob mich weg.

„Du hast schon genug angerichtet."

„Ich?"

„Deinetwegen wurde Noah verprügelt."

„Meinetwegen?" Ich verstand gar nichts mehr.

„Ja." Annie verzog das Gesicht und sah plötzlich sehr unattraktiv aus. „Du kannst sehen, wie du nach Hause kommst."

„Machst du Witze?" Ich sah mich um. „Du kannst mich doch nicht hierlassen!"

„Nicht mein Problem." Sie schob sich an mir vorbei in Richtung Ausgang.

Fassungslos starrte ich ihr hinterher. Jetzt wusste ich es sicher: Annie gehörte nicht zu den netten Mädchen. Mir hatte es schon missfallen, wie sie im letzten Herbst Pepper behandelt hatte, als sie mit Reece zusammengekommen war. Wahrscheinlich war Annie eifersüchtig gewesen und hatte deshalb solche gehässigen Bemerkungen gemacht. Aber das war jetzt schon einige Monate her. Seitdem hatte sie sich anständig benommen. Ich hätte ihr nie zugetraut, dass sie mich einfach so hängen lassen würde.

So viel zum Thema „toller Abend“.

Noahs Bandmitglieder folgte den beiden, Instrumente und Verstärker unter den Arm geklemmt. Sie versuchten gar nicht erst, das Geld für ihren Auftritt zu bekommen. Obwohl ein Typ, der einen Lexus fuhr, die Kohle vermutlich sowieso nicht nötig hatte.

Ich streckte die Hand nach dem Drummer aus – meine einzige Hoffnung –, aber er sah mich nur wütend an, mit einem Auge, das bald sehr blau sein würde. Sie alle gaben mir die Schuld. Und ließen mich einfach zurück. Unfassbar!

Ich rannte ihnen hinterher, das heißt, ich schwankte auf unsicheren Beinen zwischen den Tischen in Richtung Ausgang. Jemand rempelte mich an, und ich musste mich an einem Stuhl festhalten, um nicht hinzufallen. Mir wurde schwindelig, und ich kniff die Augen zusammen, bis der Schwindel vorbei war.

„Pass doch auf“, warnte mich eine heisere Frauenstimme.

Ich sah zur Tür, voller Panik, dass alle schon weg waren und ich keine Chance mehr hatte, sie umzustimmen. Gerade sah ich den letzten von ihnen durch die Tür verschwinden.

Fluchend lief ich los. Als ich draußen ankam, stiegen sie bereits in ihre Autos. Die eisige Kälte, die ich spürte, hatte jedoch nichts mit der kalten Winterluft zu tun. Meine Schritte knirschten laut auf dem schneebedeckten Parkplatz.

„Annie!“, rief ich und rutschte im selben Moment auf einer Glatteisstelle aus, sodass ich schmerzhaft auf dem Hosenboden landete. Zum ersten Mal war ich froh, dass mein Hintern ganz gut gepolstert war. Ich war zwar zierlich, aber mein Allerwertester konnte es mit jeder aufblasbaren Schwimmhilfe aufnehmen.

Annie hörte mich. Ich sah hilflos zu, wie sie mir noch einen Blick zuwarf, bevor sie in ihr Auto stieg. Wenig elegant kam ich wieder auf die Füße und starrte ihr ungläubig hinterher, als sie rückwärts aus der Parklücke fuhr, gefolgt von Noahs Lexus, der vom Drummer der Band gesteuert wurde.

Ich starrte den Rücklichtern hinterher. Meine Zähne klapperten, meine Jeans war nass. Ich sah an mir herunter und versuchte, den Schnee abzuklopfen.

In diesem Moment begann es wieder zu schneien. Ich blinzelte gegen die feuchten Flocken an und ging zurück zu der Bar, wobei ich mich vorsichtig voranschob, um nicht wieder hinzufallen.

Meine Beine fühlten sich schwer an, jeder Schritt eine Herausforderung, doch ich zwang mich dazu, wieder hineinzugehen. Immerhin war es in dem Laden wärmer als hier draußen, auch wenn man sich vorkam wie in einem riesigen Aschenbecher.

Ich blieb in der Nähe der Tür stehen und bewegte mich an der Wand entlang, um ja nicht aufzufallen. Keine leichte Aufgabe, wenn man bedenkt, dass ich vor ein paar Minuten noch im Mittelpunkt einer Schlägerei gestanden hatte. Ich musste also davon ausgehen, dass die Leute mich auf dem Schirm hatten.

Immer noch mit klappernden Zähnen zog ich mein Handy aus der Hosentasche und wählte Peppers Nummer. Es klingelte vier Mal, dann ging die Mailbox dran. Wütend riss ich das Telefon vom Ohr und starrte aufs Display. „Jetzt komm schon, Pepper!" Diese elenden Karnickel! Ich konnte mir schon vorstellen, was die beiden gerade machten. Statt eine Nachricht zu hinterlassen, drückte ich ein paar Mal sinnlos aufs Telefon, ohne die richtige Taste zu erwischen, die das Gespräch beendete.

Pink Floyd kreischten aus den Lautsprechern neben der Bühne, und alle sahen lebendiger aus als vor einer halben Stunde. Keine Achtziger-Mucke mehr von Noah, die die Stimmung runterzog. Es war ein Wunder, dass diese Biker nicht schon früher ausgerastet waren und ich erst einem von ihnen ein Bier in den Schoß hatte kippen müssen.

Als Nächstes wollte ich Georgia anrufen – falls meine zitternden Finger die richtige Kurzwahltaste erwischten. Sie war schon seit ihrem sechzehnten Lebensjahr mit ihrem Freund zusammen, also hatte sie vermutlich gerade keinen Sex. Gewisse Bemerkungen von ihr ließen mich jedenfalls darauf schließen, dass es um ihr Sexleben nicht allzu rosig bestellt war. Harris war so ein Schwachkopf. Sehr traurig, wirklich! Georgia hatte etwas Besseres verdient. Nicht so eine Spaßbremse, sondern einen Mann, der sie vergötterte. Eben nicht Harris. Aber irgendwie schien ich die Einzige zu sein, die das so sah.

„Sind deine Freunde ohne dich weg?"

Als ich die Stimme hörte, riss ich den Kopf hoch. Die rasche Bewegung ließ mich straucheln, und ich stolperte zur Seite.

Biker Boy fing mich auf, aber ich entwand mich ihm, weil ich nicht wollte, dass er mich anfasste. Er hielt die Hände hoch, als wolle er mir zeigen, dass er unbewaffnet und harmlos sei.

Ich sah von seinen Händen zu seinem Gesicht. Es war zu hübsch, um in dieser Bar zu sein, die aussah, als bräuchte man eine Penicillin-Injektion für den Fall, dass man einem der anderen Gäste zu nahe kam.

Doch leider war er einer dieser Gäste. Ein hübscher Biker – so etwas gab es eigentlich gar nicht. Als mir der Gedanke kam, musste ich unwillkürlich kichern, doch ich legte mir schnell die Hand auf den Mund, um das verräterische Geräusch zu killen.

Ich schüttelte leicht den Kopf und versuchte, die Wirkung des Alkohols loszuwerden.

Biker Boy lehnte sich an die Wand, nur wenige Zentimeter neben mir. „Alles okay bei dir?", erkundigte er sich.

„J… ja. Super. Dir? Wie geht's dir? Oh, warte. Mir?" Ich runzelte die Stirn. „Wieso? Warum fragst du mich das? Sehe ich nicht okay aus?"

Er verzog den Mund zu einem sexy Grinsen. Ich hätte mir in den Hintern treten können, weil ich so bescheuert drauflosplapperte. Ein einfaches „Ja" hätte vollkommen ausgereicht.

Er neigte den Kopf und blickte mich mit einer Intensität an, die ich nicht gewöhnt war. Als wollte er hinter mein Make-up und meine Kleidung und meine Frisur sehen, um mein wahres Ich zu entdecken. Ich blinzelte. Waren das etwa seine Wimpern? Lächerlich. Sie waren viel länger, als sie bei einem Mann sein sollten.

„Du scheinst *betrunken* zu sein", meinte er.

Ich zuckte zusammen. War das so offensichtlich? „Nicht wirklich. So viel hab ich nicht getrunken."

Er schaute mich skeptisch an. Ich beeilte mich, seine Musterung mit einem möglichst nüchternen Blick zu erwidern.

Schließlich schüttelte er den Kopf und warf einen Blick in den Raum, wo es nun tatsächlich so wild wurde, wie die Frau auf der Toilette mir prophezeit hatte. Offensichtlich war unsere kleine Prügelei nur der Anfang gewesen, und jetzt ging es richtig los.

„Kommst du hier nicht mehr weg?"

Ich sah ihn an und behauptete: „Nein." Nicht mehr wegkommen – das klang so hilflos. Selbst wenn es in diesem Moment stimmen mochte: Ich war nicht hilflos. Ich nicht.

„Wo sind deine Freunde denn?"

„Sie mussten noch kurz woandershin." Es war mir egal, wenn das keine richtige Antwort war.

„Ohne dich?"

Ich atmete aus. Es war schwer, glaubwürdig rüberzubringen, dass ich die Situation voll im Griff hatte, während ich ganz allein hier stand. Völlig durchgefroren. Nass. Und betrunken. Meine geplante Chauffeurin hatte mich schließlich sitzen gelassen.

Biker Boy vergrub eine Hand in seiner Jackentasche, sagte aber nichts mehr. Wir lehnten gemeinsam schweigend an der Wand und starrten geradeaus. Uns trennten nur wenige Zentimeter. Ich konnte die Wärme seines Körpers spüren. Nervös drehte ich mein Handy in der Hand hin und her. Ich wollte warten, bis er weg war, um Georgia anzurufen. Er sollte nicht mitbekommen, wie einsam und verzweifelt ich war.

Eine der Frauen aus der Toilette tanzte jetzt mit erhobenen Armen auf dem Tisch und wackelte mit den Hüften zum Gebrüll und den Anfeuerungsrufen der Männer.

Da hörte ich wieder seine tiefe Stimme. „Ich weiß ja, dass du nicht hier gestrandet bist“, sagte er. Hörte ich da so etwas wie Spott? „Aber ich könnte dich nach Hause bringen. Wenn du magst.“

Wenn du magst.

Ich drehte mich zu ihm und schaute ihn an. Ich musterte ihn von oben bis unten, jeden Zentimeter Biker Boy. Er war wirklich sehr hübsch. Dunkle Haare, nicht ganz so dunkle Augen, eher schokoladenbraun. Tiefgründig und hypnotisierend. Schade, dass dieser Typ alles war, was ich nie haben konnte. „Ich werde nicht mit dir schlafen.“

Er drehte sich zu mir um, stand jetzt – wie ich – mit einer Schulter an die Wand gelehnt. Auch er musterte mich erneut, und zwar sehr sorgfältig. So, wie ich ihn gemustert hatte. „Ich wüsste nicht, dass ich darum gebeten hätte.“

Mein Gesicht lief rot an. Seine Worte waren so abschätzig, dass ich wütend wurde. „Ach ja? Du bietest mir also an, mich nach Hause zu fahren, weil du so ein guter Samariter bist – oder was? Na klar. Das glaub ich dir sofort.“

Ich betrachtete seine Lederjacke und die Stiefel. Dieser Mann war ein fleischgewordener Traum. Wenn ich Lust darauf hätte, die Kontrolle zu verlieren und heißen Sex mit einem bösen Jungen zu haben, wäre er genau der richtige.

Er zog eine Augenbraue hoch. „Ist nur eine Autofahrt."

Tja. Biker Boy wirkte nicht so, als könnte man ihm vertrauen. Aber genau das musste ich tun, wenn ich sein Angebot annehmen wollte.

„Es ist nie nur eine Autofahrt." Ich strich mir eine Haarsträhne hinters Ohr. Oh nein. Wenn ich mit einem Typen nach Hause fuhr, passierte immer mehr als nur die simple Fahrt von A nach B.

„Pass lieber auf, Prinzessin", meinte er, jetzt ohne jeden Spott. Seine gute Laune schien sich zu verabschieden.

Prinzessin? Beleidigt straffte ich die Schultern.

„Du bist betrunken und allein an einem Ort, an dem du besser nicht sein solltest", fuhr er fort. „Hier sind ein Dutzend Männer, die dich beobachten und sich überlegen, wie man dich am leichtesten dazu kriegt, die Beine breit zu machen."

Ich zwinkerte nervös. Mein Magen rebellierte. Ich warf einen Blick in den Raum und sah die Gesichter, die Augen. Er hatte recht. Ein paar dieser Typen sahen in unsere Richtung. Und checkten mich ab.

„Du bist hier das einzige Lamm unter Wölfen."

Ja. Das beschrieb ziemlich genau, wie ich mich fühlte. Ich kannte diese Empfindung – das erlebte ich nicht zum ersten Mal. Und ich hatte mir geschworen, dass ich das nie wieder durchmachen wollte.

Und dennoch war es gerade so.

„Ach. Aber du bist keiner von den Wölfen?"

„Keine Sorge. Ich steh nicht auf Prinzessinnen. Egal, ob betrunken oder nüchtern."

Ich sparte mir die Bemerkung, dass ich keine Prinzessin war. Am Ende würde er noch denken, dass ich hier um seine Zuneigung bettelte. Und ich bettelte nie um die Zuneigung eines Mannes.

„Du willst also wirklich hierbleiben?" Er sah mich mit zweifelnder Miene an.

Wieder betrachtete ich die Gäste. In diesem Moment warf Walt mir eine Kusshand zu – gefolgt von einer obszönen Geste. Schnell sah ich woandershin. Wie kam ich nur dazu, allein in einem solchen Schuppen zu sein?

Eindeutig war ich zu überheblich gewesen, zu sehr von mir selbst eingenommen, zu überzeugt davon, nie die Kontrolle zu verlieren. Tatsächlich war mein Leben in letzter Zeit ganz ordentlich verlaufen. Bis dann das Telefonat mit meiner Mutter kam. Und schon war ich völlig neben der Spur und bugsierte mich in eine Situation, die ich nicht mehr im Griff hatte.

Dieses ganze Nachdenken, das viele Bier – keine gute Kombination. Das war zu viel für meinen Magen. „Ich glaub, mir wird schlecht." Ich wirbelte herum und rannte nach draußen. Nur noch ein paar Schritte. Ich stemmte die Hände in die Hüften und legte den Kopf in den Nacken, atmete die frische kalte Luft ein. Die Übelkeit verschwand.

Ich hörte ihn hinter mir. Seine schlitternden Schritte auf Schnee und Eis.

„Alles okay." Irgendwie klang das so, als wollte ich vor allem mich selbst beruhigen. Ich sah ihn an. Die Stirn gerunzelt, beobachtete er mich. Er schien nicht überzeugt.

Seufzend warf ich einen Blick auf den Parkplatz. Schnee hatte sich auf den Motorrädern und Autos aufgetürmt. Trostlosigkeit machte sich in mir breit. Ich musste irgendwie nach Hause kommen. Der Drang, mich in meinem Zimmer einzuschließen, bis ich wieder ich selbst war, war überwältigend groß. Ich wusste, ich würde diese Nacht schnell vergessen. Aber dazu musste ich sie erst einmal hinter mich bringen.

„Ich wohne in der Stadt", hörte ich mich sagen. „Im Studentenwohnheim. In Dartford."

Er lachte leise, und es fühlte sich an wie Samt auf meiner Haut. „Hab ich mir schon gedacht." Er sah mich auffordernd an. „Komm, College Girl. Ich fahr dich nach Hause."

Ich zögerte immer noch, ertastete das Telefon in meiner Jackentasche. Ich konnte immer noch Georgia anrufen. Oder das Angebot von dem Typen annehmen und in einer halben Stunde zu Hause sein. Georgia und Pepper mussten nicht erfahren, wie dumm ich gewesen war. Überhaupt mit Annie wegzugehen und dann auch noch viel zu viel zu trinken. Morgen Abend würde ich all das vergessen haben und wieder das unbeschwerte Partygirl sein, das sein Schicksal selbst in der Hand hatte. Und das nächste Mal, wenn meine Mutter anrief, würde ich warten, bis sich die Mailbox einschaltete. Ich konnte es durchaus aushalten, sechs Monate nicht mit ihr zu telefonieren. All diese vollkommen unzusammenhängenden Gedanken schossen mir durch den Kopf.

Biker Boy ging schon mal vor, blieb dann aber stehen und drehte sich zu mir um. Ich betrachtete ihn. Er war groß und gut gebaut. Einen wie ihn schubste keine Frau von der Bettkante. Und das wusste er auch. Er war cool. Ich kniff die Augen zusammen, als ich uns vor mir sah – meine Beine um seinen schlanken Körper geschlungen, seine großen Hände auf meinem Hintern, während ich meinen Mund an seinen Hals presste. Meine Atmung beschleunigte sich.

„Jetzt komm, du musst wirklich keine Angst haben. Ich verspreche dir, dass ich kein Soziopath bin."

Sagten so etwas nicht immer nur Soziopathen? Aber es war sein „Du musst wirklich keine Angst haben", mit dem er mich kriegte. Wollte er mich verarschen? Ich hatte keine Angst. Niemals. Das ließ ich nicht zu. Niemals wieder. Ich reckte trotzig das Kinn und folgte ihm. Vor einer alten Karre blieb er stehen und geleitete mich zur Beifahrertür.

Ich starrte den Wagen an und dann ihn. „Was? Kein Motorrad?“

„Bei dem Wetter?“

Er hatte also eine Maschine. Dann war mein Bild von ihm also doch nicht völlig falsch. Er hielt mir die Tür auf. Ziemlich gentlemanmäßig, wie ich zugeben musste. Und ziemlich unerwartet. Die meisten Jungs, mit denen ich unterwegs war, hielten mir nicht mal die Tür auf.

Ein dummer Vergleich. Ich stieg ein. Er schlug die Tür zu, die dabei laut quietschte. Unbeholfen versuchte ich, den Gurt zu fassen zu kriegen. Meine Güte! Ich war wirklich betrunken.

Nachdem ich tief durchgeatmet hatte, sah ich nach vorn, in dem angestrengten Versuch, wieder nüchtern zu werden.

Es war nicht das erste Mal, dass ich ein bisschen zu viel getrunken hatte, aber das hier war wirklich das absolute Schreckensszenario. Ich war diesem Fremden absolut ausgeliefert. Wie viele irre Entführungsgeschichten fingen so an?

Ich zitterte – und nicht nur vor Kälte. Mit beiden Händen umklammerte ich meine Knie. *Komm schon, Em. Reiß dich zusammen.*

Dann war er neben mir und startete den Motor. Als Nächstes machte er die Heizung an. Aus den Lüftungsschlitzen kam kalte Luft.

„Dauert eine Minute“, erklärte er. Dann bückte er sich und kramte einen Eiskratzer unter dem Sitz hervor. Er stieg wieder aus, schloss die Tür und entfernte mit kräftigen Bewegungen Eis und Schnee von den Scheiben.

Ich betrachtete durch das Glas hindurch sein Gesicht. Seine konzentrierte Miene war es, die mir die Brust zusammenschnürte. Wie bescheuert! Ich wusste, was dieses Gefühl zu bedeuten hatte, und ich durfte mich nicht darauf einlassen. Markantes Kinn, gerade Nase, sinnliche Lippen – okay, aber er war trotzdem nicht mein Typ. Wie um mir das zu bestätigen, drehte ich mich zu ihm, als er wieder eingestiegen war. „Du bringst mich direkt nach Hause."

Er bedachte mich mit einem Blick, der besagte, dass er mich langsam für reichlich bescheuert hielt. „Schon kapiert, ja." Er rieb sich die Finger und pustete sie an. Während er darauf wartete, dass der Wagen warm wurde, würdigte er mich keines Blickes mehr. Als wäre ich es nicht wert, dass er seine Zeit mit mir verschwendete. Ich kam mir plötzlich klein und dumm vor.

„Bist du auch Student?", fragte ich und bemerkte erleichtert, dass meine Stimme ganz normal klang.

Er sah mich an. „Du meinst, ob ich auf der Uni bin?"

Ich nickte. „Ja."

Langsam nahm er die Hände runter. „Findest du, ich sehe aus wie ein Student?"

Nein. Jedenfalls nicht wie einer von denen, die mit mir zusammen studierten. „Hast du denn deinen Highschoolabschluss gemacht?"

Ein verächtliches Schnauben war zu hören. „Ja, habe ich."

Einen Moment war es still, dann fragte ich: „Und wie alt bist du?"

„Dreiundzwanzig."

Dann war er also drei Jahre älter als ich. Ohne Studium. „Und was machst du?"

Sein Kinn straffte sich. Offensichtlich hatte ich einen wunden Punkt getroffen. „Wer sagt, dass ich was mache?" Es klang fast wieder spöttisch.

Ich war mir sicher, dass er irgendwas machte. Von irgendetwas musste er ja schließlich leben. Aber jetzt hatte ich ihn verärgert, und er würde mir gar nichts mehr verraten. Ich zuckte die Achseln, als wäre es mir gleichgültig.

„Wie wäre es, wenn wir uns erst mal einander vorstellen?", schlug ich versöhnlich vor. „Ich heiße Emerson."

„Shaw", erwiderte er.

Shaw. Er sah aus wie ein Shaw. Was auch immer das bedeutete. Der Name passte einfach zu ihm. Ich atmete durch die Nase aus. Die Luft aus den Lüftungsschlitzen war inzwischen eindeutig wärmer.

„Emerson." Er legte den Gang ein und parkte aus. „Ich hoffe, du nimmst es mir nicht übel, aber ich finde, deine Freunde sind ziemliche Arschlöcher."

Laut atmete ich aus. „Ja. Na ja. Es sind nicht wirklich meine Freunde."

„Tja, wenigstens etwas. Aber wieso gehst du dann mit ihnen weg?"

Weil mich ein mieses Gespräch mit meiner Mutter dazu getrieben hat, diesen Mist zu verzapfen.

Aber das ging ihn nichts an. „Weil alle meine richtigen Freundinnen vergeben sind."

Im selben Moment dachte ich, dass es vielleicht doch besser gewesen wäre, wenn ich einfach von dem Streit mit meiner Mutter erzählt hätte. Das klang jetzt so, als wäre ich neidisch auf meine Freundinnen, nur weil sie alle einen Freund hatten.

„Und du nicht?" Wollte er herausfinden, ob ich verfügbar war? Andererseits hatte er schon deutlich gemacht, dass er keinerlei Interesse an mir hatte. Ich betrachtete seine Hände auf dem Lenkrad. Sie waren groß, männlich. Sexy Finger, kräftig, mit gepflegten Fingernägeln. Die Art von Händen, die einem vermittelte: Dieser Mann kann anpacken. *Dieser Mann weiß, wie man eine Frau berührt.*

Blinzelnd zwang ich mich, auf die Straße zu gucken. Ich verstärkte den Griff um meine Knie. „Nein, ich habe keinen Freund. Und du?"

Er hielt vor einer roten Ampel. „Nein. Ich habe auch keinen Freund."

Ich musste lachen. Ein kurzer Moment der Entspannung, und ich kippte gegen die Beifahrertür. Meine Lider wurden schwer. „Du bist lustig." Und so heiß, dass ich ein feuchtes Höschen hatte. Mich überkam das überwältigende Bedürfnis, mich auf ihn zu werfen und seinen Hals mit Küssen zu bedecken. Das war der Alkohol, keine Frage. Und dazu kam die Tatsache, dass es Freitagabend war und ich normalerweise um diese Zeit schon längst etwas mit einem Typen am Start hatte.

Er warf mir einen Blick zu, von dem mir ganz warm und schwindelig wurde. Es war jetzt schön kuschelig im Wagen, ich hätte auf der Stelle einschlafen können. „Und wieso hast du als Einzige keinen Freund, Emerson?"

„Ist mir zu viel Stress." Ich seufzte müde. „So ein Freund hält einen doch nur davon ab, das zu tun, was man möchte." Wieso klang meine Stimme so heiser?

Dieser Blick. So intensiv. Er betrachtete meine Beine in der engen Jeans. Plötzlich kam ich mir nackt vor. Doch das war kein schlechtes Gefühl.

„Und was möchtest du tun?" Seine Stimme war wie eine Liebkosung.

Lächelnd lehnte ich mich zurück. Ich fühlte mich gut, beschwingt. Fast schon ein bisschen verrucht, unberührbar, was mir zu Kopf stieg. Trügerisch, schon klar, aber ich kam mir mächtig vor. Auf einmal hatte ich wieder alles im Griff. „Och, alle möglichen ungezogenen Sachen."

Und dann – ich wusste auch nicht, wieso – beugte ich mich hinüber zu ihm, soweit es der Sitzgurt zuließ. Bis ich mit meiner Nasenspitze seinen Hals berührte. Meine Lippen streiften über seine Haut, während ich flüsterte: „Solche Sachen."

Er gab ein überraschtes Geräusch von sich. Ich zog mich zurück und schaute ihn an.

Seine Stimme war tiefer denn je. „Dann los, zeig's mir."

Bei der Herausforderung musste ich grinsen. Ich konnte keiner Versuchung widerstehen – und das klang nach einer echten Versuchung. Also bettete ich mein Gesicht erneut an seinen Hals und sog Shaws Geruch ein. Er roch gut. Nach Seife und Winter und frisch gehacktem Holz. Nicht nach einem starken Aftershave. Ich schnüffelte an seinem Hals – wie ein Kätzchen, das sich anschmiegen will, leckte ich seine Haut. Schmeckte das leicht Salzige und stöhnte dabei zufrieden. Und dann drückte ich einen feuchten Kuss auf seinen Hals.

Ich merkte, wie ihm kurz der Atem stockte. Er schluckte, und ich spürte die Bewegung unter meinen Lippen.

In mir fühlte sich alles flüssig und wie geschmolzen an. Als hätten sich meine gesamten Muskeln in Butter verwandelt. Ich wäre am liebsten in ihn hineingekrochen, hätte mich an ihn gepresst, bis ich jeden Zentimeter von ihm spürte. Seine harten Muskeln. Das Verlangen in mir wurde immer stärker.

Ich war erschüttert. Lust durchflutete mich. So etwas hatte ich noch nie empfunden – ich war ernsthaft schockiert. Ich hatte eigentlich mit genügend Typen rumgemacht, um so etwas schon mal erlebt haben zu müssen. Doch irgendetwas war diesmal anders. *Er* war anders.

Ich lehnte mich noch näher zu ihm, war bereit, auf seinen Schoß zu krabbeln, aber mein Sitzgurt bewahrte mich davor. Genug. Der kurze Ruck reichte, damit ich wieder zu Verstand kam.

Und mich daran zu erinnern, dass ich mich niemals einem Typen an den Hals warf. Ich setzte mich also züchtig hin und warf ihm einen vorsichtigen Blick zu. Seine Kiefermuskeln waren angespannt, seine Augen funkelten raubtiermäßig. Er sah aus, als wollte er etwas sagen – oder tun. Mich auf seinen Schoß ziehen vielleicht?

Mein Körper verkrampfte sich. Was hatte ich getan? *Man macht keine Typen an, die man nicht im Griff hat.* An diesen Vorsatz hatte ich mich immer gehalten. Bis gerade eben.

Hinter uns hupte es. Shaw blinzelte und konzentrierte sich auf die Straße.

Ich wünschte mir, er würde schneller fahren, sodass ich mich endlich in meinem Zimmer verkriechen und einen Strich unter diesen Abend ziehen könnte. Und den Typen vergessen.

Er starrte stur nach vorn, eine Hand lag lässig auf dem Lenkrad. „Ich glaube nicht, dass du wirklich das böse Mädchen bist, das du mir hier vorspielst. Nicht annähernd."

Ich presste die Lippen zusammen und beobachtete, wie die Lichter an uns vorbeirauschten. Wozu sollte ich mit ihm diskutieren? Ich brauchte ihm ja nicht zu beweisen, dass ich ein böses Mädchen war. Und ich wagte es auch nicht.

„Du bist einfach nur betrunken", stellte er fest. „Morgen wirst du in deinem warmen Bettchen aufwachen und dich nicht einmal an meinen Namen erinnern."

Ich sank tiefer in meinen Sitz. Die Euphorie von eben verschwand. Mein Kopf begann zu hämmern, in den Schläfen pochte es. Meine Lider wurden schwer, mir fielen die Augen zu, wodurch der Druck in meinem Schädel erfreulicherweise nachließ. Ich wollte nur einen Moment ausruhen. Bis wir am Campus waren und ich ihm mitteilen musste, zu welchem Wohnheim er fahren sollte.

Shaw. Sein Name drang gerade noch in mein Bewusstsein, bevor es völlig dunkel um mich herum wurde. Ja, ich würde mich an ihn erinnern. Und an seinen Namen.

3. KAPITEL

Es dauerte exakt fünf Sekunden, um aufzuwachen und festzustellen, dass ich nackt war. Also, fast. Ich trug Slip und BH. Panisch blickte ich mich im Zimmer um, und der nächste Gedanke, der durch mein Gehirn schoss, war: Wo zum Teufel bin ich?

Das Bett war breit und gemütlich. Ein Unterschied zu meinem schmalen Einzelbett im Wohnheim. Nicht so groß wie das Kingsize-Bett, das ich daheim hatte, aber da ich so selten dort war, erschien mir dieses Bett nun regelrecht riesig. Und gar nicht fremd. Es roch gut. Nach Seife und frisch gewaschenen Laken.

Ich durchforstete mein Hirn nach Erinnerungen an den letzten Abend. Das war nicht allzu schwer. So betrunken, dass ich einen völligen Filmriss hatte, war ich nicht gewesen. Ich wusste noch sehr genau, dass Annie mich sitzen gelassen hatte. Und ich erinnerte mich an Shaw.

Shaw.

Ach du Scheiße! Shaw! Er war tief in mein Gedächtnis eingebrannt. Shaw, der angeboten hatte, mich nach Hause zu bringen. Hastig senkte ich die Lider. Ich hatte sein Angebot angenommen und war in seinen Wagen gestiegen – in den Wagen des aufregenden gefährlichen Biker Boys.

Ich öffnete die Augen wieder und riss die Decke hoch. Dann betrachtete ich mich auf der Suche nach Spuren von … nun ja … Sex.

Meine Augen brannten, plötzlich schnürte sich mir die Kehle zu. Meine letzte Erinnerung war, wie ich in seinem Auto gesessen hatte. Und – *oh Gott!* – ich hatte seinen Hals geleckt. Was war danach geschehen?

Mein Körper sah aus wie immer. Leicht ausladende Hüften, die dafür sorgten, dass ich nicht wie ein elfjähriger Junge wirkte. Wenig beeindruckende Brüste. Zu blasse Haut, aber ohne irgendwelche verräterischen Zeichen. Trotzdem, das reichte mir nicht. Ich wand und drehte mich, um herauszufinden, ob ich irgendeinen Unterschied spürte, ob es etwas gab, das mir etwas über meine Aktivitäten der letzten Nacht verriet. Ich müsste es doch wissen, wenn ich Sex gehabt hätte. Oder? Tränen wollten sich über den Rand meiner Augenlider drängen, sowie ich mir vorstellte, dass ich vielleicht mit jemandem geschlafen hatte und nichts davon mitgekriegt hatte. *Mein Gott!* Ich kam mir vor wie der Studiogast bei dem investigativen Nachrichtenmagazin „60 Minutes".

Das hätte nicht passieren dürfen. Ich sollte nicht hier sein.

Mein Fluchtinstinkt war geweckt. Ich musste hier weg. Ich schaute mich um, suchte nach meinen Klamotten. Blanke Holzwände starrten mich an. Ich war in einem Einzimmerapartment, groß und luftig trotz der dunklen Wände. Aus verschiedenen Fenstern im Küchenbereich strömte das Licht herein. Eine Doppelglastür links neben dem Bett erlaubte einen Blick auf die Welt da draußen. Ich betrachtete den blauen Himmel und schneebedeckte Erde. Die Morgensonne glitzerte auf den kahlen eisverkrusteten Ästen eines großen Baumes, der gleich vor dem Haus wuchs.

Stille umgab mich. Nur das leise Summen der Heizung war zu hören. Ich fühlte mich wie der einzige Mensch auf dem Planeten. Zumindest der einzige Mensch in diesem Haus. Wo war Shaw? Entführte er schon das nächste Mädchen?

Ein gepolsterter Sessel stand vor dem Kamin, in dem Holzstücke glühten und rotgoldenes Licht verbreiteten. Meine Kleider hingen ordentlich über einem Stuhl.

Ich wickelte mir die Bettdecke um und erhob mich. Durch die ruckartige Bewegung wurde mir schwindelig. Ich schwankte ein wenig und presste mir die Hand auf eine Gesichtshälfte, obwohl das auch nicht gegen das Pochen in meinen Schläfen half. Ab jetzt würde ich nie wieder etwas trinken, schwor ich mir. Nie, nie wieder. Na gut, das hatte ich mir schon öfter geschworen, diesmal allerdings meinte ich es ernst.

Ich huschte zu dem Sessel, wobei ich fast über die Decke gestolpert wäre. Verärgert schnappte ich sie mir und hängte sie mir über den Arm. Nachdem ich bei dem Möbelstück angekommen war, blickte ich mich vorsichtshalber um und ließ dann die Decke fallen. Ich griff mir meine Sachen und zog mich so schnell es ging an. Danach sank ich auf den Sessel und schlüpfte in meine Stiefel. Als ich nach dem zweiten griff, hörte ich Schritte.

Ich erstarrte, und plötzlich schlug mir das Herz bis zum Hals. Alles spielte sich nur noch in Zeitlupe ab, während die Schritte immer lauter wurden und immer näher kamen. Dahin war die außerirdische Ruhe. Die Tür ging auf, und Shaw betrat den Raum, die Arme beladen mit ein paar Holzscheiten. Er entdeckte mich sofort und blieb auf der Schwelle stehen. Ich schaute ihn an, unfähig, mich zu rühren, und kam mir vor wie ein Beutetier, das von seinem Jäger gestellt worden war.

Und dann kickte er die Tür hinter sich zu und schritt durchs Zimmer. Ich widerstand der Versuchung, mich wegzuducken. Vor dem Kamin kauerte er sich hin und stellte fest: „Du bist wach."

Seelenruhig begann er, das Holz in eine Kiste neben dem Kamin zu stapeln. Er blickte nicht zu mir herüber, während ich immer noch wie erstarrt dasaß und meinen Stiefel umklammert hielt.

Ich befeuchtete meine Lippen und versuchte, etwas zu sagen, wobei ich das Spiel seiner Muskeln unter dem Thermoshirt beobachtete. Auf seinem Haar und seinen Schultern war ein Hauch von Schnee.

Endlich hatte ich meine Stimme wiedergefunden. „Was hast du mit mir gemacht?"

Er unterbrach seine Arbeit und sah mich an. Ich holte tief Luft. Alles, an was ich denken konnte, als ich ihn so im Morgenlicht betrachtete, war – noch mehr. Noch attraktiver. Noch männlicher. Noch strahlendere Augen. Auch die Tatsache, dass er offensichtlich sauer war, minderte diesen Eindruck nicht. Doch auf einmal hatte ich einen Knoten im Magen. Ich wand mich unter seinem intensiven Blick.

„Ich habe nichts mit dir gemacht – außer deinen betrunkenen Hintern zu retten."

Mit einem Finger zeigte ich in Richtung meiner Schlafstelle. „Ich bin in deinem Bett wach geworden. Wenn das hier dein Haus ist."

Er nickte. „Ja."

„Hast du mich ausgezogen?"

Er reckte das Kinn vor. „Ich konnte dich schlecht in nassen Klamotten schlafen lassen." Er schaute mich fragend an. „Du erinnerst dich? Du bist hingefallen? In den Schnee?"

Ja, daran erinnerte ich mich. Und daran, dass ich seinen Hals geleckt hatte. Daran vor allem. „Und wo hast du geschlafen?"

Verwegen grinste er. „Was glaubst du?"

Mein Gesicht brannte. Es brauchte nicht viel Fantasie, um sich das auszumalen. In dieser Hütte gab es kein anderes Zimmer.

Er konzentrierte sich wieder auf das Holz und beantwortete seine Frage selbst. Er klang plötzlich etwas gelangweilt. „Auf der Couch."

Ich schnaubte verächtlich. „Ja klar." Endlich zog ich meinen Stiefel an und stand auf. „Lass mich nur eins klarstellen: Du hast mich hierher gebracht, mich ausgezogen – und hast dann auf der Couch geschlafen?“

Er schüttelte nur den Kopf und richtete sich zu einer beeindruckenden Größe auf. „Du bist echt unglaublich. Denkst du wirklich, ich vergreife mich an einem bewusstlosen Mädchen?“ Er musterte mich ausgiebig, und mir wurde bewusst, wie schrecklich ich aussehen musste mit meinen ungekämmten Haaren, den verknitterten Klamotten und dem verschmierten Make-up. Wahrscheinlich sah ich aus wie ein Waschbär, weil sich meine Wimperntusche verabschiedet hatte. „Süße, so unwiderstehlich bist du nicht.“

Ich holte Luft. Okay. Vielleicht hatte ich ihn beleidigt, aber das hatte er gut pariert. „Tut mir leid“, meinte ich, aber es klang nicht so, als ob ich es ernst meinte. „Entschuldigung, dass ich kurz in Panik geraten bin, weil ich halb nackt im Bett eines Fremden aufgewacht bin.“

„Vielleicht solltest du dir in Zukunft Freunde aussuchen, die dich nicht sitzen lassen, wenn du betrunken bist, damit du am nächsten Morgen nicht halb nackt im Bett eines Fremden aufwachen musst. Nur ein Vorschlag.“

Touché. „Was bist du denn für ein Arschloch?“ Was Besseres fiel mir nicht ein.

Er lächelte milde. „Ich habe schon schlimmere Beschimpfungen gehört.“

„Das kann ich mir denken.“ Ich raffte meine Jacke von der Couch, drehte mich um und marschierte zur Tür.

„Wohin willst du?“, rief er.

„Nach Hause“, gab ich zurück, ohne mich umzudrehen.

„Super. Cool. Und wie willst du dahin kommen?“

Ich riss die Tür auf, trat auf die Veranda – und verharrte. Erst in diesem Moment wurde mir klar, dass ich ihm immer noch völlig ausgeliefert war. Vor mir erstreckte sich eine weiße

Winterlandschaft. Die Hütte war knapp fünfzig Meter von einem zugefrorenen See entfernt. Weit weg, am anderen Ufer, erspähte ich ein paar Häuser und Blockhütten.

Ich hörte seine Schritte hinter mir und wirbelte herum. „Wo zum Teufel sind wir hier?"

„Ungefähr eine halbe Stunde entfernt vom Campus." Wieder sah er mich mit diesem forschenden Blick an, der mich so wütend machte. „Ziemlich weiter Weg, was?" Er betrachtete meine Schuhe. „Und diese Stiefel sind nicht für lange Spaziergänge geeignet, Prinzessin. Vor allem nicht im Schnee."

Ich verkniff mir ein „Ist das wahr?". Stattdessen stemmte ich die Hände in die Hüften. „Wieso bin ich überhaupt hier? Du solltest mich nach Hause bringen, ins Wohnheim!"

Er lehnte sich in den Türrahmen. Die Kälte schien ihm nichts anzuhaben. Ein eisiger Wind wehte und presste das Thermoshirt eng an seinen Körper. Seine muskulöse Brust zeichnete sich ab. Ich konnte sogar seinen Waschbrettbauch durch den Stoff hindurch erkennen.

„Was hätte ich denn anderes machen sollen? Du warst plötzlich ohnmächtig, und ich habe dich nicht wach gekriegt. Auf deinem Führerschein steht eine Adresse in Connecticut, das nützte mir also auch nichts. Und dein Handy? Passwortgeschützt."

Ich verschränkte die Arme vor der Brust und funkelte ihn zornig an. Es ärgerte mich, dass er recht hatte. Es war alles allein meine Schuld, nicht seine. Natürlich war er arrogant und unhöflich, doch ich sollte mich lieber bei ihm bedanken und mich glücklich schätzen, dass ich nicht bei einem dieser Perversen gelandet war, die über eine bewusstlose Frau herfielen. Ich betrachtete ihn. Oh Mann, er war wirklich unfassbar sexy!

„Danke“, murmelte ich.

Er hielt eine Hand an sein Ohr, als hätte er mich nicht richtig verstanden. „Wie war das? Habe ich da etwa etwas Nettes aus deinem Mund gehört? Kann doch nicht sein!“

Kochend vor Wut brachte ich etwas lauter ein zweites „Danke!“ hervor. Nachdem ich tief Luft geholt hatte, fügte ich in freundlicherem Ton hinzu: „Es war wirklich nett von dir, mir zu helfen. Es tut mir sehr leid, wenn du dadurch Unannehmlichkeiten hattest.“

„Unannehmlichkeiten“, wiederholte er grinsend.

„Würdest du mich jetzt bitte nach Hause bringen?“

„Kein Thema. Ich lebe nur dafür, verwöhnten kleinen Prinzessinnen aus Greenwich zu Hilfe zu eilen.“

Die Art, wie er mich anschaute, sagte alles. Er hatte keine allzu hohe Meinung von mir. Dieser Gedanke tat weh. Wie ärgerlich! Ich war es gewöhnt, dass Männer voll auf mich abfuhren. Zumindest oberflächlich. Aber das genügte mir auch. Ich ließ niemanden an mich heran, an die wahre Emerson hinter dem fröhlichen Partygirl. Falls dieses Ich überhaupt jemanden interessierte. Die meisten Typen waren ja zufrieden damit, einfach mit mir rumzumachen. Ohne Konsequenzen.

„Kannst du mir heute Morgen vielleicht mitteilen, wo du wohnst, Prinzessin? Denn dann könnte ich mich danach wieder meiner Arbeit widmen. Ob du es glaubst oder nicht, ich habe nämlich zu tun.“

Alles in mir sträubte sich. Er dachte also, ich würde ein privilegiertes Leben führen. Ich wäre eine verwöhnte Prinzessin, die Jungs anmachte und ihren Hals leckte und dann wie eine blöde Bekloppte umfiel. Mein Gesicht brannte. So unrecht hatte er damit nicht. Außer der Tatsache, dass mein Leben nicht sonderlich privilegiert war.

Doch das verriet ich ihm natürlich nicht. Wen interessierte es schon, was er über mich dachte? Sollte er doch denken, was er wollte!

„Dann los. Ich will dich nicht von deinen wichtigen Aufgaben abhalten. Zum Beispiel das nächste Verbrechen zu planen mit deiner Biker-Gang."

Erneut grinste er, und ich stellte fest, dass ihm unser Schlagabtausch Spaß zu machen schien. Nachdem ich meine Panik überwunden hatte, merkte ich, dass ich daran ebenfalls Gefallen fand.

„Natürlich. Und du darfst deinen Termin bei der Maniküre nicht versäumen."

Ich wackelte mit dem Kopf. „Der ist erst morgen."

Sein Lachen folgte mir, während ich mich umdrehte und von der Veranda marschierte. Der Wagen war nicht abgeschlossen – warum auch, hier draußen, mitten im Nirgendwo? Ich machte die Beifahrertür auf und setzte mich.

Auch er stieg ein und startete den Wagen. Wir warteten einen Moment, bis es warm geworden war. Ich betrachtete den zugefrorenen See und dachte, wie friedlich es hier aussah. Einen Ort wie diesen hätte ich niemals für sein Zuhause gehalten. Es war so ... schön hier. Wie eigenartig! Er war doch einer von diesen Bikern. Eine runtergekommene Meth-Höhle hätte ich mir besser vorstellen können. Das ewige Klischee, ich weiß, aber er bedachte mich ja auch nur mit Klischees.

Ich warf ihm einen Blick zu. „Wohnst du schon lange hier?"

„Die Hütte gehörte meinem Großvater. Er ist vor einem Jahr gestorben und hat sie mir hinterlassen."

Rasch schaute ich wieder nach vorn und legte die Hände auf die Knie. Das war das erste Mal, dass wir uns ernsthaft unterhielten, und ich fühlte mich unwohl. Aber ich fühlte mich sowieso unwohl in seiner Gegenwart. Das ließ sich nicht verneinen. Von Anfang an.

„Das tut mir leid“, entschuldigte ich mich, weil es mir so vorkam, etwas sagen zu müssen. Die beiden hatten sich nahegestanden, sonst hätte der alte Mann ihm sicher nicht seine Hütte vererbt. „Das mit deinem Großvater, meine ich.“

Er schaltete in den Rückwärtsgang und fuhr los. „Großvater war mit einem Freund angeln, kehrte heim, schmierte sich ein Sandwich, legte sich hin für ein Nickerchen und wachte nie mehr auf. Er war neunundachtzig. So viel Glück sollten wir alle haben.“

Ich blinzelte, da mir seltsamerweise die Tränen kamen. Ich betrachtete Shaws Profil und fragte mich, wieso ich plötzlich so emotional war. Wahrscheinlich lag es daran, dass er so liebevoll von seinem Opa sprach, der ihm offensichtlich viel bedeutet hatte. Wie er umgekehrt seinem Großvater. Ich wünschte, ich hätte auch so jemanden. Irgendjemanden. In meiner Familie gab es keinen, den es interessierte, ob ich lebte oder tot war. Es würde niemandem aus meiner Familie den Schlaf rauben, wenn mir etwas zustieße.

„Trotzdem ... Ich meine, das muss schwer sein. Du vermisst ihn doch bestimmt.“

Shaw sah mich an, ganz ohne Spott. Kein verwegenes Grinsen. Er sah mich einfach nur an, als wäre er überrascht, dass ich etwas Nettes gesagt hatte. „Ja, das stimmt. Danke.“

Ich nickte und blickte wieder nach vorn.

Wir fuhren in die Stadt, ohne uns weiter zu unterhalten. Ich steckte meine Hände unter die Oberschenkel und sprach erst wieder, sowie wir uns dem Campus näherten und ich ihm den Weg zu meinem Wohnheim erklären musste.

Um diese recht frühe Uhrzeit an einem Samstag war auf dem Campus nicht allzu viel los, und ich war froh darüber.

Vor meinem Wohnheim stieg ich aus. Niemand in der Nähe, den ich kannte. Niemand, der sehen konnte, dass ich noch die Klamotten vom Vorabend trug. Umso besser. Denn das hätte garantiert nur zu Gerüchten geführt, dass ich gerade von einem One-Night-Stand nach Hause gebracht wurde.

Die Hand schon auf dem Türgriff, blickte ich ihn noch einmal an. „Vielen Dank. Für alles."

Es war ein merkwürdiger Moment. Ich wollte unbedingt weg von ihm, aber ich wusste auch, dass ich ihn nie wiedersehen würde. Wir bewegten uns nicht in denselben Kreisen. Ich würde garantiert nie wieder ins Maisie's gehen. Mir fiel auf, dass ich ihn immer noch anstarrte. Viel länger, als nötig war – als wollte ich mir seine Gesichtszüge einprägen. Das war jemand, mit dem ich gern zusammen sein würde.

„Gern geschehen." Er sah mir in die Augen. „Halt dich von Ärger fern."

Ich musste grinsen. Welche Ironie! Ein Typ, den ich in einer Biker-Bar kennengelernt hatte, sagte mir, ich solle mich von Ärger fernhalten. „Ich versuch's. Und du auch. Keine Kneipenschlägereien mehr."

Seine Augen funkelten. „Falls du keine mehr anfängst."

Ich lachte kurz. „Nein, ganz bestimmt nicht. Das passiert so schnell nicht wieder."

„Ciao, Emerson."

Ich schlug die Tür zu und ging zum Eingang meines Wohnheims. Dabei konzentrierte ich mich darauf, einen Fuß vor den anderen zu setzen und das wohlige Gefühl zu ignorieren, das mir verriet, dass Shaw mich dabei beobachtete.

Unser Apartment war leer. Keine große Überraschung, aber ich sah vorsichtshalber doch in beiden Räumen nach. Pepper hatte sich einen sensationellen Freund geschnappt. Seit die beiden zusammen waren, verbrachte sie die Nächte meistens bei ihm. Und Georgia hatte Harris. Das war kein so sensationeller Freund, wie ich fand, aber immerhin hatte sie jemanden.

Jedenfalls war ich froh, dass die beiden nicht da waren und ich nicht erklären musste, wo ich die Nacht verbracht hatte. Ich liebte die beiden heiß und innig, aber sie machten sich immer zu viele Sorgen um mich. Nichts würden sie lieber sehen, als dass ich meine wilde Phase beendete und mir auch einen festen Freund zulegte.

Ich schlüpfte aus meinen Klamotten und zog meinen Bademantel an. Dann schnappte ich mir meinen Kulturbeutel und lief über den Flur zu den Duschen. Vor dem Gedanken, einen Freund zu haben, grauste es mir. Freunde wollten immer, dass man sie in sein Leben ließ. Unter anderem. Und das kam einfach nicht infrage.

Ich verbrachte mindestens eine halbe Stunde unter der heißen Dusche, bevor ich mir Haare und Körper wusch. Die letzte Nacht ging mir nicht aus dem Kopf. Und der Morgen. Ich war in Shaws Bett aufgewacht. Und obwohl er einen auf bösen Jungen machte, hatte er mich in Ruhe gelassen und nicht versucht, die Situation auszunutzen. Natürlich hatte ich ihn vorher quasi dazu eingeladen, ich hatte ja fast schon auf seinem Schoß gesessen, aber er hatte sich nicht darauf eingelassen. Er hatte nicht mehr verlangt oder versucht, das betrunkene Girl in seinem Wagen zu manipulieren. Und heute Morgen … heute Morgen wollte er mich einfach nur noch loswerden.

Ich stellte das Wasser ab und schüttelte den Kopf, um mich daran zu erinnern, dass ich wirklich keinen Grund hatte, beleidigt zu sein. Es war ja schließlich auch nicht so, dass ich mich nach ihm verzehrte.

Nachdem ich mich abgetrocknet hatte, schlüpfte ich wieder in meinen Bademantel. Als ich den Duschvorhang zurückzog, stand Suzanne vor dem Spiegel und putzte sich die Zähne.

„Hey, du", murmelte sie mit dem Mund voll Zahnpasta.

„Hey. Wie war dein Date?"

Sie verdrehte die Augen und spuckte aus. „Super – bis seine Ex mit ihrem neuen Freund reinspazierte und er nicht aufhören konnte, die beiden anzustarren. Während des gesamten Essens! Wie sich herausstellte, ist er mit mir in ihr Lieblingsrestaurant gegangen. Tolle Idee, was?"

Auf dem Weg zur Tür sagte ich: „Was für ein Arsch!"

Sie nickte. „Ich hätte sicher mehr Spaß gehabt, wenn ich mit dir weggegangen wäre."

„Ich erinnere dich dran, wenn du das nächste Mal einem Date den Vorzug gibst!", rief ich und war schon halb aus der Tür.

„Wart's ab!", rief sie mir hinterher. „Du wirst auch noch mal irgendwann deine Abendplanung für ein Date canceln."

Ich schnaubte. „Wieso sollte ich das jemals tun?"

„Eines Tages wirst du es tun. Das weiß ich! Wenn du den Richtigen gefunden hast." Ihre Worte klangen in mir nach, als ich über den Flur ging.

Suzanne las eindeutig zu viele Liebesromane. Offenbar glaubte sie so langsam das, was sie da las. Ich schüttelte den Kopf, betrat mein Zimmer und zog mich schnell an. Dann föhnte ich mir die Haare, damit sich keine Eiszapfen bildeten, wenn ich gleich rausging. Ich hatte ein Ziel.

Nur leicht geschminkt und die Haare minimal zurechtgemacht, schlüpfte ich in meine Winterjacke, schlang mir einen Schal um den Hals und schlüpfte in meine UGGs.

Es war immer noch so früh, dass kaum etwas los war. Ich machte mich auf den Weg zum Java Hut, unserem Lieblingscafé, in der Hoffnung, dass das Koffein gegen meine Kopfschmerzen half. Kaum hatte ich den Laden betreten, fing mein Magen an zu knurren. Unter der Woche musste man Glück haben, hier einen Platz zu finden und schnell an die Reihe zu kommen. Aber im Moment war die Warteschlange ziemlich kurz – nur zwei Personen vor mir. Sie gehörten einer Studentinnenverbindung an, wie man den griechischen Buchstaben auf ihren Hinterteilen entnehmen konnte.

Einer der Jungs hinter der Theke entdeckte mich. „Hey, Emerson!"

Ich kannte ihn. Letztes Semester hatte ich auf einer Party mit ihm rumgemacht.

„Hey!" Schnell las ich sein Namensschild. „Jeff."

Er nahm einen Becher und schrieb meinen Namen darauf. „Was bekommst du?"

„Cappuccino."

Die Mädchen vor mir warfen mir einen unfreundlichen Blick zu, verständlicherweise – weil ich vor ihnen bedient wurde.

Die Kassiererin sah die beiden entschuldigend an und tippte etwas ein, aber Jeff hielt ihre Hand fest. „Der geht auf mich", murmelte er und zwinkerte mir zu.

Seine Kollegin schüttelte den Kopf und wandte sich den beiden Mädels zu. „Was bekommt ihr?"

Sie bedachten mich mit einem letzten wütenden Blick, dann bestellten sie.

Ich lächelte Jeff matt an. „Das war aber nicht nötig." Ich wünschte mir, er hätte es gelassen.

„Ist mir eine Freude." Er zuckte mit den Schultern. „Das ist einer der Vorteile dieses Jobs – man kann nette Mädchen zu einem Kaffee einladen."

„Danke", sagte ich einfach nur. Alles andere war der Mühe nicht wert.

„Und wie geht es dir?“, erkundigte er sich, als er die Milch für mein Getränk aufschäumte. „Hattest du schöne Weihnachtsferien?“

„Ja, danke.“

„Super. Ich war Ski fahren. Mein Onkel hat ein Häuschen in Vermont gekauft. Ist nur ein paar Stunden von hier. Ich darf jederzeit hin. Fährst du auch Ski? Dann könnten wir mal an einem Wochenende zusammen rausfahren, bevor der Schnee weg ist. Einen Whirlpool gibt es auch.“ Er zog vielsagend die Augenbrauen hoch, und ich wusste schon, was er sich vorstellte.

„Ja, vielleicht.“

„Cool. Meine Nummer hast du noch?“

Hatte ich sie jemals? Ich nickte.

„Gut. Dann hab keine Angst, sie zu wählen.“ Er machte den Deckel auf meinen Cappuccino, beugte sich über den Tresen zu mir und stützte sich auf der Marmorplatte ab. „Du hast dich nicht zurückgemeldet, als ich dich neulich angerufen habe.“

Ich nahm den Becher und fummelte ungeschickt mit der Manschette herum, weil ich nicht wusste, was ich sagen sollte. Die meisten Jungs waren zufrieden mit einer Affäre. Manchmal riefen sie mich an, aber sie beschwerten sich nie, dass ich sie nicht zurückrief.

Er zwinkerte und hielt beide Hände hoch. „Hey, alles gut. Ich melde mich später.“

Ich lächelte und nickte. „Danke für den Cappuccino.“

Ich drehte mich um und trank beim Weggehen einen großen Schluck. Eigentlich hatte ich auch einen Muffin bestellen wollen, doch auf keinen Fall würde ich mich jetzt noch mal an diesen Tresen begeben.

Also verließ ich den Laden und machte mich stattdessen auf den Weg zur Kunst-Fakultät, während ich den Schal um mich wickelte.

„Em!“

Ich entdeckte Georgia, die mit Harris im Schlepptau auf mich zulief.

„Hey“, begrüßte ich sie.

„Hi“, rief sie in ihrem breiten Alabama-Akzent. Ihre Wangen waren von der Kälte gerötet. „Was geht? Wohin willst du?“

„Bin auf dem Weg ins Atelier, ein bisschen arbeiten.“

Sie nickte. „Was hast du gestern Abend noch gemacht?“

Ich zögerte. Das war jetzt eigentlich der Zeitpunkt, ihr zu erzählen, dass Annie mich im Stich gelassen hatte, aber dann würde sie fragen, wie ich es nach Hause geschafft … oder wo ich die Nacht verbracht hatte.

Deswegen meinte ich nur: „Ich war mit Annie unterwegs.“

Georgia verzog das Gesicht – das verriet mir, was sie von Annie hielt.

„Na, dann hattet ihr sicher Spaß.“ Harris musterte mich von oben bis unten und grinste verstohlen. Am liebsten hätte ich ihm einen Tritt versetzt. Ich wusste genau, dass er mich für eine Schlampe hielt. Und ich konnte seine schmutzigen Gedanken lesen, als er mich ansah. Wahrscheinlich stellte er sich gerade vor, wie Annie und ich uns ein halbes Footballteam vornahmen. Dieser voreingenommene Mistkerl! Ich kapierte nicht, wieso Georgia das nicht auffiel. Wahrscheinlich war sie verblendet durch die Tatsache, dass sie seit der zehnten Klasse zusammen waren. Aber ich kannte solche Typen. Waren froh, eine hübsche Freundin zu haben, schauten sich aber immer nach anderen Mädchen um. Mich glotzte Harris immer anzüglich an. Ich hatte keine Beweise dafür, dass er Georgia betrog, aber ich wäre sehr überrascht, wenn er auf einer seiner Verbindungspartys ein Angebot ablehnen würde, wenn Georgia gerade mal nicht dabei war.

Georgia stopfte die Hände in ihre Jackentaschen und wippte auf den Fersen. „Und was machst du heute Abend?“

Ich zuckte die Achseln. „Ich hab noch nichts vor.“

„Pepper hat was von einer Party erzählt.“

„Wir sind heute Abend bei diesem Dinner, Georgia. Hast du das schon wieder vergessen?“, fragte Harris.

Sie neigte den Kopf und blickte ihn fragend an. „Ach so?“

„Bei einem Freund meines Vaters. Der Präsident der First National Bank, du weißt schon. Ich hoffe, dass ich dort ein Praktikum machen kann.“

„Oh.“ Enttäuscht ließ sie die Schultern hängen. Ein Blick in ihr Gesicht, und ich wusste, dass sie darauf keine Lust hatte.

„Ich kann auch allein hingehen, aber ich habe dir schon vor einem Monat davon erzählt, Georgia.“ Er machte eine Pause, um seinem Satz Nachdruck zu verleihen. „Man erwartet von mir, dass ich eine Begleitung mitbringe.“

Sie nickte. „Natürlich. Ich komme mit. Ich habe es ja versprochen.“

Ich trank einen Schluck Cappuccino und fühlte mich wieder bestärkt in meiner Auffassung, dass es besser war, Single zu sein. Unwillkürlich fragte ich mich, wie lange Georgia diesen Idioten noch ertragen würde. Sie war jetzt schon vier Jahre mit ihm zusammen. Aber manche Gewohnheiten ließen sich eben nicht so leicht abschütteln – ätzende Beziehungen inbegriffen.

Georgia schaute mich an. „Tut mir leid. Aber vielleicht kannst du ja mit Pepper und Reece auf diese Party gehen.“

„Mal sehen“, erwiderte ich. Könnte lustig werden. Pepper und Reece gingen nicht oft auf Partys. Meistens starrten sie einander verliebt an oder machten andere Sachen, von denen ich lieber nichts wissen wollte. Verständlicherweise.

„Komm jetzt, Georgia. Es ist kalt. Ich gehe rein.“ Harris ließ ihre Hand los und betrat das Java Hut. Ich beobachtete

Georgia, die ihm hinterhersah. Sie sah aufgewühlt aus und runzelte die Stirn.

„Alles in Ordnung bei euch?“, fragte ich.

Sie wandte sich wieder mir zu. „Ja. Tut mir leid.“

Was tat ihr leid? Dass ihr Freund ein Arsch war? Ich zuckte mit den Achseln. Ich hatte ihr nicht vorzuschreiben, mit wem sie zusammen sein sollte und mit wem nicht. Das hatte ich einmal bei meiner eigenen Mutter versucht, und es war nicht allzu gut gelaufen.

„Harris ist nur gerade gestresst. Er hat eine wichtige Prüfung vor sich, und er sucht noch nach einer Praktikumsstelle für den Sommer.“

Ich nickte, als wäre das eine Erklärung.

„Wollen wir morgen zusammen frühstücken? Das haben wir schon so lange nicht mehr gemacht. Vielleicht kommt Pepper ja auch mit.“

Es stimmte, wir hatten lange nicht mehr zusammen gefrühstückt. Ich vermisste das. Vielleicht würde ich den beiden sogar von meiner Mutter erzählen, die mich zwingen wollte, auf Justins Hochzeit zu gehen.

Aber dann musst du ihnen von Justin erzählen. Allein von dem Gedanken wurde mir schlecht. Ich wollte nicht an diesen Wichser von Stiefbruder denken und erst recht nicht über ihn reden. Manche Dinge waren in der Vergangenheit besser aufgehoben.

„Ja, das wäre toll.“

Sie umarmte mich rasch, dann verschwand sie im Café. Ich lief mit schnellen Schritten über den Campus, voller Vorfreude auf das Atelier und die Leinwand – und meine Arbeit, in der ich mich verlieren konnte. Nur beim Malen fühlte ich mich sicher, nur dabei konnte ich meinen Emotionen freien Lauf lassen. Und die Kontrolle abgeben.

4. KAPITEL

Während ich arbeitete, verlor ich jegliches Zeitgefühl. Außer mir waren noch ein paar andere Studenten da, die mit ihren Projekten beschäftigt waren, aber im Atelier war grundsätzlich Ruhe angesagt. Es war ein großer Raum, deutlich größer als die üblichen Unterrichtsräume. Durch die bodentiefen Fenster drang das Tageslicht herein. Ab und zu sah ich von meiner Arbeit auf und blickte auf den schneebedeckten Rasen. Ich tippte gedankenverloren mit dem Pinselende gegen mein Kinn, während ich den friedlichen Anblick genoss und meine Seele sich daran erfreute.

Das Atelier war meine Kathedrale. Mein Allerheiligstes. Die wilde Emerson, für die jeder Mann nur ein Spielzeug war, das sie fallen ließ, sobald sie keine Lust mehr darauf hatte, gab es hier nicht. Die kaputte Fünfzehnjährige, die sich an ihre Mutter gewandt hatte, weil sie sich Hilfe und Unterstützung erhoffte, existierte hier ebenfalls nicht.

Hier gab es nur die echte Emerson. Hier war ich ich selbst. Das war Freiheit. Frieden. Auf der Leinwand gab es keine Bedrohung und kein Risiko, nicht einmal, wenn ich mich gehen ließ.

Ich tunkte den Pinsel in verschiedene Farben und mischte sie so lange, bis ich das gewünschte Blau erhielt. Dann verteilte ich die Farben auf der Leinwand, ohne zu denken. Ich ließ mich einfach von meinem Inneren leiten. Es floss aus mir heraus.

So war es immer. Meine Kunst hatte nichts Wohlüberlegtes, sie entstand einfach. Und immer, wenn ich mir das Endergebnis ansah, kam es mir vor, als würde ich mein Werk zum ersten Mal sehen.

Auf der Arbeitsfläche vibrierte mein Handy. Blinzelnd schaute ich auf und bemerkte, dass es draußen schon dunkel wurde. Ich sah nach, von wem die SMS war.

Pepper: Wo bist du?

Ich legte den Pinsel hin, wischte mir die Hände an einem nicht ganz frischen Handtuch ab und schrieb ihr zurück.

Ich: Atelier.

Pepper: Lust rauszugehen? Heute Abend Party.

Einen Moment lang zögerte ich und dachte daran abzusagen. Aber dann würde ich den ganzen Abend allein in meinem Zimmer hocken. Auch wenn ich dann endlich für meine anstehende Geschichtsklausur lernen könnte – aber das war keine wirklich verlockende Alternative.

Ich: Alles klar. Bin schon auf dem Weg.

Ich stand auf und packte Pinsel und Palette zusammen. An den Waschbecken im hinteren Teil des Raums wusch ich alles sorgfältig aus, dann ging ich mit meinen Utensilien zu meinem Arbeitsplatz zurück. Während ich aus meinem Kittel schlüpfte, fiel mein Blick auf die Leinwand. Ich erstarrte.

Mir war vage bewusst gewesen, dass ich etwas gemalt hatte, wozu mich die Winterlandschaft draußen inspiriert hatte, aber das hier überraschte mich dann doch.

Mein Bild zeigte die Szene von heute Morgen. Eine doppelte Glastür, die sich in eine verschneite Landschaft mit azurblauem

Himmel öffnete. Im Hintergrund angedeutet ein Bett mit zerwühlten blauen Laken.

Klare Linien. Kräftige Farben. Sehr modern – theoretisch. Malen war für mich eine Herzenssache, umso mehr wunderte ich mich darüber, dass ich ausgerechnet diese Szene festgehalten hatte. Was wollte mein Unterbewusstsein mir damit sagen?

Schockierender wäre nur ein Porträt von Shaw höchstpersönlich gewesen. Offensichtlich spukte er mir immer noch im Kopf herum. Ich trat einen Schritt zurück und betrachtete kopfschüttelnd die Leinwand. Vielleicht sollte ich es übermalen. Noch mal von vorn anfangen. Die Leinwand noch mal verwenden.

Ich warf einen Blick auf mein Handy. Es war kurz vor achtzehn Uhr. Mein Magen knurrte. Ich drückte eine Hand auf meinen sich beschwerenden Bauch. Ich hatte den ganzen Tag nichts gegessen! Rasch schlüpfte ich in meine Jacke, warf mir den Schal um den Hals und nickte Gretchen zu, die ein paar Tische weiter an einer aufwendigen Collage arbeitete. Dabei kamen verschiedene Stoffe zum Einsatz. Sie unterbrach sich beim Zerreißen von etwas, das aussah wie alte Vorhänge, um mir zum Abschied zuzuwinken.

Ich eilte aus dem Gebäude und lief quer über den Campus, die Hände tief in die Jackentaschen vergraben. Meine Stiefel knirschten auf dem schneebedeckten Boden. Mir kam es vor, als wäre es seit heute Morgen noch einmal zehn Grad kälter geworden.

Als ich in mein Zimmer kam, war es dunkel und leer. Georgia war schon weg, aber von nebenan konnte ich Peppers und Reece' Stimmen hören. Die Verbindungstür war nur angelehnt, also machten sie wohl ausnahmsweise gerade mal nicht miteinander rum. Trotzdem klopfte ich an, bevor ich den Kopf ins Zimmer steckte.

„Hey!“ Pepper grinste fröhlich und löste sich aus Reece' Armen. Er saß auf ihrem Schreibtischstuhl und sah so sexy aus wie immer. Dunkelblondes, kurz geschnittenes Haar. Schlank und durchtrainiert. Ein Tattoo bedeckte seinen muskulösen Bizeps. Er wirkte entspannt und schien sich in Peppers Zimmer vollkommen zu Hause zu fühlen.

Einen Moment lang hatte ich den Eindruck, dass er ein bisschen beleidigt war, als Pepper zu mir kam, um mich zu begrüßen. Als hätte er sie nur sehr ungern losgelassen.

Sie nahm zwei Pullover vom Bett und hielt sie mir hin. „Welcher?“

Ich sah sie mir an und deutete auf einen. „Der schwarze.“

„Echt?“ Sie warf einen kritischen Blick auf das schwarze Kaschmirteil.

„Ja, der sieht toll aus an dir.“ Ich winkte Reece zu. „Hey, Reece.“

Er lächelte mich an. „Hey, Em.“ Anders als Harris gab er mir nie das Gefühl, ein Mensch zweiter Klasse zu sein. Und er glotzte keine Frauen an – weder mich noch andere Mädchen. Bis auf Pepper natürlich. Der Typ war einfach richtig nett.

„Was ist der Plan?“, fragte ich. „Ich hoffe, auf der Party gibt es was zu essen. Ich stehe kurz vor einer Ohnmacht.“

Stirnrunzelnd schaute Pepper mich an. „Hast du den ganzen Tag gemalt?“ Sie wischte mir etwas von der Wange, vermutlich einen Farbkleckser. „Und hast nicht mal eine Pause gemacht, um was zu essen?“

Ich zuckte die Achseln.

„Ich könnte uns schnell eine Pizza holen, während ihr beide euch fertig macht“, schlug Reece vor und stand auf. „Ich weiß ja, wie lange ihr braucht.“

„Gute Idee!“ Pepper nickte und fragte beinahe schüchtern: „Von Gino's?“

Er griff nach dem Bund ihres Pullovers und zog sie an sich. „Würde ich jemals woanders Pizza holen?“

Dann küsste er sie.

Ich wandte den Blick ab. Voyeurismus lag mir nicht. Bäh! Hätte ich die beiden nicht so gern, müsste ich kotzen.

„Ich rufe von unterwegs an. In einer halben Stunde bin ich wieder da.“ Die Tür fiel mit einem leisen Klicken ins Schloss, und Pepper stand immer noch da mit dem Pullover auf dem Arm. Sie schien so verliebt, dass ich ihr am liebsten einen Tritt versetzt und sie gleichzeitig umarmt hätte.

„Erde an Pepper!“

Sie schaute mich an, immer noch mit diesem dämlichen Grinsen. „Sorry.“

„Eben nicht!“ Ich schüttelte lächelnd den Kopf. „Wenn man euch beide so sieht, könnte man beinahe Hoffnung bekommen.“

Pepper ließ sich aufs Bett fallen. „Dass du auch jemanden kennenlernst? Aber natürlich wirst du das! Wenn es der Richtige ist. Und du so weit bist.“

Und genau das war der Knackpunkt: wenn ich so weit war. Sie verstand einfach nicht, dass ich nie so weit sein würde. Wie sollte sie auch? Ich hatte es ihr nie erklärt und würde garantiert nicht jetzt damit anfangen. Womit wir beim Thema gestern Abend wären.

Ich ließ mich neben sie aufs Bett plumpsen. „Wohin gehen wir gleich eigentlich?“

„Einer von Reece’ Freunden feiert Verlobung.“

Ich stöhnte. „Eine Verlobungsfeier?“ Leute in unserem Alter heirateten schon? In letzter Zeit hörte man ständig von Verlobungspartys und Hochzeiten. Das war der Anfang vom Ende. Ich durfte gar nicht darüber nachdenken. Wahrscheinlich würde ich demnächst sämtliche Wochenenden damit verbringen, Hochzeitsfeiern zu besuchen. Und dann Baby-Willkommenspartys. Furchtbar. „Das klingt ja … spannend."

Pepper verdrehte die Augen. „Bitte halt deine Begeisterung im Zaum."

Dieses Hochzeitsgequatsche erinnerte mich wieder an das Telefonat mit Mom. Die Brautparty der Verlobten von Justin hatte ich bereits verpasst. Sie hatte vor einer Woche stattgefunden. Ich kannte das arme Ding gar nicht, das Justin heiratete, doch Mom hatte dafür gesorgt, dass ich trotzdem eine Einladung bekam. Ich ging natürlich nicht hin. Und auch auf der Hochzeit würde ich nicht auftauchen. Diese Party heute Abend erschien mir plötzlich keine so gute Idee mehr. Wahrscheinlich würde ich viel zu viel an Mom und Justin denken.

Ich nahm mir ein zweites Kissen und stopfte es mir unter den Kopf. „Können wir nicht was Lustigeres machen? Du weißt schon, vielleicht steht irgendwo eine Beerdigung an?"

Sie schlug mir auf den Arm. „Das wird garantiert gut, Em. Es spielt sogar eine Band." Offensichtlich sah ich immer noch wenig überzeugt aus, denn Pepper fügte hinzu: „Wir gehen nicht auf eine Hochzeit, klar? Kein Streichquartett. Es findet bei den Leuten zu Hause statt. Alles ziemlich leger."

„Na gut", erklärte ich widerwillig.

Ich erhob mich und wackelte mit den Augenbrauen. „Ich schätze, ich gehe lieber noch schnell unter die Dusche. Man weiß ja nie, wen man so kennenlernt …"

Pepper schüttelte den Kopf. „Du bist echt unverbesserlich."

„Ich weiß", rief ich und fühlte mich plötzlich wieder ein bisschen mehr wie ich selbst, als ich vor meinem Schrank stand und nach den geeigneten Klamotten für den Abend suchte.

Als wir in dem Haus ankamen, war es schon knallvoll. Offensichtlich handelte es sich bei den Gästen überwiegend um

Freunde der beiden Verlobten, denn sie waren alle ziemlich jung. Man sah keine Eltern oder Großeltern über das Buffet wachen, auf dem Aufläufe in allen Variationen standen. Das Mobiliar war aus den Zimmern herausgeräumt oder an die Wand geschoben worden, im Wohnzimmer spielte eine Band. Gäste drängelten sich im Haus und draußen auf der überdachten Veranda. Dort standen auch mehrere Heizpilze, damit niemand frieren musste. Das waren eindeutig Leute von hier. Leute, mit denen Reece aufgewachsen war. Echte Menschen, nicht diese verwöhnten Dartford-Typen. Verlegen tastete ich nach meinen Diamantohrringen. Die hätte ich vielleicht besser zu Hause gelassen. Zusammen mit meiner Designer-Jeans. Ich fiel unter diesen Menschen auf, während Pepper und Reece perfekt dazugehörten.

Reece führte uns durch die Menge auf der Suche nach dem glücklichen Paar. Als er es gefunden hatte, stellte er Pepper und mich vor.

„Reece, deine Freundin ist ja entzückend!“ Beth, die zukünftige Braut und eine ehemalige Klassenkameradin von Reece, stieß einen Schrei aus und drückte Peppers Hand. „Vielleicht seid ihr beide ja als Nächstes dran?“

Ich schaute absichtlich weg und tat so, als würde ich mich für die Gäste interessieren. Was hatten diese Verheirateten (und die, die auf dem Weg dorthin waren) nur damit, alle anderen auf ihre Seite ziehen zu wollen? Es schien irgendein geheimes Rekrutierungsprogramm zu geben.

Braut und Bräutigam verschwanden, um weitere Gäste zu begrüßen und Glückwünsche entgegenzunehmen. Während wir im Wohnzimmer blieben, besorgte uns Reece aus der improvisierten Bar in der Küche etwas zu trinken.

„Nicht schlecht, was?“, rief Pepper mir über die laute Musik hinweg zu und blickte sich um. „Sind ein paar süße Typen da.“

Ich nickte. „Ja." Sie hatte recht. Ein paar hatten auch schon versucht, mit mir Blickkontakt aufzunehmen. Doch irgendwie war mir heute Abend nicht danach. Was schade war, denn endlich sahen meine Haare mal so aus, wie ich es mir wünschte.

„Oh, oh – aber von dem Typen lässt du besser die Finger. Der bedeutet Ärger." Ich folgte Peppers Blick. Ein Kerl, der so sexy war, dass er locker das Titelblatt der GQ zieren könnte, bahnte sich einen Weg zu uns. Er rauschte heran und legte Pepper einen Arm um die Hüfte. Sie quietschte, als er sie herumwirbelte.

„Logan!" Sie boxte ihm sanft gegen den Oberkörper. „Lass mich runter!"

„Ich kann leider nicht. Immer bist du mit deinem Scheißfreund zusammen. Daher muss ich die Gelegenheit nutzen, wenn sie endlich mal gekommen ist!"

„Ist ihr ‚Scheißfreund' nicht dein Bruder?", fragte ich trocken.

Logan funkelte mich mit seinem Einhundert-Watt-Strahlen an. „Emmmmmerson." Er ließ Pepper runter und kam einen Schritt auf mich zu. „Du siehst …" Er unterbrach sich, und ich wartete auf den Klischee-Anmachersatz. Ganz sicher hatte er sie alle drauf, aber egal. Er war so heiß, er konnte sagen, was er wollte – ihn ließ keine Frau stehen. Und da spielte es auch keine Rolle, dass er erst achtzehn war und immer noch auf der Highschool. Er war auch bei Studentinnen heiß begehrt.

„Wie sehe ich aus?", fragte ich.

„Praktischerweise siehst du allein aus … heute Abend."

„Praktischerweise?"

„Ja. Praktisch für mich. Normalerweise bist du doch immer von einer ganzen Traube von Männern umgeben. Wo sind diese Loser heute?" Er deutete auf die Gästeschar. „Sie haben sich noch nicht an dich rangemacht? Ihr Pech!"

Ich lachte – unwillkürlich. Der Typ war gut. Lustig. Er war nicht nur sexy, er hatte tatsächlich Persönlichkeit. Na gut, das war zu erwarten gewesen – immerhin war er Reece' Bruder. Er hatte sicher mehr zu bieten als nur gutes Aussehen.

„Also, wie wär's, Emerson?" Er legte mir einen muskulösen Arm um die Schulter. Unmöglich, das zu ignorieren. Der Typ war so durchtrainiert, der absolute Sportler. Reece hatte irgendwann mal erwähnt, dass mehrere Baseball-Scouts hinter Logan her waren. „Wirst du mich heute endlich erhören?"

„Pass lieber auf", sagte Pepper warnend. „Du wirst bei lebendigem Leib gefressen."

„Hey." Logan drückte sich eine Hand auf die Brust. „Das tut weh. So schlimm bin ich doch gar nicht."

„Ich habe auch von Emerson geredet. Sie ist ein männermordender Vamp."

„Danke!" Ich schlug ihr mit der Hand auf den Arm und deutete mit einem Daumen auf Logan. „Und was ist er?"

„Ich bin kein männermordender Vamp", erklärte Logan und nickte klug.

„Nein, du bist höchstens ein Ladykiller", gab ich zurück.

Wieder presste er die Hand auf sein Herz. „Autsch."

Ich stemmte eine Hand in die Hüfte. „Komm schon! Das hast du doch alles schon x-mal gehört!"

„Stimmt. Aber soll das etwa heißen, dass du nicht mit mir rummachen willst?"

Pepper fing an zu kichern. Sie hatte ihren Spaß. Gespielt wütend funkelte ich sie an. „Muss ich dich daran erinnern, dass du im letzten Herbst mit diesem jungen Mann die Techniken des Vorspiels erlernen wolltest?"

„Emerson!" Sie wurde knallrot. „Das war, bevor ich Reece kennengelernt habe! Und weil ich dachte, Logan wäre Reece – schon vergessen?"

Logan lachte. „Diese Geschichte höre ich immer wieder gerne."

Energisch verschränkte Pepper die Arme vor der Brust und schaute ihn genervt an. „Ja, und dein Bruder liebt sie auch. Warum erzählst du sie ihm nicht mal wieder?"

„Nicht heute Abend. Das hebe ich mir lieber für einen speziellen Anlass auf, seinen Geburtstag oder so. Oder noch besser: Ich werde sie in meine Rede auf eurer Hochzeit einflechten."

Pepper schlug ihn auf den Arm.

Grinsend schüttelte ich den Kopf. Logan hatte echt was mit seiner sorgenfreien, direkten Art. Zu schade, dass er Reece' Bruder war. Sicher gutes Material für einen One-Night-Stand, aber leider tabu. Und selbst wenn er nicht Reece' kleiner Bruder wäre – er war noch auf der Highschool! Andere Mädchen schien das zwar weniger zu interessieren, aber ich zog Sexualpartner über achtzehn vor.

Plötzlich fing mein Nacken an zu kribbeln. Die Lautstärke im Raum nahm ab. Die Band spielte weiter, doch alle Unterhaltungen schienen unterbrochen worden zu sein. Ich sah mich um. Alles starrte in Richtung Tür.

Das Lächeln auf meinen Lippen erstarb. Gerade kam Shaw herein.

Mein heißer Biker Boy. Shaw.

Blinzelnd versuchte ich, ihn mit der Umgebung in Einklang zu bringen. Ich hatte mich so sehr bemüht, ihn und die letzte Nacht zu vergessen. Ziemlich schwierig, wenn er keine vierundzwanzig Stunden später wieder vor mir stand.

Er wirkte völlig entspannt und lächelte, während er mehrere Leute per Handschlag begrüßte.

Was tat er hier?

Auch wenn er sich nach außen hin selbstbewusst und locker gab, sagte mir eine innere Stimme, dass er sich hier nicht wohlfühlte. Ich konnte es an seinen Augen sehen. Sie wirkten wachsam.

„Sieh einer an“, murmelte Logan.

Ich schaute ihn an. Auch er musterte Shaw.

„Wer ist das, Logan?“, fragte Pepper.

„Das ist Shaw, Beths Cousin. Er hat mit Reece den Highschoolabschluss gemacht und ist danach direkt zu den Marines, zusammen mit Beths Bruder Adam.“

„Aha. Und wieso klingst du dann so überrascht?“

„Weil ich mich wundere, dass er hier ist.“

„Wieso das denn?“, erkundigte ich mich und hoffte, nicht allzu interessiert zu klingen. „Beth ist doch seine Cousine.“

„Ja, schon richtig.“ Logan wirkte außergewöhnlich ernst. Außergewöhnlich für ihn jedenfalls, den ewig grinsenden Flirtweltmeister. Ich hatte ihn noch nie so gesehen. „Adam ist nicht wieder zurückgekommen. Er wurde im Einsatz getötet, und seit Shaw wieder da ist, macht er sich eigentlich ziemlich rar.“

Ich holte tief Luft und schaute wieder zu Shaw hinüber. Er stand jetzt bei Beth. Sie blickten einander an, keiner von beiden rührte sich, und mir fiel spontan der Ausdruck „Sackgasse“ ein. Beth drückte ihn nicht an sich, wie sie es bei Reece getan hatte. Wie sie es heute Abend bei eigentlich allen gemacht hatte. Die Spannung zwischen den beiden war sogar auf die Entfernung spürbar.

„Gibt sie ihm etwa die Schuld am Tod ihres Bruders?“, fragte ich. Das kam mir unfair vor, und aus irgendwelchen Gründen war mein Beschützerinstinkt erwacht. Im nächsten Moment schämte ich mich. Ihr Bruder war tot. Beth hatte ein Recht auf diese Gefühle. Und was wusste ich schon über die ganze Sache? Und davon mal abgesehen musste Biker Boy ganz bestimmt nicht von mir beschützt werden.

„Keine Ahnung. Ich weiß nur, dass fast niemand Shaw zu Gesicht bekommen hat, seit er wieder da ist. Die Gerüchte besagen, er wohnt draußen am See und arbeitet in einer Werkstatt am anderen Ende der Stadt."

Ich konnte bestätigen, dass er am See wohnte. Davon, dass er in einer Werkstatt arbeitete, wusste ich nichts, aber er hing offensichtlich gerne in Biker-Bars rum. Ich fragte mich, ob das für ihn Neuland war. Wahrscheinlich war das nicht sein bevorzugter Party-Ort gewesen, als er noch mit Reece auf die Highschool ging – aber wissen konnte man es nicht.

Ich bemerkte, wie Beths Lippen sich bewegten, aber eine Umarmung gab es dennoch nicht. Shaw schien angespannt zu sein. In diesem Moment sagte Beths Verlobter etwas und zog sie mit sich. Shaw stand plötzlich allein da, wenn auch nicht lange. Mehrere Personen gingen zu ihm und begrüßten ihn. Was auch immer an Spannung zwischen ihm und Beth existierte, betraf die anderen nicht. Ich beobachtete ihn weiter und stellte fest, dass die Anspannung immer noch nicht von ihm abgefallen war. Es war sicher nicht leicht für ihn, hier zu sein. Ganz sicher hatte er keine Lust gehabt zu kommen – und trotzdem, er war da. Aber wieso?

Und dann war Reece neben ihm. Die beiden schüttelten sich herzlich die Hand und Reece erhielt von ihm sogar eine dieser seltsamen Halbumarmungen, die Männer untereinander draufhaben. Die beiden unterhielten sich ein paar Minuten, schließlich deutete Reece mit dem Kopf in Richtung Pepper. In Richtung von uns.

„Oh, sie kommen her."

Mein Puls hämmerte wie verrückt. Einen Moment lang überlegte ich einfach wegzulaufen. Ich hatte Pepper noch nichts von gestern Abend erzählt. Wie sollte ich ihr erklären, dass ich Shaw kannte?

Er entdeckte mich erst, als er mit Reece zusammen auf uns zukam. Seine Miene verriet nichts, er riss nur kurz die Augen auf.

Und plötzlich standen die beiden vor uns, und ich konnte mich nicht mehr verstecken – oder mir eine Ausrede einfallen lassen für den Fall, dass er durchblicken ließ, dass wir uns schon einmal begegnet waren.

Logan und Shaw schüttelten sich als Erstes die Hände. „Schön, dich zu sehen, Mann“, begrüßte Logan ihn.

„Bei unserem letzten Treffen warst du ungefähr so groß.“ Shaw hielt eine Hand auf Schulterhöhe.

„Zum Glück hab ich noch einen Wachstumsschub bekommen.“

Reece stellte uns vor. „Das ist meine Freundin Pepper und ihre Freundin Emerson.“

Shaw gab Pepper die Hand, doch dabei schaute er mich an. Er hatte mich schon die ganze Zeit verstohlen angesehen, während er mit Logan sprach.

Ich streckte ihm die Hand hin und erwartete, dass er gleich die Katze aus dem Sack lassen und erwähnen würde, dass wir uns kannten. Doch er überraschte mich.

„Freut mich, Emerson.“ Seine warmen Finger umschlossen meine, und ich spürte seine Berührung bis in die tiefsten Tiefen meines Körpers. Jeder einzelne seiner Finger hinterließ einen Abdruck auf meiner Haut, den ich noch Stunden später würde spüren können.

„Mich auch“, presste ich heraus.

„Schön, dass du hier bist“, übernahm Reece die Unterhaltung. „Ich hatte schon gehört, dass du wieder in der Stadt bist, aber ich wusste nicht, wie ich Kontakt zu dir aufnehmen soll. Ich hab auch deine Mom lange nicht gesehen.“

Shaw blickte Reece an. „Sie hat noch mal geheiratet und ist nach Boston gezogen.“ Und danach schaute er wieder mich an – mit einem tiefen bohrenden Blick. Ich täuschte größtmögliches Interesse an meinem Getränk vor.

Reece nickte. Eine seltsame Pause entstand.

„Ihr Neuer scheint ein netter Kerl zu sein“, erklärte Shaw, offensichtlich, um das peinliche Schweigen zu füllen. „Hat zumindest einen festen Job und sorgt sich um sie. Besser als alles, was mein Alter je geschafft hat.“ Er lächelte, aber es war ein schmerzvolles Lächeln. Ich hatte den Eindruck, dass ihm diese ganze Begegnung alles andere als angenehm war.

„Na, das ist doch super. Deine Mom war immer so nett. Und sie hat die allerbesten Cookies gebacken. Ich erinnere mich noch, dass sie immer welche dahatte, wenn wir vom Fußballtraining kamen.“

Shaw lachte leise, und das Geräusch verursachte mir eine Gänsehaut. Peinlich. Seit wann gab es denn so was bei mir? „Sie hat immer nur die vom Lebensmittelladen nebenan gehabt.“ Als er das sagte, sah er mich direkt an. „Die Kekse vom Vortag gab es für die Angestellten umsonst.“ Mir schien, als wollte er mir mit seinem Blick irgendetwas sagen. Aber was? Dass er anders war? Dass wir beide aus zwei verschiedenen Welten stammten? Das hatte ich bereits begriffen. Und zwar in dem Moment, als ich ihn das erste Mal sah. Und das hatte nichts damit zu tun, dass seine Mutter in einem Lebensmittelladen gearbeitet hatte und meine Mutter Chanel trug.

Pepper schaute neugierig zwischen uns hin und her. Offensichtlich blieb ihr unser Blickwechsel nicht verborgen.

„Ich hol mir noch was zu trinken“, verkündete ich und schwenkte meinen fast leeren Becher. Heute Abend hatte ich keine Lust auf Alkohol, denn mir war immer noch schlecht von gestern, aber irgendeine Ausrede brauchte ich, um mich von der Gruppe zu entfernen.

Ich schob mich durch die Menge bis zur Bar und gab dem Barkeeper ein Zeichen. Offensichtlich ohne Erfolg. Er wurde gerade von mehreren glücklichen Partybesuchern belagert.

„Ich hol ihn", sagte eine Stimme neben mir.

Ich drehte mich um, und ein echt süßer Kerl stand neben mir. Er war nicht so schick wie die Dartford-Jungs, allerdings ziemlich nah dran. Mit seiner sorgfältig gestylten Frisur und den tiefen Grübchen wirkte er völlig harmlos – ganz anders als der Typ, vor dem ich gerade geflohen war. Der Typ, an den ich viel zu oft dachte.

Schüchtern lächelte ich. Jetzt oder nie. Pepper nannte es mein „männermordendes Lächeln". *Männer* – wohl kaum. Eher Jungs. Und tatsächlich war dieser Kleine hier genau mein Beuteschema. Also schenkte ich ihm meine volle Aufmerksamkeit und sah zu, wie er dem Barkeeper winkte, überzeugt davon, dass ich selbst nicht in der Lage dazu war.

Ermutigt von seinem vermeintlichen Erfolg lächelte er mich an und beugte sich so dicht zu mir, dass unsere Schultern sich berührten. „Was möchtest du denn?"

„Hm." Ich warf einen Blick auf die Getränke. Die Auswahl war nicht allzu groß. Bier. Wein. Und eine Margarita-Maschine war auch da. „Eine Margarita."

Der erschöpft wirkende Barkeeper tauchte auf und Pretty Boy bestellte unsere Getränke. Rasch sah ich mich um. Reece und Pepper unterhielten sich immer noch mit Shaw. Als würde er meinen Blick fühlen, wandte sich Shaw zu mir um. Schnell drehte ich mich weg und ließ mir von Pretty Boy meinen Drink in die Hand drücken.

„Prost." Er stieß mit seinem Bier an. „Ich bin Jonathon."

Ich trank einen Schluck von meinem Cocktail und erwiderte: „Emerson."

„Also, Emerson. Bist du eine Freundin vom Bräutigam oder von der Braut?"

„Ich bin eine Freundin von einer Freundin der Braut."

„Ah, du bist also uneingeladen hier?" Er zwinkerte mir

zu. „Böses Mädchen.“ Er betrachtete mich anerkennend, wobei sein Blick auf meinem Haar hängen blieb, den magentafarbenen Strähnen. Was? Waren gefärbte Haare neuerdings ein Zeichen dafür, dass man ein böses Mädchen war? Ich bemühte mich, nicht die Augen zu verdrehen. Was für ein Klischee!

„Sehe ich irgendwie komisch aus?“, fragte ich herausfordernd und versuchte, in den gewohnten Flirtmodus zu kommen. Meine große Stärke. Den konnte ich so leicht an- und ausschalten, als würde ich einen Schalter umlegen. Keine Kraftanstrengung nötig.

Eigentlich.

Ich spähte über Jonathons Schulter. Ich konnte mich nicht zurückhalten. Shaw war hier, der Typ, von dem ich gedacht hatte, dass ich ihn nie wieder sehen würde. Selbst aus dieser Entfernung spürte ich seine Anwesenheit. Aber vermutlich war das ganz normal. Immerhin hatte ich die Nacht mit ihm verbracht – auch wenn wir uns nicht mal geküsst hatten. Und jetzt war ich ... neugierig. Das war alles. Die Gästeschar bewegte sich, und ich konnte ihn nicht mehr sehen.

„Suchst du jemanden?“

Ich schüttelte den Kopf. „Nein“, log ich und versuchte die Erinnerung daran abzuschütteln, wie ich in Shaws Bett aufgewacht war. Die sauberen Baumwolllaken und das Knistern der Holzscheite im Kamin. Ich stellte mich auf die Zehenspitzen und starrte in die Menschenmenge.

Pepper lachte über irgendwas, das Reece gesagt hatte. Shaw hatte sein – mir inzwischen vertrautes – halbes Lächeln aufgesetzt. Jemand rempelte mich an, und ich stellte mich wieder normal hin, um nicht das Gleichgewicht zu verlieren. Es war jetzt noch voller als bei unserer Ankunft. Wie in einer Sardinenbüchse, schlimmer als in jedem Club. Und das war nur die

Verlobungsparty – wie würde dann erst die Hochzeit werden? Ich hoffte, dafür würden sich die beiden eine größere Location suchen.

Jonathon stützte sich mit einer Hand auf die Bar und lehnte sich leicht an mich, um wieder meine Aufmerksamkeit zu bekommen. Ich spürte seinen Atem auf meiner Wange, als er sagte: „Also, besonders brav siehst du wirklich nicht aus.“ Er streckte seine Hand aus und spielte mit einer meiner Haarsträhnen. „Ich wette, du bist ein echter Freak.“

„Ich?“ Ich warf ihm einen tadelnden Blick zu. „Nicht wirklich. Eigentlich bin ich ganz schön langweilig.“

„Glaub ich nicht. Du bist viel zu sexy, um langweilig zu sein.“

Apropos langweilig. Punkte für Originalität sammelte Jonathon nicht gerade.

„Das mag dich überraschen.“ Wieder wanderte mein Blick rüber zu Shaw. Es war, als wüsste er, dass ich nach ihm suchte. Schon waren seine Augen wieder bei mir. Mein Gesicht wurde heiß. Die Vorstellung, dass er mich beim Flirten beobachtete, war mir plötzlich unangenehm. Seine Augen blickten so wissend. Selbstzufrieden beinahe. Als wüsste er, dass ich den Typen nur verarsche. Und mich selbst dazu. Als würde er all die Spielchen kennen, die ich mit Jungs wie Jonathon spielte. Jungs, die mich keinen Deut interessierten.

Plötzlich hatte ich keine Lust mehr, überhaupt noch mit irgendjemandem zu flirten, und sah Pretty Boy direkt an. „Du entschuldigst mich, da ist meine Freundin.“

„Was ist los? Wohin willst du denn?“ Jonathon hielt meinen Arm fest. „Ich dachte, wir zwei haben gleich ein bisschen Spaß zusammen.“

Ich lächelte und log ihn an, während ich meinen Arm losmachte. „Dachte ich auch, aber meine Freundin hatte einen hässlichen Streit mit ihrem Liebsten, und sie braucht mich heute Abend." Es war einfacher, ihm diese Geschichte aufzutischen, als ihn mit der Tatsache zu konfrontieren, dass ich keinerlei Interesse an ihm hatte.

Rasch versuchte ich, mich zu Pepper vorzuarbeiten, doch ich blieb stehen, als ich sah, dass nur noch sie und Reece da standen. Kein Shaw mehr. War er gegangen? Und wieso enttäuschte mich das so? Ich ging ja nicht zurück zu den anderen, um mit ihm zu sprechen.

Ich drehte mich halb um mich selbst und suchte den Raum ab.

„Suchst du mich?" Seine Stimme direkt neben mir ließ mich zusammenzucken. Wäre mein Becher voll gewesen, hätte ich alles verschüttet.

Ich drehte mich zu Shaw um und versuchte, gelassen zu wirken. Gefasst. „Shaw?" War dieses peinliche Quieken etwa meine Stimme?

Er lächelte nicht. Seine Miene verriet absolut nichts, während er mein Gesicht musterte, als könnte er unter dem Makeup und dem Lächeln, das ich wie eine Maske trug, noch etwas anderes sehen.

Und dann erst kapierte ich, was er gefragt hatte. *Suchst du mich?* Mein Gott! Dachte er das etwa? „Ich … Ich habe nach niemandem gesucht."

„Sah aber ganz so aus."

Okay. Dann hatte ich eben nach ihm gesucht, aber das würde ich auf keinen Fall zugeben. Er hatte mir erst gestern Abend unmissverständlich klargemacht, dass ich ihn völlig kaltließ. Er fand mich nicht etwa unwiderstehlich, sondern *widerstehlich*. Das hatte ich nicht vergessen. Und ich wollte keinesfalls als eine verzweifelte klammernde Tussi rüberkommen, die total heiß auf ihn war.

Er blickte zur Bar, wo Jonathon mir immer noch unglücklich hinterherstarrte. „Dein Bewunderer scheint enttäuscht zu sein."

Ich zuckte die Achseln. „Hab ihn grad erst kennengelernt."

„Oder anders: Er ist dir scheißegal."

Warum sollte mir ein Typ, mit dem ich fünf Sätze gewechselt hatte, nicht scheißegal sein? Wieso hatte ich den Eindruck, dass jede Antwort, die ich geben konnte, falsch sein würde?

„Interessierst du dich für jedes Mädchen, mit dem du mal in einer Bar flirtest?"

„Ich verarsche jedenfalls niemanden."

Was sollte das denn jetzt? Bewertete er etwa mein Verhalten? Ich lachte und spürte Wut in mir aufsteigen. Vielleicht flirtete ich gern und machte mit vielen Jungs rum, aber mein Ruf war definitiv schlimmer als ich. Überwiegend.

Ich musterte Shaw von oben bis unten, checkte ihn mit geradezu medizinischer Genauigkeit ab. Und da war ich nicht die Einzige. Ich bemerkte, wie andere Frauen ihn ansahen und auf einen Blick von ihm hofften.

Was wollte er mir damit sagen? Dass er anders war als alle Typen, die ich kannte? Mir war fast noch nie ein Mann begegnet, der mich nicht für seine Bedürfnisse benutzen wollte. Natürlich gab es auch Ausnahmen. Das hatte mir Peppers Beziehung mit Reece bewiesen, aber ich war nicht so überheblich, dass ich dachte, ich würde ausgerechnet die Ausnahmen anziehen.

Ich verschränkte die Arme vor der Brust. „Also ist jedes Mädchen, mit dem du schläfst, gleich eine Beziehung? Willst du mir das damit sagen?" Schweigen. Na gut, das war auch eine Antwort. Ich lächelte freudlos. „Habe ich mir schon gedacht. Du und ich, wir sind nicht so unterschiedlich."

Sein Blick wanderte noch einmal zur Bar und zu Jonathon. „Ich wette, du bist eins von diesen Mädchen, die die Jungs erst verrückt machen und sie dann betteln lassen."

Ich ging näher auf ihn zu, sodass unsere Körper sich berührten. Jetzt hatte ich den perfekten Blick auf seinen Mund, diese schön geschwungenen, leicht geöffneten Lippen. „Vorsichtig, Shaw. Sonst glaube ich am Ende, du wärst eifersüchtig."

Meine Worte wurden mit einem Grunzen erwidert. Ich hatte das einfach sagen müssen, auch wenn mir klar war, dass es nicht stimmte. Ich hatte nicht diesen Effekt auf ihn. Das hatte er selbst gesagt. Ich wusste, wann ein Kerl auf mich abfuhr – und dieser tat es nicht. Und trotzdem benahm ich mich so, als wollte ich etwas von ihm.

Als wollte ich ihn.

Er drehte sich um und ging weg. Verärgert folgte ich ihm und verstand erst, dass er die Party verließ, als er durch die Haustür verschwand. Ohne auch nur im Geringsten auf meinen Flirt einzugehen? Er ließ mich einfach so stehen? Okay, er mochte mich nicht – aber das? Deswegen musste er sich doch wohl nicht wie ein Idiot benehmen!

Ich folgte ihm die Außentreppe herunter und bis auf den Fußweg. Dann rief ich ihm hinterher: „Warum hast du meinen Freunden nicht gesagt, dass wir uns schon kennen?"

Da drehte er sich um, ein paar Meter von mir entfernt. „Weil ich dich nicht kenne, Emerson." Er sagte das vollkommen sachlich, aber ich hörte noch etwas anderes heraus. Nämlich, dass er mich gar nicht kennen *wollte*. Und das tat weh. Wie ärgerlich! Ich meine, es war ja nicht so, dass ich ihn unbedingt für mich gewinnen wollte. Nein, so dumm war ich nicht.

„Du weißt, wie ich es meine", erwiderte ich.

Er ging auf mich zu, und unter seinen Stiefeln knirschte der Schnee. Genau vor mir blieb er stehen, die Hände in den

Taschen seiner Lederjacke vergraben. Mich fröstelte, denn ich hatte meine Jacke im Haus gelassen. Jetzt fror ich mir hier draußen den Hintern ab.

„Du hattest diese Panik in den Augen." Er tippte sich an den Kopf. „Man muss kein Genie sein, um zwei und zwei zusammenzuzählen. Du dachtest, du würdest mich nie wiedersehen. Ich habe schon verstanden. Du wolltest nicht, dass deine Freunde erfahren, dass du gestern mit mir einen draufgemacht hast."

Meine Lippen bewegten sich kurz, ohne dass ein Laut herausdrang. „Das stimmt nicht." Ich schüttelte den Kopf.

Er zuckte die Achseln, als ob es ihm ohnehin gleichgültig wäre.

„Es war mir einfach peinlich", erklärte ich. „Aber nicht deinetwegen. Ich wollte nicht, dass meine Mitbewohnerinnen erfahren, dass ich ohnmächtig wurde und von einem Fremden gerettet werden musste. Die beiden hätten eine Riesenwelle gemacht."

Einen Moment lang betrachtete er mich nachdenklich.

„Nicht meine größte Heldentat", fügte ich hinzu und scharrte mit den Füßen. Und dann sahen wir einander einfach nur an. Er mich. Und ich ihn. Als wollten wir den anderen gerne verstehen. Ich bezweifelte allerdings, dass mir so etwas jemals gelingen würde. Dieser Typ … ein Mann, der im Krieg gewesen war, der um sich herum Menschen hatte sterben sehen. So jemanden hatte ich noch nie kennengelernt. Er hatte seinen Cousin verloren, und als er nach Hause zurückkam, wartete dort niemand auf ihn. Keine Familie, keine Freunde. Jedenfalls machte es nicht gerade den Eindruck. Beth hatte beinahe krank ausgesehen, als er vor ihr stand. Seine Mutter war weg, neu verheiratet, und vor einem Jahr war sein Großvater gestorben, wie er mir erzählt hatte. Wahrscheinlich, als Shaw noch im Ausland war. Hatte er wenigstens bei der Beerdigung dabei sein können?

„Wie heißt du mit Nachnamen, Emerson?“, fragte er.

„Wingate.“

Seine dunklen Augen mit dem goldenen Schimmer durchbohrten mich mit ihrem Blick. „Du bedeutest Ärger, Emerson Wingate.“

Lustig. Genau das Gleiche dachte ich von ihm, seit ich ihn das erste Mal gesehen hatte. Und jetzt stand ich hier und unterhielt mich mit ihm. Versuchte, ihn zu ködern. Obwohl ich das Gefühl hatte, mich dabei auf äußerst dünnem Eis zu bewegen. Eine falsche Bewegung, und ich würde einbrechen. Und trotzdem …

„Ich weiß. Ich bin nicht dein Typ. Stimmt's?“

Plötzlich fühlte sich die Luft dick und schwer an, und ich wünschte, ich hätte meine Worte zurücknehmen können. Das klang ja so, als bettelte ich darum, von ihm gemocht zu werden.

Ich hatte wohl kurz vergessen, dass er auch überhaupt nicht mein Typ war – so sehr hatte ich mich auf ihn eingeschossen. Auf die Tatsache, dass er mich äußerst *widerstehlich* fand. Ich rief es mir noch einmal ins Gedächtnis. *Dumm, dumm, dumm.*

Wenn es um ihn ging, hatte ich nichts unter Kontrolle – das durfte ich nicht vergessen.

„Ich habe keinen Typ.“ Seine tiefe Stimme.

Ich nickte verlegen, aber auch erleichtert, dass er nicht anfing zu widersprechen und mit mir zu spielen, indem er behauptete, dass ich sein Typ wäre. „Aber wenn ich einen hätte, dann wärst du es.“

Ich starrte ihn an. Völlig schockiert. Wenn er nach diesem Geständnis nicht so vollkommen unerfreut ausgesehen hätte, hätte ich es für ein Kompliment gehalten. Oder wenigstens für einen Flirtversuch.

In diesem Moment klingelte mein Handy. Dankbar über die Ablenkung zog ich es aus der Tasche. Ich zuckte zusammen, als ich feststellte, dass es meine Mutter war. Schnell drückte ich sie weg.

„Niemand, mit dem du reden willst?"

„Nur meine Mom. Mit ihr muss ich jetzt nicht sprechen."

„Ihr steht euch wohl nicht sehr nahe?"

Ich zuckte die Achseln. „Du und deine?"

„Ja. Sie hat mich allein großgezogen. Mein Dad war nie da. Es gab nur uns und meinen Großvater. Aber seit ich wieder da bin, habe ich sie kaum gesehen. Sie hat noch mal geheiratet und ist nach Boston gezogen." Sein Mund verzog sich zu einem schiefen Lächeln, und mein Herz tat einen Sprung. „Aber wenigstens gehe ich ran, wenn sie anruft."

Ich biss mir von innen auf die Wange, denn ich verspürte den Drang, mich zu rechtfertigen und ihm zu erklären, wie anders meine Mutter war als diese Frauen, die Kekse backten und ihren Kindern Limonade machten. Meine Mutter war der Typ, der neben seiner Tochter stand, die sich gerade wehgetan hatte, und darauf beharrte, sie solle den Schmerz einfach vergessen. Sie hätte sich auf keinen Fall die Mühe gemacht, mich allein durchzubringen. Dieses Opfer hätte meine Mom nicht gebracht.

„Ach, der liebe Sohn?" Ich klang kratzbürstig. Ich konnte nichts dafür. Immer, wenn ich an meine Mutter dachte, wurde ich bissig.

„Wieso gehst du nicht ran, wenn sie dich anruft? Was hat sie dir getan? Dir deinen Scheck gekürzt?"

„Ha." Ich verschränkte die Arme vor der Brust. „Du kennst mich wirklich nicht."

„Wow. Jetzt bin ich aber gespannt. Also erzähl doch mal was vom Leben in deinem Elfenbeinturm, Prinzessin."

Ich atmete tief ein und hätte ihm am liebsten alles erzählt. Nur damit er endlich aufhörte, so dämlich zu grinsen. Aber dieser Wunsch dauerte nur eine halbe Sekunde.

Seit fünf Jahren hatte ich niemandem erzählt, was passiert war. Warum sollte ich es ausgerechnet jetzt tun?

Und wieso ausgerechnet ihm?

„Weshalb sprichst du denn eigentlich überhaupt noch mit mir?", zischte ich ihn an.

„Du warst es doch, die mir hinterhergerannt ist!"

„Und du bist immer noch hier. Wieso? Du magst mich doch nicht."

„Das habe ich nie gesagt."

„Ach, stimmt ja. Wenn du einen Typ Frau hättest, dann wäre ich es. Was soll das überhaupt heißen?" Ich legte den Kopf schief und stemmte die Hände in die Hüften. „Dass ich zwar fickbares Material bin, aber niemand, mit dem du es länger aushalten könntest? Meinst du das?"

Er zuckte nicht einmal zusammen bei meiner Wortwahl. Und er widersprach mir auch nicht. „Na ja. Du bist ... interessant."

Ich lachte. „So nennt man das also? Vielleicht bist du einfach nur ganz schön abgebrüht, Soldatenjunge? Frisch vom Boot und ..."

„Ich war nicht in der Navy."

Seine Stimme klang hart, aber ich machte unbeirrt weiter. Plapperte drauflos, obwohl eine innere Stimme mir sagte, ich sollte es besser sein lassen. Ich schüttelte den Kopf. „Morgen wirst du dich nicht mal an meinen Namen erinnern, an mein Gesicht ..."

Er kam näher auf mich zu und musterte mich. „Emerson Wingate. Dunkle Haare mit rötlichen Highlights. Hellblaue Augen." Sein Blick wanderte nach unten. „Etwa zweiundfünfzig Kilo. Deine Hände …“ Er nahm eine meiner Hände und legte sie an seine Handfläche. Dann betrachtete er unsere beiden Hände. Meine war so viel kleiner als seine. Die Fingerspitzen reichten gerade mal bis zu seinen mittleren Fingerknöcheln.

„Schöne Hände.“ Meine Brust schnürte sich zusammen beim Klang seiner Stimme. „Schlank. Feinknochig, aber kräftig. Wie die Finger einer Person, die ein Instrument spielt. Vielleicht Klavier?“ Er schaute mir direkt in die Augen, eine Braue fragend hochgezogen.

„Ich … Ich male“, stammelte ich.

Er lächelte, als hätte er soeben ein schwieriges Rätsel gelöst. „Du malst“, wiederholte er und zählte weiter Charaktermerkmale auf, als würde er sie aus einer Tabelle ablesen. „Haut weich. Blass. Ein schmaler kleiner Körper, perfekt dazu geeignet, Jungs durcheinanderzubringen.“

Ich starrte ihn an und riss meine Hand weg. Dann rieb ich sie an meinem Oberschenkel. Überall spürte ich seine Berührung. „Fahr doch zur Hölle!“

„Temperamentvoll.“ Er lächelte mich schief an. „Siehst du? Ich werde mich an dich erinnern.“

Und dann war er weg.

Fassungslos starrte ich ihm hinterher, seiner dunklen Gestalt, die sich von der hellen schneebedeckten Umgebung abhob.

Ich atmete tief aus, und erst jetzt bemerkte ich, dass ich die Luft angehalten hatte. Ich redete mir ein, dass ich es gut fand, dass er endlich weg war. Gut, dass ich ihn nie wiedersehen würde.

Als ich mich umdrehte und wieder ins Haus ging, schlang ich die Arme fest um mich, als würde ich mich dadurch weniger kalt und leer fühlen.

5. KAPITEL

Ich war dankbar, als endlich Montagmorgen war und ich mich mit meiner wöchentlichen Routine ablenken konnte. Jetzt hatte ich einige Tage Zeit, in denen ich nicht ausgehen musste. Ich musste mich nicht krampfhaft bemühen, das Ich zu spielen, das ich mir in meiner Zeit hier in Dartford erarbeitet hatte. Doch der nächste Freitag lauerte schon unangenehm in der Ferne wie ein Besuch beim Frauenarzt. Unliebsam, aber etwas, das keinen Aufschub duldete. Wenn ich am Wochenende nicht Party machte, sondern zu Hause blieb, würden alle denken, ich wäre krank. Oder depressiv. Dabei fehlte mir nichts. Und ich versuchte, jedermann davon zu überzeugen – inklusive mich selbst: Alles war in Ordnung mit mir. Ich war glücklich. Wirklich.

Die Woche nahm ihren üblichen Verlauf. Ich schaffte es wie immer kaum einmal pünktlich zum Unterricht, schlüpfte stets erst in letzter Sekunde auf meinen Platz. Weitere Anrufe meiner Mutter blockte ich ab. An den Nachmittagen war ich im Atelier und verlor mich in meiner Arbeit, sodass ich oft völlig die Zeit vergaß.

Auch am Freitagnachmittag arbeitete ich an meinem Bild und wünschte, es wäre erst Mittwoch, denn dann müsste ich wenigstens nicht ausgehen. Seufzend blies ich eine Haarsträhne weg, die mir ins Gesicht baumelte. Ich hatte Pepper und Reece versprochen, mir mit ihnen eine neue Band anzuhören. Suzanne kam auch mit. Georgia war wieder auf einer öden Veranstaltung mit Harris. Irgend so ein „Die zukünftigen Langweiler Amerikas“-Ding.

„Das ist echt gut“, hörte ich plötzlich Gretchen sagen, die gerade an meinem Platz vorbeikam. „Nicht dein übliches …“

Ich blies noch einmal gegen meine magentafarbene Strähne. Eigentlich hatte ich meine Haare unter einem Tuch versteckt, aber ein paar Strähnchen schafften es immer nach draußen.

„Und mein übliches … ist nicht gut?“, versuchte ich zu scherzen. „Das tut weh.“

„Nein.“ Gretchen schüttelte den Kopf und starrte wie gebannt auf die Leinwand. „Aber das ist irgendwie persönlicher.“

Ihre Worte bewogen mich dazu, aufzustehen und mir mein Bild aus einer anderen Perspektive anzusehen. Als ich am Sonntag ins Atelier gekommen war, hatte ich mit mir selbst einen Dialog geführt und mich davon überzeugt, dass das Gemälde von Shaws Haus rein gar nichts zu bedeuten hatte. Ich war Künstlerin. Ich setzte Inspiration um, wenn sie da war. Ich musste nicht die Quelle dieser Inspiration analysieren.

Die Tür auf meinem Bild hatte eine kräftige Farbe, frische satte Brauntöne, die sie zum Leben erweckten. Das Glas des Fensters war wie Kristall, es funkelte im Licht. Ich bewunderte selbst, wie ich diesen Effekt hinbekommen hatte. Stundenlang hatte ich mit Blau- und Gelbtönen experimentiert. Der Schnee, den man durch die Glasscheiben sehen konnte, war eine Wolke in reinstem Weiß. Und da, im Schneegestöber, zeichnete sich ein Gesicht ab. Beinahe geisterhaft, die Züge vage und undeutlich. Bis auf die Augen. Sie schienen den Betrachter anzustarren, intensiv und bohrend.

Wann hatte ich das gemalt?

Mir entfuhr ein „Oh nein!“ Ich ließ die Schultern hängen.

„Was ist denn? Stimmt was nicht?“

Oh! Um Gottes willen! Nein. Ich hatte nicht *ihn* gemalt. Ganz sicher nicht. Ich war doch kein bescheuertes, verliebtes Gör, das sich nach einem heißen Typen verzehrte. *Ich* verzehrte mich nach niemandem. Verärgert schob ich meinen Stuhl zurück, schnappte mir mein Machwerk und wollte es auf den Stapel mit den Leinwänden legen, die ins Recycling gingen.

Ich war schon fast bei dem Stapel angekommen, gefolgt von einem überraschten Gretchen, als Mrs Martinellis Stimme durch den Raum hallte. „Emerson, was in aller Welt machen Sie da?"

Ich hielt die Leinwand, die fast so groß war wie ich, an mich gedrückt und sah sie an. „Entschuldigung?"

Professor Martinelli rauschte mit klimpernden Armreifen ins Atelier. Wie sie das aushielt, verstand ich einfach nicht. Die Dinger würden mich beim Malen total ablenken, aber sie hatte immer mindestens ein halbes Dutzend davon am Handgelenk baumeln.

„Ich wollte das Bild zum Recyclingstapel stellen und etwas Neues beginnen ... Ich habe eine neue Idee", plapperte ich. „Etwas, das mich schon sehr lange beschäftigt ..." Sie zeigte gebieterisch mit einem Finger auf mich. „Sie werden diese Leinwand sofort zurück zu Ihrem Platz bringen und weiter daran arbeiten."

Ich öffnete den Mund, um zu protestieren, aber sie ließ es nicht zu. „Das ist das erste Bild von Ihnen, das eine wirkliche Inspiration zeigt. Ich werde nicht zulassen, dass Sie es entsorgen."

Mir war nicht ganz klar, ob ich mich geschmeichelt fühlen oder mich ärgern sollte. Ich studierte seit zwei Jahren bei Martinelli, und sie hatte sich noch nie derart über eins meiner Werke geäußert. Unverständliches Zeug vor mich hin brabbelnd trug ich die Leinwand zurück zu meinem Arbeitstisch und tat so, als würde ich eine weitere halbe Stunde daran arbeiten, weil ich Professor Martinellis Blick auf mir spürte. Ich wollte nicht einfach das Atelier verlassen, nachdem sie mich gemaßregelt hatte. Sollte sie von mir aus denken, dass ich sauer war. War ich ja auch. Als genügend Zeit vergangen war, wusch ich meine Pinsel aus und räumte auf.

Es war dunkel geworden. Die Nächte kamen schnell im Winter. Vorsichtig ging ich den Bürgersteig entlang und sah zu, dass ich nicht auf vereisten Stellen ausrutschte. Als ich das Wohnheim erreicht hatte, nahm ich statt des Aufzugs die Treppe. Meine Schritte dröhnten laut auf dem Beton. Immer noch hörte ich Professor Martinellis Stimme. Und ich sah diese Augen vor mir. Shaws Augen. Als wäre ich besessen von ihm. Als hätte ein anderes Ich, mein „besessenes Ich", diese Augen gemalt.

An meiner Zimmertür angekommen, fummelte ich mit dem Schlüssel herum, doch schon riss jemand die Tür von innen auf. Ich sah auf und erwartete, Georgia zu sehen. Aber sie war es nicht. Es war auch nicht Pepper.

Es war meine Mom.

Mit achtundvierzig sah sie nicht wesentlich anders aus als damals, als ich neun war. Nur wirkte ihr Gesicht jetzt ein wenig wächsern. Offensichtlich hatte sie etwas machen lassen, seit ich sie zum letzten Mal gesehen hatte. Und ihre Haare waren länger. Sie trug sie zu einem eleganten Zopf zusammengebunden, einige kürzere Strähnen rahmten ihr Gesicht ein. Ich blinzelte. Noch nie hatte ich meine Mutter mit derart langen Haaren gesehen – vermutlich handelte es sich um Extensions.

Nach außen hin schien Mom sich nie zu verändern. Und ehrlich gesagt, auch sonst nicht. Als ich klein war, engagierte sie sich unheimlich im Eltern-Lehrer-Ausschuss. Aber nach der Scheidung von David unterließ sie es, sich zu verstellen. Sie versuchte nicht mehr, die tollste Mutter in der ganzen Straße zu sein. Sie zog nach Boston und begab sich auf die Suche nach Ehemann Nummer zwei.

Den sie in Form meines Stiefvaters fand.

Sie musterte mich mit leicht gerümpfter Nase. „Wie siehst du denn aus? Was ist das für Zeug?"

„Farbe", antwortete ich. Keine Begrüßung. Keine Umarmung. Gleich ein Vorwurf. Das war normal.

„Du hattest schon immer diesen einzigartigen Sinn für … Stil." Ein klassisches Beispiel für passive Aggressivität. Die ihre übliche offene Aggressivität ablöste.

Ich ging an ihr vorbei in mein Zimmer. „Wie bist du hier reingekommen?"

„Dieses Mädchen, das bei der Wohnheimverwaltung arbeitet. Ich habe ihr gesagt, dass ich deine Mutter bin, da hat sie mich reingelassen."

Darüber musste ich dringend mit Heather sprechen.

„Was willst du hier?" Ich ließ meine Tasche zu Boden fallen und sank aufs Bett.

„Du gehst nicht ans Telefon."

Wow! Sie musste ja richtig verzweifelt sein, wenn sie höchstpersönlich herkam. „Wie gesagt: Ich gehe nicht hin."

„Emerson, könntest du bitte versuchen, einen Moment lang mal nicht egoistisch zu sein? Du gehörst zur Familie. Wie sieht das denn aus, wenn meine eigene Tochter nicht zur Hochzeit ihres Stiefbruders kommt? Du warst schon bei keiner der Partys. Ich möchte, dass du beim Probeessen *und* bei der Hochzeit anwesend bist."

„Nein."

Sie presste die Lippen zusammen und verschränkte die Arme. Dadurch spannte ihr Kleid etwas, und ich bewunderte, wie dünn sie war. Dünner als bei unserer letzten Begegnung. Wahrscheinlich aß sie nur noch vier Salzstangen am Tag.

„Du weißt, wie peinlich das für mich wäre. Du willst mir nur wehtun."

Ich schüttelte sprachlos den Kopf. Sie dachte wirklich, es ginge dabei um sie. Und darum, dass ich sie verletzen wollte. Es schien ihr gar nicht in den Kopf zu gehen, dass es eigentlich um mich ging – ob ich mich dort wohlfühlte oder nicht. „Bist du vielleicht schon mal auf den Gedanken gekommen, dass das mit dir rein gar nichts zu tun hat?"

Sie starrte mich völlig fassungslos an. „Was meinst du damit?"

„Justin." Ich spuckte den Namen aus wie Gift. „Ich würde nicht mal auf seine Hochzeit gehen, wenn du mir eine Knarre an den Kopf hältst!"

„Oh!" Sie warf die Hände in die Luft. „Es geht also immer noch um dieses alte Missverständnis!"

Ich sprang auf. „Das war kein Missverständnis."

Sie hielt eine Hand vor sich, als wollte sie mich abwehren. „Du hattest schon immer eine überbordende Fantasie! Ihr versponnenen Künstlertypen ..."

„Mutter!", zischte ich sie an. „Ich habe mir das nicht eingebildet."

„Na gut!" Mom schnappte sich ihre Handtasche, die sie auf meinem Schreibtisch abgestellt hatte, und stampfte zur Tür. „Dann sei eben verbittert und bleib bei deinen lächerlichen Vorwürfen gegen Justin. Du hast ihn seit fünf Jahren nicht gesehen. Wann wirst du endlich erwachsen und entwickelst dich weiter, Emerson?"

„Oh, ich bin schon lange erwachsen, weißt du!" Dafür hatte die harsche Realität meiner Jugend durchaus gesorgt.

„Ruf mich in Zukunft nicht mehr an, und schick mir keine SMS." Sie stach sich mit einem rot lackierten Fingernagel in die Brust. Fast hätte ich gelacht. Sie war diejenige, die mich permanent mit Anrufen und SMS belästigte. „Nicht, bis du gelernt hast, mich zu akzeptieren. Das hast du nämlich niemals getan. Nicht, seit ich Don geheiratet habe."

„Das stimmt nicht. Ich habe kein Problem mit Don." Hatte ich wirklich nicht. Ich traf Mom und Don mehrmals im Jahr zum Abendessen. Einmal war ich sogar an Weihnachten mit ihnen nach Paris gefahren. Ich hatte mich sicher gefühlt, weil Justin zur selben Zeit mit seiner neuen Freundin im Urlaub war. Ein Mädchen, das ich nie getroffen hatte, das aber mein aufrichtiges Mitleid besaß.

„Wenn du damit fertig bist, dich wie ein verwöhntes Kind zu benehmen, kannst du dich wieder melden." Und damit rauschte sie aus meinem Zimmer.

Ich starrte auf die Tür, und meine Brust hob und senkte sich, als hätte ich einen Marathonlauf hinter mir. Als es leise an der Verbindungstür klopfte, drehte ich mich um. Pepper warf einen Blick ins Zimmer. Sie sah besorgt aus. Großartig! Wahrscheinlich hatte sie alles mitangehört.

„Alles okay?"

Ich nickte.

Sie kam rein und rieb die Hände auf den Oberschenkeln. „War das deine Mom?"

Wieder nickte ich. „Tut mir leid, dass ich euch nicht vorgestellt habe." Meine Stimme zitterte, und ich schluckte. „Wie du sicher gehört hast, verstehen wir uns momentan nicht gerade blendend." Wie seit Jahren schon nicht.

Sie setzte sich zu mir aufs Bett. „Willst du darüber reden?"

Ich schüttelte den Kopf. „Nein." Ich stand auf und fing an, meinen Kleiderschrank zu durchsuchen, während ich meine Gefühle ganz weit wegschob. Dahin, wo sie nicht mehr rauskamen. „Um wie viel Uhr fängt die Band an zu spielen? Ich könnte ein bisschen Spaß vertragen. Und was zu trinken."

Und nicht nur ein Glas.

6. KAPITEL

Die Band spielte laut und schnell, und der Drummer wirbelte wie wild mit seinen Sticks. In meinem Nacken bildeten sich Schweißperlen, während Suzanne und ich zur Musik tanzten. Um uns herum zuckende Leiber. Der Laden war proppenvoll, und es war heiß. Man rempelte dauernd jemanden an. Typen, die ich nicht kannte, griffen nach meinen Hüften. Es war mir egal. Ich tanzte einfach und machte nur ab und zu eine Pause, um mich zu der Nische durchzukämpfen, in der Pepper und Reece saßen und wo mein Whiskey Sour stand.

Pepper betrachtete mich mit sorgenvoller Miene. Schon den ganzen Abend hatte sie mich auf diese Weise angesehen. Was darin resultierte, dass ich noch mehr trinken musste. Bis ich ihren Blick nicht mehr wahrnahm. Ab und zu senkte sie ihren Blick und flüsterte dann Reece etwas zu. Ich knallte mein Glas hin und begab mich wieder zurück auf die Tanzfläche, zu Suzanne.

Mein Ziel war Besinnungslosigkeit.

Ich wusste nicht, wann Shaw in dieser Nacht auftauchte, aber irgendwann drehte ich den Kopf und sah ihn in der Nische bei Pepper und Reece sitzen. Sofort hörte ich auf zu tanzen. Mein Tanzpartner allerdings nicht. Er rempelte weiter gegen mich, fuhr mir mit seinen Händen über den Bauch und schob die Finger unter mein Oberteil, um meine Haut zu berühren.

Shaw sah zu mir herüber. Ich starrte zurück, bis der lästige Typ an meiner Seite mir ins Ohr schrie: „Du bist so geil. Sollen wir von hier verschwinden?“

Ich riss meinen Blick von Shaw los und wandte mich dem Typen zu, der mich immer noch betatschte. Ein typischer Verbindungsstudent. Er trug seine Mütze verkehrt herum.

Griechische Buchstaben prangten auf seiner Brust. „Ich will nur tanzen!“, schrie ich zurück, um den Krach zu übertönen.

„Wir können bei mir weitertanzen!“

„Nein.“ Ich schüttelte den Kopf und fing wieder an zu tanzen, ohne ihn weiter zu beachten.

Er blieb dicht bei mir, tanzte mich und Suzanne abwechselnd an und versuchte, uns zu stören.

„Wer ist denn das?“, rief Suzanne und deutete auf unseren Tisch.

Ich folgte ihrem Blick. „Ein Freund von Reece.“

„Verdammt, der Typ ist heiß!“, murmelte Suzanne. „Ich geh mal rüber.“ Sie schob sich die nass geschwitzten Haare aus dem Gesicht und wühlte sich zu unserem Tisch durch. Ich tat so, als würde ich nicht hingucken und als wäre es mir egal, und tanzte weiter.

Ein weiterer Kerl tauchte auf und übernahm ihren Platz. Vor mir war jetzt der Neue – und hinter mir der Verbindungsstudent. Der Neue packte mich und ließ seine Hüfte im Takt zur Musik kreisen. Verstohlen beobachtete ich, was am Tisch vor sich ging. Suzanne begrüßte Shaw per Handschlag. Er sprach mit ihr, und in mir stieg Panik auf. Mochte er sie? Sie war hübsch. Und liebenswert. Offensichtlich – ich war mit ihr befreundet. Plötzlich wurde ich sauer und löste mich aus meiner Sandwich-Tanz-Formation, um zur Bar zu gehen.

Dort sah ich mich um. Lange musste ich nicht warten.

Ein Typ quetschte sich neben mich. „Hey!“

„Hey!“, erwiderte ich.

„Chad.“

„Emerson.“ Wir schüttelten uns die Hände, wobei er meine Hand länger als nötig festhielt.

„Bist du allein hier?“

Ich deutete in Richtung unseres Tisches. „Mit Freunden.“

„Cool. Ich auch. Tolle Band, was?“ Er nickte in Richtung Bühne. Ich musste mich zwingen, nicht zu gähnen bei seinem öden Small Talk. Ich wollte einfach nur was trinken.

„Ich hab dich tanzen sehen.“

Ich beugte mich zu ihm. „Ach ja?“

„Ja. So sexy wie du ist keine Frau hier.“

Ach, diese brillanten Komplimente! Ich legte meine Hand auf seine Brust. „Wie wär's dann, wenn du dieser sexy Frau einen Drink ausgibst?“

Seine Augen leuchteten auf, und ich wusste, dass er in diesem Moment glaubte, er käme heute Nacht noch zum Zuge. Warum mussten Männer bloß immer so dumm sein?

„Klar. Was möchtest du?“

„Whiskey Sour.“

Er winkte den Barkeeper heran und bestellte unsere Drinks.

„Bist du Profitänzerin? Deine Bewegungen sind irre.“

Die Komplimente wurden immer besser. Oder sagen wir: abgedroschener. Unsere Getränke kamen, und ich nahm einen großen Schluck. „Nein.“

„Dann bist du Studentin? Dartford?“

Ich nickte.

„Ich auch. BWL im Hauptfach. Ich will hinterher noch Jura machen.“

„Chad?“

„Ja.“

„Lassen wir dieses Geplänkel. Dich interessiert mein Hauptfach nicht und mich deins auch nicht.“

Er riss die Augen auf. „Wow! Das nenne ich mal direkt.“

Ich nickte und hob mein Glas halbherzig, um mit ihm anzustoßen. „Ja, das ist meine Spezialität.“

„Ich kann auch direkt werden.“ Er beugte sich so nah zu mir, dass sein Mund meine Wange berührte. „Ich will dich ficken.“

Ich unterdrückte ein Seufzen und sah ihn an. „Das soll mich jetzt wohl schockieren, oder was?"

Seine Augen funkelten. „Also, wie wär's?"

Plötzlich fühlte ich mich so leer, so trostlos. Als wäre das alles, was ich vom Leben zu erwarten hätte. Als würde es nie mehr geben als das. Ein Vater, der mich liebte, solange ich mein eigenes Leben lebte, unabhängig von ihm, ohne ihn um etwas anderes zu bitten als um Geld. Nicht um seine Zeit, nicht um seine Zuneigung. Und eine Mutter, die niemanden lieben konnte – außer sich selbst. Und Typen, die darauf aus waren, mich zu benutzen und danach wegzuwerfen.

Ich kippte meinen Drink runter und gab dem Barkeeper ein Zeichen, dass ich noch einen wollte. Er kam zu uns und stellte zwei Schnapsgläser vor Chad und mich hin. Ich nahm das Glas und freute mich darauf, die betäubende Flüssigkeit in mich reinzuschütten und damit jedes andere Gefühl wegzubrennen, bis sich in mir eine herrliche Dumpfheit ausgebreitet hatte.

„Du hattest genug." Die dunkle Stimme drang durch den Nebel meiner Verbitterung.

Ich drehte mich um und entdeckte Shaw, der vor mir stand. Ganz nah. Die komplette Woche lang hatte ich an ihn gedacht – zum Teufel, ich hatte ihn sogar gemalt. Aber die Realität war viel besser als das, was ich auf der Leinwand festgehalten hatte. Diese dunklen Augen, zum Dahinschmelzen. Ich konnte in seinem Gesicht lesen, was er von mir dachte, und innerlich rüstete ich mich schon zum Widerstand. Die feinen Härchen auf meinen Armen stellten sich auf.

„Seit wann hast du mir was zu sagen?" Meine Güte! Ich klang, als wäre ich zehn Jahre alt. Das konnte ich wirklich besser.

Er besaß tatsächlich die Unverfrorenheit, mir das Glas aus der Hand zu nehmen und auf den Tresen zu stellen. Und nicht nur das – er schob es außer Reichweite. Ich hätte mich strecken müssen, um noch dranzukommen. „In dieser Sache habe ich das sehr wohl."

Ich starrte wütend auf das Glas, dann zu ihm. „Gib mir meinen Drink zurück."

„Wieso? Damit du dich besinnungslos betrinkst und dich von einem Typen, der dir scheißegal ist, begrapschen lässt?" Er sah mir direkt in die Augen, als er das sagte. Chad dagegen würdigte er keines Blickes.

„Hey", versuchte dieser einzugreifen, aber auch ich ignorierte ihn. Ich war zu sehr damit beschäftigt, Shaw wütend anzustarren und meine Gefühle aufzukochen, damit ich gleich angemessen explodieren konnte. Lange würde es nicht mehr dauern. Es ging mir jetzt schon besser als vorher. Seine Anwesenheit hatte meine kalten bitteren Gefühle verscheucht. Jetzt kochte eine heiße Wut auf ihn in mir, weil er sich so aufspielte und glaubte, mir sagen zu können, was ich zu tun und zu lassen hatte. Er war weder mein Freund, noch mochte er mich.

„Ist da etwa jemand eifersüchtig?", fragte ich ihn höhnisch. „Wieso das denn? Hast du dich etwa nicht gut amüsiert mit Suzanne?"

Oje, jetzt klang ich eifersüchtig. *Noch dazu auf meine eigene Freundin.* Das musste am Alkohol liegen. Ich wusste nicht mehr, was ich da sagte.

Seine Nasenflügel bebten. „Du sollst dich nicht betrinken."

„Eilmeldung! Das ist schon geschehen!" Zumindest war ich nah dran. Obwohl Shaw mir plötzlich jeglichen Spaß daran nahm. „Pass auf. Ich habe ja kapiert, dass du mit Reece befreundet bist und du den Eindruck hast, man müsste sich um mich kümmern. Aber mir geht's gut. Im Ernst. Ich brauche keinen Babysitter."

Als hätte ich gar nichts gesagt, meinte er nur: „Jedenfalls brauchst du auf keinen Fall noch einen Drink."

Tief holte ich Luft. Wer zum Teufel war dieser Typ überhaupt? Es ging ihn einen Dreck an, wie viel ich trank. Oder von wem ich mich begrapschen ließ. „Verpiss dich", sagte ich.

Seine Kiefermuskulatur straffte sich. Aha. Das hatte ihm nicht gefallen. Befriedigung erfüllte mich.

Er drehte den Kopf in Richtung Eingang. „Komm, ich bring dich nach Hause."

Ich suchte die Menge ab. Wo waren meine Freunde? Suzanne, Pepper und Reece beobachteten uns interessiert vom Tisch aus. „Danke, aber ich habe schon jemanden, der mich fährt."

„Hey, Mann", meldete sich jetzt wieder der Typ neben mir zu Wort, schnappte sich mein Glas und stellte es wieder vor mich. „Sie kann das ja wohl selbst entscheiden." Er hielt mir das Glas hin.

Ich lächelte ihn zuckersüß an. „Danke, Chad."

Shaw beute sich leicht nach vorn, damit er auf Augenhöhe mit Chad war. „Nimm deine Hand da weg, sonst breche ich sie dir."

Chad knallte das Glas wieder auf den Tresen, sprang auf und baute sich vor Shaw auf. „Dann komm, du Wichser", forderte er ihn auf. Das klang wirklich erbärmlich bei einem Typen, der ein taubenblaues Polohemd trug. „Willst du dich wirklich mit mir anlegen?"

Shaw seufzte tief und nahm einfach meinen Arm, als hätte Chad kein Wort gesagt. Jeder andere wäre schon längst ausgerastet.

„Wir gehen, Emerson", stellte er fest, gänzlich unbeeindruckt.

Auch wenn es mir widerstrebte, mich von ihm maßregeln zu lassen, widerstrebte es mir noch mehr, dass es meinetwegen zu einer Prügelei an der Bar kam. Dank Chad gafften schon die Ersten. Aus dem Augenwinkel bekam ich mit, wie Reece sich einen Weg zu uns bahnte, gefolgt von Pepper und Suzanne. Dass meine Freunde in eine Schlägerei verwickelt wurden, wollte ich erst recht nicht.

Also nickte ich und stand auf. Ich war keins von diesen Mädchen, die sich dafür begeistern konnten, wenn sich zwei Typen um sie prügelten.

Obwohl Shaw sich nicht um mich prügelte. Er tat einfach das, was er glaubte, tun zu müssen, weil ich eine Freundin von Reece war. Außerdem war er bei den Marines. Wahrscheinlich war es seine Mission, die Welt zu retten. Betrunkene Mädchen inklusive.

Ich ließ mich von der Bar wegziehen. Nach zwei Schritten packte mich plötzlich Chad am Arm und wollte mich zurückzerren.

„Sie will nicht gehen."

Shaw bewegte sich so schnell, dass ich es erst mitbekam, als alles schon vorbei war. Und Chad am Boden lag. Mit einer geschmeidigen, *Ninja*-artigen Bewegung hatte Shaw ihn niedergestreckt.

Chad lag da und hielt sich beide Hände vors Gesicht. Ich starrte ihn an und wollte mich neben ihn kauern, um ihm zu helfen, doch Shaw nahm meine Hand und zog mich weg. „Komm jetzt." Wir gingen an meinen Freunden vorbei. Shaw nickte Reece zu und sagte: „Ich bringe sie nach Hause."

Reece nickte in stummer Zustimmung. Pepper machte ein erstauntes Gesicht und sah aus, als wollte sie etwas sagen, eventuell sogar in meinem Namen protestieren, aber Reece drehte sie um und führte sie und die gleichfalls geschockte Suzanne weg.

Ich zerrte an Shaws Hand. „Hast du sie nicht mehr alle? Du hast diesem Typen gerade eine reingehauen!"

„Er hat es ja nicht anders gewollt." Sein Griff verstärkte sich noch, als er mich zum Hinterausgang zog und raus auf den Parkplatz. Die Musik war nun nur noch ein dumpfes Dröhnen in der kalten Nachtluft. Meine Ohren klingelten von der stundenlangen, extrem lauten Beschallung.

„Man könnte es auch so sehen: Er hat versucht, mich vor dir zu beschützen ..."

Shaw wirbelte herum. Seine Augen funkelten. „Kapier es endlich, Emerson. Er stand die ganze Zeit neben unserem Tisch, während du getanzt hast."

Ich riss meine Hand von ihm los. „Na und?"

„Und erzählte seinen Kumpeln und allen, die dabeistanden, die schmutzigen Details, die er mit dir vorhat."

Ich blinzelte, schluckte und versuchte, den Ekel darüber herunterzuschlucken, dass ein Fremder solche Sachen über mich erzählte, bevor er mich überhaupt angesprochen hatte. Nicht dass mich das schockiert hätte. Ich wusste in dem Moment, in dem dieser Chad seinen Mund aufmachte, was für ein Typ er war. Mich störte vielmehr, dass Shaw es für nötig gehalten hatte, mich zu „retten". Wieso zum Teufel dachte er, dass ich gerettet werden wollte? Ich kam durchaus allein klar. War ich immer.

„Ah, der edle Ritter", höhnte ich. „Eilmeldung: Ich hätte deine Hilfe nicht gebraucht."

„Das sah für mich aber ganz anders aus."

Wie bitte? Dachte er etwa, ich hätte mich von diesem Typen abschleppen lassen, damit er seine perversen Fantasien an mir ausleben konnte? Offensichtlich ging er davon aus, und das machte mich noch wütender. Im Gegensatz zu dem Ruf, der mir in Dartford vorauseilte, war ich nämlich keine Schlampe.

Aber willst du nicht, dass die Leute genau das von dir denken? Dass du härter, stärker und erfahrener bist als alle an-

deren? Ich durfte nicht beleidigt sein, wenn alle an das Bild glaubten, das ich selbst von mir erschaffen hatte. Shaw eingeschlossen.

Ich holte tief Luft, um meine Fassung wiederzugewinnen. Entschlossen, mich von Shaw nicht aus dem Konzept bringen zu lassen, zuckte ich nur die Achseln. „Der Typ hat einfach Scheiße geredet. Als ob das was Neues wäre."

„Vielleicht nicht für dich", brachte er hervor. „Du denkst offenbar, du hättest kein Recht darauf, respektiert zu werden. Aber das sehe ich anders. Du hast was Besseres verdient."

Ich war vollkommen überrascht über seine Worte und wusste nicht, was ich dazu sagen sollte.

Er nahm wieder meine Hand und ging mit mir über den Parkplatz. Meine Gedanken spielten verrückt. Was meinte er damit? Ich hatte was Besseres verdient? Was denn? Ich war nicht Pepper oder Georgia oder Suzanne. Ich war nicht eins von diesen Mädchen, die sich nach einem Happy End sehnten. Das war für mich nicht vorgesehen.

Ich hob den Kopf und atmete die eiskalte Nachtluft ein. Hoffentlich kühlten sich meine brennenden Wangen ab, während er mich zu seinem Wagen führte.

„Entgegen deiner Einschätzung", stieß ich hervor, „muss ich nicht gerettet werden."

Er lachte nur. Wir waren nicht mehr weit weg von seinem Auto, das ich nun schon sehen konnte. Ohne seinen Schritt zu verlangsamen, sagte er über die Schulter zu mir: „Süße, du musst auf jeden Fall gerettet werden."

Ich starrte seinen Rücken an und wollte etwas schlagen. *Ihn.*

Er führte mich zur Beifahrerseite, riss die Tür auf und forderte mich auf: „Steig ein."

Dieser Höhlenmensch! Ich verschränkte die Arme vor der Brust und rührte mich nicht von der Stelle. „Was soll das denn heißen? Ich bin zweiundzwanzig Jahre lang bestens zurechtgekommen – bis du kamst."

Er musterte mich, und in seinen Augen las ich einen Funken Geringschätzung. „Das ist diskutabel."

Ich zuckte zusammen. Es war, als könne Shaw durch mich hindurchsehen. Und sehen, dass ich nur an einem seidenen Faden hing. Wie konnte er das über mich wissen? Wieso konnte er mich durchschauen, wenn es mir gelang, alle anderen zu täuschen?

Und wieso urteilte er über mich? Er tat so, als würde mir etwas fehlen – was dem widersprach, was er gerade gesagt hatte. Nämlich, dass ich etwas Besseres verdient hatte. Aber das war es nun mal, was er bei mir auslöste: Verwirrung. Ich fühlte mich verloren. Himmelhoch jauchzend und zu Tode betrübt. Ich wusste nicht, worauf ich mich mit ihm einließ – das hatte es noch nie gegeben. Es machte mir Angst. Und es war gleichzeitig aufregend. Aber überwiegend machte es mir Angst.

„Steig ein", wiederholte er mit harter Stimme.

„Ich muss nicht deine Befehle befolgen. Und wie gesagt, ich habe bereits eine Mitfahrgelegenheit."

„Ja, und deine Freunde amüsieren sich gerade. Sie sollten jetzt noch nicht nach Hause gehen müssen – nur deinetwegen. Also hör auf, so egoistisch zu sein."

Da hatte er recht. Ich schämte mich und hatte ein schlechtes Gewissen. Wahrscheinlich hatte er genau das erreichen wollen.

Ich reckte das Kinn. „Wer hat gesagt, dass ich sie störe? Dann such ich mir eben jemand anderen, der mich nach Hause bringt." Ich konnte es – *ihn* – nicht mehr ertragen und drehte mich um. Ich kam gerade mal zwei Schritte weit, dann hatte er mich auch schon eingefangen. Seine Arme schlossen sich um mich.

Mehr brauchte es nicht. Ich kämpfte und wehrte mich. Aber er hielt mich eisern fest. Ich konnte nichts dagegen tun. Die Erinnerung kam mit aller Macht zurück und überdeckte alles andere. Da war es wieder, dieses Gefühl von Hilflosigkeit. Dieses Gefühl, in der Falle zu sitzen.

Ich stieß wilde, beinahe animalische Laute aus. Ich heulte und fletschte die Zähne und versuchte, ihn zu beißen.

„Emerson, hör auf! Emerson!" Er hielt mich immer noch fest, setzte mich dann aber ab, damit meine Füße wieder festen Boden spürten.

„Ganz ruhig, Emerson. Ich werde dir nichts tun." Seine Stimme erstarb, als er mir ins Gesicht sah. Ich keuchte, als ich ihn durch ein paar wilde Haarsträhnen hindurch anblickte.

Da spürte ich sie. Die Tränen. Verdammt!

Er lockerte seinen Griff, ließ mich aber nicht ganz los. Wenigstens konnte ich mich wieder bewegen. Ich wischte mir mit zitternden Händen über die Wangen und kam mir vor wie ein Vollidiot. Ich wusste jetzt, dass ich mich von ihm fernhalten musste. Schon als ich ihn das erste Mal gesehen hatte, hatte ich geahnt, dass ich in seiner Nähe nichts mehr im Griff haben würde. Und jetzt das. Ich *heulte.*

„Was? Was willst du von mir?", flüsterte ich wie im Fieber. „Wieso bist du hier? Warum tust du das?"

Warum konnte er mich nicht einfach in Ruhe lassen?

Er beugte sich über mich. So nah. Zu nah. Er schüttelte den Kopf, als er mich ansah. „Ich weiß es nicht."

Ich war so erschüttert darüber, dass ich vor ihm heulte, dass ich mich von ihm losmachte und mich umdrehte und meine Tränen herunterschluckte.

„Emerson." Es ging mir durch Mark und Bein, wie er meinen Namen sagte. Plötzlich bestand mein ganzer Körper nur noch aus Gänsehaut. Ich wollte mich zu ihm umdrehen, aber ich rührte mich nicht.

Da legte er seine Hände auf meine Schultern und drehte mich um. Als wir uns ansahen, ließ er mich los. Er fuhr sich mit einer Hand durchs Haar, die Strähnen fielen sofort wieder an ihren Platz. Wir sahen einander schweigend an. Es war seltsam. Wir sagten nichts, aber etwas geschah mit uns. Eine Art Verbindung schien sich zu bilden. Was für ein bescheuertes Klischee! Aber genauso war es. Nie zuvor hatte ich etwas Derartiges erlebt. Noch mit keinem Mann.

Zärtlich streichelte er meine tränenfeuchten Wangen. Er sah besorgt aus. Anders konnte man das nicht bezeichnen. „Ich weiß nicht, was du mit mir machst."

Ich machte etwas mit ihm?

Er sprach weiter, ein leises Flüstern. Ich konnte spüren, wie sein Atem über meine Lippen strich. „Aber ich werde nicht mehr dagegen ankämpfen."

Als sein warmer Mund meinen berührte, schien ein elektrischer Blitz durch meinen Körper zu schießen. Sein Kuss war viel sanfter und überzeugender, als ich es von einem so rauen Kerl erwartet hätte.

Tausend Gedanken rasten gleichzeitig durch meinen Kopf: Ich könnte einfach einen Schritt nach hinten machen. Ich könnte etwas sagen. *Nein.* Ich könnte mich umdrehen und zurück in die Bar gehen. Er würde mich nicht aufhalten. Diesmal nicht. Das wusste ich.

All diese verschiedenen Möglichkeiten durchzuckten mich wie ein Blitz, aber ich hatte dennoch nur eine Option. Es gab keine Alternative.

Ich erwiderte seinen Kuss.

7. KAPITEL

Und ab diesem Moment war alles anders. Sein Kuss war auf einmal nicht mehr sanft und zärtlich, sondern stürmisch und fordernd. Nicht mehr forschend, sondern getrieben von einem verzweifelten Bedürfnis.

Und mir ging es genauso. Ich schlang meine Armc um seinen Hals, wobei ich mich auf die Zehenspitzen stellen musste, und drückte mich an ihn. Ich spürte sein Stöhnen, dann schlang er die Arme fest um mich und hob mich hoch.

Ich keuchte überrascht, und diesen Moment nutzte er aus. Seine Zunge glitt in meinen Mund und begann ihn zu erforschen, streichelte meine Zunge, meine Zähne. Damit trieb er mich an den Rand des Wahnsinns.

Plötzlich setzten wir uns in Bewegung. Ganz ohne mein Zutun. Er trug mich weg, als würde ich überhaupt nichts wiegen. Ich sah nicht auf. Es war mir egal. Ich hatte meine Hände in seinem Haar vergraben und genoss seinen Mund, seine Zunge. Ich begann an seinem Hals zu knabbern und an seinem Ohrläppchen. Ich spürte ihn erschaudern.

Er stolperte, und wir stießen gegen ein Fahrzeug. Als die Alarmanlage ansprang, ließen wir erschrocken voneinander ab. Ich glitt an seinem muskulösen Körper herunter und musste lachen. Es klang unsicher. Mit zitternder Hand strich ich mir durchs Gesicht, ließ die Finger auf den Lippen verharren.

Auch er streichelte mein Gesicht, und dabei glänzten seine Augen. Seine Brust hob und senkte sich, als wäre er gerannt. Es hatte ihn genauso mitgenommen wie mich, und das ließ mich noch mehr dahinschmelzen.

Was passierte da mit mir? Ich hatte schon viele Jungs geküsst, aber so etwas hatte ich noch nie empfunden.

Ich spürte seinen Atem auf meinen Lippen. „Ich mag es, wenn du lachst."

„Ja?"

„Ja." Er nickte. „Du solltest öfter lachen." Dann nahm er meine Hand und zog mich hinter sich her.

Ich folgte ihm schweigend, mit schnellen Schritten. Diesmal protestierte ich nicht, als er mich zur Beifahrerseite seines Wagens führte. Ein paar Augenblicke saß ich allein im Auto, während er zur Fahrerseite ging. Ich schüttelte heftig meine Hände vor meinen Augen, um die aufgestaute Energie rauszulassen und mein wie wild klopfendes Herz zu beruhigen. Es funktionierte nicht.

Er öffnete die Tür, und ich steckte die Finger unter meine Oberschenkel, um gelassen zu wirken. Shaw setzte sich, presste die Hände aufs Lenkrad und schaute mich an. Und damit war es um meine gerade gewonnene Ruhe sofort wieder geschehen.

Er legte mir eine Hand auf den Nacken und zog mich an sich. Unsere Münder prallten aufeinander. Ich krallte mich in sein warmes Hemd, darunter spürte ich seinen muskulösen Oberkörper. Sogar das machte mich an. Nicht nur seine warmen Lippen.

Seine Finger berührten immer noch meinen Nacken, und jetzt schob er die freie Hand unter meinen Hintern und hob mich auf seinen Schoß. Ich ließ es geschehen und schmiegte mich an ihn, begierig nach seiner Nähe. Als ich seine Erektion zwischen meinen Schenkeln spürte, keuchte ich rau auf.

Von draußen drangen verschwommen Stimmen und Gelächter zu uns, aber das störte mich nicht. Wir hatten hier unsere eigene kleine Welt in seinem Wagen. Unsere Lippen waren vereint, unsere Körper verschmolzen. Alles andere war egal. Ich erschrak kurz, da jemand gegen die Scheibe klopfte. „Hey, besorgt euch mal ein Zimmer!“ Leute brachen in lautes Gelächter aus. Wahrscheinlich waren sie auf dem Weg zu ihren Autos.

Ich machte mich von Shaw los und schaute ihn an. Alles an ihm verursachte mir einen wohligen Schwindel. Seine Augen glänzten in der Dunkelheit. Er ließ meinen Nacken los, streichelte mir durchs Haar und strich mir ein paar Strähnen hinters Ohr.

Er war so dermaßen sexy – doch nicht nur das. Da war etwas in seinem Blick, in der Art, wie er mich ansah. Nichts davon kannte ich. Nichts von all dem, was ich mit ihm erlebte, hatte ich so schon einmal erlebt. Ich hatte es nicht mehr im Griff. Ihn nicht. Mich nicht.

„Das ist doch Irrsinn“, flüsterte ich.

Er sah mich sehr lange an, wobei er immer noch seine Finger in meinem Haar vergraben hatte. Ich fühlte seinen schnellen Puls an meiner Wange, passend zum Hämmern meines eigenen Herzschlags, und es erschien mir, als wäre sein Leben mit meinem verwoben. Das klang wie aus einem Liebesroman, abgedroschen, peinlich – aber so war es.

Mit der Hand auf meinem Hintern drückte er mich an sich, bis ich wieder seine Erektion spüren konnte. Ich machte keinen Rückzieher, sondern schloss die Augen und ließ mich gegen ihn sinken.

„Wo wohnst du?“ Seine Stimme klang heiser und ein bisschen wild. Ich wusste, was das bedeutete. Er war scharf auf mich. So „widerstehlich“ war ich dann wohl doch nicht. Weibliche Zufriedenheit breitete sich in mir aus.

Ich nannte ihm die Adresse und kletterte von seinem Schoß. Er startete den Motor und stellte die Scheibenwischer an, um die dünne Schneeschicht wegzuwischen. Die Seitenscheiben waren beschlagen – warum wohl? Als ich in seinen Armen lag, hatte ich die Kälte gar nicht mehr wahrgenommen.

Wir warfen einander lange Blicke zu, während er fuhr und ich ihm den Weg zeigte. Die Fahrt dauerte nicht so lange wie beim letzten Mal, aber immer noch lang genug, dass ich Zeit zum Nachdenken hatte. Und dass sich mein Herzschlag beruhigen konnte. Seine heißen Blicke hatten mich eben total nervös gemacht. Und als er mich geküsst hatte, war mein Gehirn wie leer gefegt gewesen. Ich hatte an gar nichts mehr denken können. Ich war noch nicht mal nervös gewesen. Doch jetzt war ich es.

Da vibrierte mein Handy. Ich holte es aus der Tasche.

Pepper: Alles okay?

Ich: Ja. Bin auf dem Heimweg.

Pepper: Okay. Viel Spaß.

Ich: Danke.

Viel Spaß? Glaubte sie etwa, ich hätte gleich wilden, hemmungslosen Sex mit Shaw? Er war mit Reece befreundet. Wahrscheinlich sah sie uns gedanklich schon als Paar, damit wir bald als Vierergruppe durch die Gegend ziehen konnten.

Als wir den Campus erreichten, wusste ich, was ich zu tun hatte. Ich musste mich von ihm verabschieden und die Sache damit beenden. Bevor das alles noch verrückter wurde und völlig außer Kontrolle geriet.

„Du kannst mich hier rauslassen." Ich zeigte auf mein Wohnheim. Wenn es nicht das Klügste war, den Abend hier enden zu lassen, dann wusste ich es auch nicht.

„Ich bringe dich noch zur Tür", erwiderte er ruhig, aber bestimmt.

Kein Widerstand möglich.

„Wirklich? Musst du aber nicht." Ich blinzelte, als er den Wagen parkte.

Er schaltete den Motor aus. Dann drehte er sich zu mir um und legte einen Arm auf den Beifahrersitz, sodass seine Fingerspitzen meine Schultern berührten. „Noch vor fünf Minuten sind wir wie die Irren übereinander hergefallen. Du konntest nicht genug von mir bekommen. Und jetzt habe ich den Eindruck, du willst so schnell wie möglich weg von mir."

Ich schluckte, denn so viel Direktheit war ich nicht gewohnt. „Nimm's nicht persönlich. So bin ich nun mal."

Er neigte den Kopf, um mich zu betrachten, und diese Bewegung erinnerte mich an ein Raubtier, das seine Beute begutachtet, bevor es sie verschlang. „Ach? Du heuchelst nur etwas Interesse vor, um dann zu verschwinden? So bist du drauf? Dafür gibt es ein besseres Wort, weißt du!"

Wider besseres Wissen fragte ich: „So? Welches denn?"

„Man nennt es Schwanzfopperin."

Ich zuckte zusammen. Das hatte man mir schon öfter vorgeworfen. Annie hatte mich mal so genannt, als ich mit einem Typen wild herumgemacht hatte, aber nicht bis zum Ende gegangen war. Sie war halt eine blöde Kuh. „Was ist los mit dir? Kommst du mit Zurückweisung nicht zurecht? Vielleicht will ich dich einfach nicht."

„Ist klar." Er grinste, als hätte ich etwas Lustiges gesagt. Das ärgerte mich.

Bevor ich auf seine Arroganz angemessen reagieren konnte, stieg er aus und ging um den Wagen herum. Immer noch lächelnd öffnete er mir die Tür. Ich glitt hinaus und achtete darauf, dass ich ihn ja nicht berührte.

Dann lief ich vor und gab den Code für die Haustür ein. Er trat mir in den Weg. „Du willst mich also bis zu meinem Zimmer bringen?“

„Ja.“

„Gut. Von mir aus.“ Ich betrat den Fahrstuhl und drückte auf den Knopf. Dann verschränkte ich die Arme und sah ihn vorsichtig an. „Du bekommst keinen Sex.“

Er lachte. „Ich habe noch nie eine getroffen, die so schnell wieder abkühlt.“

„Tja, du hast mich eben selbst eine Schwanzfopperin genannt. Ich will nicht, dass du falsche Erwartungen hast.“

„Schon verstanden.“ Diese zwei kleinen Worte trieften von Spott und Hohn.

Die Aufzugstür öffnete sich, und wir verließen die Kabine. Prompt begegnete uns Annie. Ich hatte sie nicht mehr gesehen, seit sie mich im Maisie's sitzen gelassen hatte.

„Emerson, wie geht's denn?“, begrüßte sie mich munter und schien alles andere als schuldbewusst zu sein.

„Annie“, meinte ich nur.

Sie bemerkte Shaw und musterte ihn anerkennend. „Ich sehe schon, du wirst eine gute Nacht haben, Em.“ Sie straffte die Schultern. Das tat sie immer, um auf ihre Doppel-D-Körbchengröße hinzuweisen.

Sie ging ganz nah an Shaw heran und streckte ihre Hand aus. „Hi, ich bin Annie. Irgendwie kommst du mir bekannt vor.“ Sie wedelte flirtend mit dem Finger vor ihm herum.

Er starrte auf ihre Hand, mit eisiger Miene, und ich wusste sofort, dass er sich an sie erinnerte. Die Tatsache, dass er Annie nicht einmal die Hand gab, erfüllte mich mit diebischer Freude. Er betrachtete sie, allerdings nicht bewundernd. Im Gegenteil. Das war mal was Neues. Normalerweise hatte Annie kein Problem damit, Männer zu beeindrucken. Aber jetzt verschwand ihr Lächeln, und sie nahm ihre Hand zurück.

„Du kommst mir auch bekannt vor", antwortete er. „Du bist doch die vermeintliche Freundin, die Emerson im Maisie's sitzen gelassen hat." Die Art, wie er das Wort „Freundin" betonte, verriet alles darüber, was er von Annie hielt.

Ihr Mund bildete ein überraschtes *Oh*. Sie trat einen Schritt zurück und ließ die Schultern wieder hängen. „Na dann." Sie lächelte mich verkniffen an. „Du kommst gut voran in der Welt, Emerson." Jetzt sah sie Shaw mit deutlich weniger Bewunderung an. „Gibst dich mit allen möglichen interessanten Leuten ab."

Ich nickte und schaute Shaw an. „Ja, ich habe bessere Gesellschaft gefunden."

Er lächelte mich an, und plötzlich hatte ich Schmetterlinge im Bauch. Ich sah zu Annie rüber. Sie war knallrot geworden. Verdächtig schniefend schritt sie um uns herum und drückte eine Fahrstuhltaste. Ich spürte, wie sie mich beobachtete, während ich mit Shaw Hand in Hand über den Flur zu meinem Zimmer ging. Dort zog ich meine Chipkarte durch den Schlitz und betrat den Raum. Erst danach ließ ich seine Hand los.

Ich hatte meine Schreibtischlampe brennen lassen, es war also nicht absolut dunkel im Zimmer. Ich wich seinem Blick aus, schlüpfte aus meiner Jacke und hängte sie in meinen kriminell kleinen Schrank – wobei ich mir endlos Zeit ließ. Ich musste nachdenken und meine Gedanken ordnen. Normalerweise nahm ich nie Typen mit nach Hause. Ich ließ niemanden in meine Welt. Klar machte ich mit vielen Jungs rum, aber ich wollte nicht morgens neben jemandem aufwachen, der nicht kapiert hatte, dass er schon vor Stunden hätte verschwinden sollen. Und was mir am meisten Angst einjagte: Ich wollte gar nicht, dass Shaw wieder ging. Falls er überhaupt hierbleiben wollte. *Oh Gott.* War wirklich ich das? Ich klang wie ein liebeskranker Teenager. Doch es würde nichts passieren, weil ich nicht wollte, dass etwas passierte. So einfach war das.

Als ich es nicht länger hinauszögern konnte, sah ich auf und sagte: „Danke." Dann atmete ich aus und deutete auf die Tür. „Annie ... ist eine echte Bitch."

„Das bedeutet vermutlich, dass du dich nicht mehr mit ihr abgibst." Er streifte seine Jacke ab und warf sie über meinen Drehstuhl. Meine Brust schien sich zusammenzuschnüren. Er hatte also offensichtlich vor zu bleiben. Zumindest für eine Weile.

Ich nickte, vielleicht etwas zu schnell. „Nein. Nicht mehr." War das meine Stimme, die sich so piepsig anhörte?

„Gut." Er trat langsam auf mich zu. Da er lange Beine hatte und mein Zimmer sehr klein war, stand er schon nach drei Schritten vor mir.

Ich verharrte vollkommen reglos, während er mir eine Haarsträhne hinters Ohr strich. Meine Lunge war wie eingefroren, ich konnte die Luft weder hinein- noch hinauspressen. In meinem Kopf existierte nur noch ein einziger Gedanke – ihn zu küssen. Ich spürte seinen Geschmack immer noch auf meinen Lippen, und am liebsten hätte ich ihn gepackt und meinen Mund auf seinen gedrückt. *Mein Gott!* Dieser Typ machte mich fertig.

Er streichelte mir mit dem Daumen über die Wange. „Diese Annie ist nicht die Art von Freundin, auf die man sich verlassen kann."

Erneut nickte ich. „Ich weiß."

Er stand so nah vor mir, dass ich die winzigen goldbraunen Flecken in seinen dunklen Augen erkennen konnte. „Soll ich gehen, Emerson?" Seine Stimme war tief und leise. Eigentlich hätte er gar nichts sagen müssen. Aus dieser Nähe konnte ich die Worte von seinen Lippen ablesen.

Ich holte tief Luft – durch die Nase, was ein Fehler war. Denn so sog ich nur seinen verführerischen männlichen Duft ein.

„N… nein." Was hatte ich da gesagt?

„Das klingt nicht sonderlich überzeugt."

Weil ich es nicht war. In seiner Nähe war ich nicht mehr ich selbst.

Er ließ seine Hand sinken und machte einen Schritt zurück. Da ich im selben Moment versucht hatte, nach seiner Hand zu greifen, geriet ich ins Straucheln. Fast wäre ich hingefallen, doch zum Glück konnte ich mich im letzten Moment noch abfangen. Er begann, mein Zimmer zu betrachten. Zuerst Georgias Seite, mit den Bildern von ihrer Familie, von Harris, von mir und Pepper. Sogar ihr Hund hatte ein Bild mit eigenem Bilderrahmen. Meine Seite war weniger persönlich. Sie war einfach … *weniger.*

Natürlich war bei mir alles sehr bunt. Es gab verschiedene farbige Kissen und eine Überdecke mit Blumenmuster, die an ein Gemälde von Georgia O'Keeffe erinnerte. Ein paar Kunstpostkarten und -poster zierten die Wand. Dazwischen hing nur ein einziges Foto. Es zeigte mich, Pepper und Georgia letztes Jahr an Weihnachten. Wir hatten uns alle drei dem Weihnachtsmann in der Mall auf den Schoß gesetzt. Und das war's. Keine Familienbilder. Ich empfand es als Lüge, Fotos von diesen Menschen aufzuhängen und so zu tun, als wären wir eine richtige Familie.

Sicher fiel ihm das auf, vor allem im Vergleich mit Georgias Familiengalerie. Sogar Pepper hatte jemanden, der sie wirklich liebte – ihre Großmutter. Und ihr Vater, der sie vergöttert hatte. Doch er war gestorben. Und damit hatte Pepper die Arschkarte gezogen. Denn sie wuchs allein bei ihrer Mutter auf.

Ich hatte zwar Eltern, aber ich hätte genauso gut eine Waise sein können, so allein und einsam, wie ich mich fühlte.

„Das ist wohl deine Zimmerhälfte?", fragte er und deutete auf mein Bett mit den rot-lilafarbenen Bezügen.

Ich nickte, und mein Herz blieb fast stehen, sowie er sich darauf niedersinken ließ. Er sah sich die Postkarten und Poster an. Mich beachtete er gar nicht mehr. Ich runzelte die Stirn. Eben noch wollte er mich verschlingen vor Lust – und jetzt? Nichts mehr.

Ich trocknete meine schweißnassen Handflächen an meinen Oberschenkeln ab, während er sich ein Bild anschaute, das ich an die Backsteinwand geheftet hatte. Ich hatte es eines Tages in meinem Bio-Kurs gezeichnet. Diesen Kurs musste ich belegen, auch wenn mich das alles nicht weiter interessierte. Deshalb brachte ich die meiste Zeit damit zu, aus dem Fenster zu starren und mich zu langweilen. Es war eine einfache Bleistiftzeichnung auf einem Blatt Papier aus meinem Notizbuch.

Ich erinnerte mich noch genau an den Tag. Es war warm und sonnig gewesen. Ein Mädchen hatte unten im Hof gesessen und gelernt, ihr Freund saß gegenüber, und die beiden hatten die Hände ineinander verschränkt, auch wenn sie sich nicht ansahen, sondern konzentriert in ihre Bücher blickten. Ich kannte sie nicht, aber diese Szene hatte etwas so Natürliches und Intimes, etwas so Liebes und Unschuldiges, das selbst die Zynikerin in mir ausgetrickst hatte. Schnell hatte ich einen Zettel aus meinem Notizbuch gerissen und die beiden gezeichnet.

„Ist das von dir?", fragte er, und es klang verwundert.

Wieder nickte ich, und mir war ein bisschen schwindelig vor Stolz.

„Echt super."

Ich setzte mich neben ihn aufs Bett, wobei ich mich am Rand der Matratze festhielt. „Ich studiere Kunst im Hauptfach."

Er blickte mich an. „Du bist wirklich gut. Willst du damit mal dein Geld verdienen? Als Künstlerin? Das Zeug dazu hast du jedenfalls“, fügte er hinzu. „Und wann machst du deinen Abschluss?“

Ich seufzte. „Wahrscheinlich lande ich sowieso irgendwo im Marketing. Wenn ich Glück habe, bei einem Designer, doch … klar ist es mein Traum zu malen.“

„Dann solltest du das auch tun.“

Er sagte das, als wäre das die einfachste Sache der Welt. Ich lächelte, nahm ein Kissen auf den Schoß und zupfte an den Fransen. „Nur kann man davon eher nicht leben.“

Verächtlich schnaubte er. „Hast du etwa keinen fetten Treuhandfonds im Rücken? Versorgt dich Daddy nicht auf immer und ewig mit Kohle?“

Mein Lächeln verschwand. Ja. Dad würde immer für mich zahlen. Ich war sein einziges Kind, und er schien einen unerschöpflichen Wohlstand zu besitzen. Aber ich wollte das nicht. Ich konnte nicht für immer sein Geld akzeptieren. Das fühlte sich nicht richtig an. Er bezahlte mir alles, weil er mehr Geld hatte, als er ausgeben konnte. Man führte nicht eines der fünfhundert umsatzstärksten Unternehmen der USA, wenn man seine Verantwortung und Verpflichtungen nicht ernst nahm. Und mehr war ich nicht für ihn – eine Verpflichtung. Das Überbleibsel einer Ehe, die er am liebsten nicht geführt hätte. Ich war eine Verantwortung, vor der er sich nicht drücken würde. Er würde für mich sorgen, solange ich ihn darum bat – aber nicht etwa, weil ich „Daddys kleines Mädchen“ war oder weil er mich so abgöttisch liebte. Solche Mädchen gab es auch zur Genüge in Dartford. Ich gehörte nicht zu ihnen.

Mein Schweigen – oder vielleicht mein Gesichtsausdruck – sprach wohl für sich. Shaw wandte sich wieder den Bildern an der Wand zu, anderen Zeichnungen von mir. Gerade betrachtete er eine Zeichnung von Pepper und Reece, die sich umarmten. Ich hatte ihnen ganz viele Arme verpasst. Die beiden sahen aus wie ein menschlicher Oktopus, der seine Tentakel überall hatte.

Shaw lachte. „Ziemlich gut getroffen."

Ich grinste. „Manchmal muss ich auch meinen Spaß haben."

„Verstehe." Er sah mich mit einer Art Bewunderung an, und bei seinem Blick wurde mir ganz warm. Auf diese Weise schaute mich sonst nie jemand an. Nicht lüstern, sondern so, als ob er mich *mochte*.

Ich spielte verlegen mit einer kurzen Haarsträhne, die ich hinters Ohr zu stecken versuchte. Erfolglos. Schon baumelte sie wieder vor meinen Augen. „Die beiden muss man mal für einen Monat einsperren, damit sie einander wieder aus ihren Systemen kriegen."

„Meinst du wirklich, da würde ein Monat reichen?" Sein Blick wanderte über mein Gesicht, und seine Stimme war samtweich auf meiner Haut. Einer Haut, die urplötzlich übersensibel reagierte. „Ich glaube, es gibt Menschen, bei denen so was länger dauert." Jetzt starrte er meinen Mund an, und mein Gesicht wurde heiß.

In meinem Bauch tanzten die Schmetterlinge. Ich riss meinen Blick von ihm los und betrachtete die Zeichnung von Pepper und Reece. Ich war mir sicher, dass Shaw und ich inzwischen von etwas ganz anderem sprachen – oder zumindest an etwas ganz anderes dachten. Nicht mehr an Pepper und Reece.

Plötzlich sah ich uns beide vor mir. Mit deutlich weniger Kleidung an. Ich schluckte und versuchte, die Unterhaltung wieder aufzunehmen, um aus diesem Gedankenfluss herauszukommen. „Pepper war gar nicht erfreut, als ich ihr die Skizze gezeigt habe. Sie fand sie gruselig."

„Ich finde sie lustig."

„Danke." Ich lächelte und zog die Knie an. Der Stoff meiner Strumpfhose kam mir plötzlich so angenehm weich vor.

„Du musst malen", bekräftigte er noch einmal. „Nimm bloß nicht so einen Bürojob an. Das wäre ein Verbrechen."

„Und was ist mit dir?", fragte ich. „Du warst bei den Marines. Ist das vorbei?"

„Ich bin immer noch Reservist, aber nach zwei Einsätzen ist damit Schluss." Seine Miene war ausdruckslos. Schwer zu sagen, was er dachte. Er fuhr mit einem Finger die Linie eines Baums nach, den ich gezeichnet hatte, als ich an Weihnachten zu Hause gewesen war. Es war die riesige Buche direkt vor meinem Zimmerfenster. Ich stellte mir vor, dass das so ein Baum war, an dem ein Teenagermädchen herunterkletterte, wenn es heimlich das Haus verließ. Das heißt, wenn ihre Eltern sich darum kümmerten, ob sie zu gewissen Zeiten zu Hause war oder nicht. Meinen Eltern war das immer egal gewesen. Sie machten mir keine Vorschriften. Ich kam und ging, wie es mir passte. Ich fuhr auch immer allein zur Schule. Aß, was unsere Köchin für mich zubereitete. Manchmal blieb Agnes da und leistete mir Gesellschaft beim Essen – anstelle meiner Familie. Sie hatte Mitleid mit mir.

Während Dad in meinen Weihnachtsferien seinen Urlaub auf Barbados genoss, hockte ich allein zu Hause und zeichnete den Baum. Immerhin hatte ich dadurch etwas zu tun. Eine kleine Abwechslung zur x-ten Wiederholung von „Top Chef" im Fernsehen.

Shaw betrachtete immer noch den Baum. Er schien mit seinen Gedanken weit weg zu sein, und ich fragte mich, ob meine Erwähnung der Marines etwas damit zu tun hatte.

Ich befeuchtete meine Lippen und beschloss, mehr zu erfahren. „Du hast im Krieg deinen Cousin verloren …"

Da war er plötzlich wieder ganz bei mir. Mit alarmiertem Blick sah er mich an. „Ich dachte mir schon, dass du davon gehört hast. Ist wohl unmöglich, hier irgendetwas für sich zu behalten."

Ich lächelte beinahe entschuldigend. „Logan hat es mir auf dieser Verlobungsparty erzählt."

Grimmig nickte er. „So ist es mit den Marines, oder? Manche kommen nach Hause, andere nicht. Wir wussten das alle, bevor wir da rübergingen. Ich verlor auf meiner ersten Tour drei Kameraden aus meiner Einheit. Und dann habe ich mich wieder gemeldet, weil ich wollte, dass unser Einsatz für etwas gut ist. Dass wir etwas bewirken."

Ich zog die Knie an die Brust und hatte keine Ahnung, was ich sagen sollte. Mit solchen Dingen kannte ich mich nicht aus. Mit Typen über ernste Themen reden. „Habt ihr ja."

Er schnaubte. „Woher willst du das wissen?"

Ich öffnete den Mund, um zu antworten, als mir klar wurde, dass ich es tatsächlich nicht wusste. Es gab nichts, womit ich meine Behauptung unterfüttern konnte – aber ich wusste es einfach. Wenn ich ihn ansah, wusste ich es. Er hatte etwas aus seinem Leben gemacht. Er hatte gelebt. Er hatte für etwas gekämpft, das größer war als er.

Daher wusste ich es.

Und das bedeutete, ich war in Schwierigkeiten. Denn das, was ihn von den anderen Jungs unterschied, war genau das, was mich anzog.

Vielleicht lag es an dieser plötzlichen Erkenntnis. Vielleicht auch am Restalkohol, der immer noch in meinem Körper war. Doch mich überkam ein plötzlicher Impuls.

Ich drehte mich zu ihm um und schaute ihn an. Was auch immer er in meinem Gesicht las – er erstarrte. Er sah mich an, als wäre – ausnahmsweise – er die Beute. Ich kniete mich neben ihn. Ohne den Blick abzuwenden, zog ich meinen Pullover aus.

Er betrachtete mich. Ich streichelte mit einer Hand das Spitzenkörbchen meines dunkelrosa BHs.

„Was wird das jetzt?“

„Komm schon. Jetzt tu nicht so, als wäre dir das völlig neu. Ich glaube, du hast mich schon mit weniger Klamotten gesehen.“

Langsam kletterte ich auf seinen Schoß und ließ mich rittlings auf ihn sinken.

„Das war was anderes. Jetzt bist du bei Bewusstsein.“

Ich lächelte und neigte den Kopf zur Seite. Danach legte ich einen Finger auf seine Lippen und genoss das Gefühl, ihn zu berühren. Diesen Mund zu spüren, der mich zum Beben bringen konnte und dafür sorgte, dass ich völlig neben mir stand. „Darf ich?“

„Die Führung übernehmen? Wieso habe ich nur den Eindruck, dass du das nicht anders kennst?“ Seine Augen schimmerten, allerdings bewegte Shaw sich nicht.

Das nahm ich als Zustimmung. Lächelnd senkte ich den Kopf und begann seinen Hals zu lecken und an ihm zu saugen, genoss den leicht salzigen Geschmack seiner Haut. Er seufzte, sein Atem in meinem Haar. Ich richtete mich wieder auf und begann ihm sein Shirt abzustreifen. Bereitwillig hob er die Arme. Und ... wow! Der Anblick seines Oberkörpers war wirklich atemberaubend.

Er war schlank und durchtrainiert, alle Muskeln deutlich ausgeprägt. Was für ein Sixpack! Ich zählte nach. Verdammt, das war wohl eher ein Eightpack!

Auf seiner linken Brust prangte ein großes Tattoo, das bis zur Schulter reichte. Ich strich mit dem Finger über die Umrisse eines Adlers, der sich auf einer Weltkugel mit Anker festkrallte. Adler, Globus und Anker – das offizielle Emblem des US-Marine-Corps. In den Anker waren der Name Adam sowie ein Geburts- und Sterbejahr eintätowiert. Es schnürte mir die Brust zusammen. Ja, dieser Mann war eindeutig anders. Besonders.

Shaw atmete jetzt lauter – und, als ich meinen Mund auf seinen Oberkörper senkte und mit der Zunge darüberglitt, auch schneller.

Er legte die Hände um mich, was ich gestattete. Doch kaum, dass er die Finger zu meinen Brüsten wandern ließ, hielt ich sie fest.

„Nein", murmelte ich und lächelte ihn an, während ich seine Hände wieder auf die Matratze drückte.

Ein enttäuschter Blick. „Ich will dich auch anfassen."

„Das Anfassen übernehme ich. Entspann dich." Sanft presste ich ihn aufs Bett. Ich saß auf ihm, das gab mir ein gewisses Gefühl von Macht. Vielleicht konnte ich ihn am Ende doch haben. Vielleicht konnte ich alles unter Kontrolle bringen. Ich wusste, was ich tat – und was funktionierte. Er würde mir nicht wehtun. Ich hatte die Situation im Griff. Ich hatte *ihn* im Griff.

Noch einmal schaute ich ihm ins Gesicht, in seine dunklen glänzenden Augen, danach widmete ich mich ganz seinem Oberkörper. Ich küsste und leckte und knabberte an seiner Haut. Meine Küsse waren mal sacht wie Schmetterlinge, mal extensiv und feucht. Ich huldigte seinem Körper mit meinem Mund und meinen Fingern. Ich hauchte Shaw ins Ohr und biss sanft in sein Ohrläppchen. Er stöhnte, und da erkannte ich, dass ich ihn hatte. Ich fühlte mich wie betrunken, aber das hatte nichts mehr mit dem Alkohol zu tun, den ich heute Abend zu mir genommen hatte. Shaw machte mich high.

Er versuchte, mich zu küssen, aber ich wich seinem Mund aus. Ich war kurz davor, meinen Entschluss zu vergessen – deswegen musste ich seine Lippen meiden. Denn sie verwandelten mein Hirn in Mus.

„Lass mich dich wenigstens küssen“, bettelte er und hob den Kopf.

Ich drückte ihn sanft wieder nach unten und fuhr ihm mit einem Finger über die Brust. „Kein Küssen.“

„Emerson.“ Seine Augen funkelten mich an. „Ich will deinen Mund.“

„Den bekommst du schon noch“, versprach ich ihm.

„Auf meinem“, schob er hinterher.

Ich grinste nur. „Ich verspreche dir, dass du es genießen wirst, wo auch immer …“ Ich verteilte Küsse auf seinem Schlüsselbein. „… ich …“ Auf seinem Hals. „… dich …“ Auf seiner Brust. „… küssen werde.“ Meine Lippen glitten über die warme straffe Haut an seiner Brust. Und dann ein Stück tiefer.

Er umfasste meine Hüften und begann, meine bloße Haut über dem Bund meiner Strumpfhose zu streicheln. Seine Berührung war eine große Versuchung für mich, doch ich nahm seine Finger wieder weg.

„Ich möchte dich berühren“, flehte er.

Ich lächelte nur und legte meine Hände auf seinen Hosenbund. Gekonnt öffnete ich den Jeansknopf.

„Emerson“, sagte er mit warnender Stimme. „Wenn du mir nicht erlaubst, dich anzufassen, dich zu küssen … ist das nicht …“

„Pst“, befahl ich und zog langsam den Reißverschluss herunter. Seine Boxershorts kamen zum Vorschein. Ohne ihn zu berühren, machte ich den Eingriff auf und ließ *ihn* heraus.

Da war er. Was für ein toller Anblick! Er war hart, schien mir entgegenzuwachsen, war bereit für mich. Ich blies sanft über seine Spitze.

„Verdammt, Emerson!“, stieß Shaw hervor.

„Nein“, ermahnte ich ihn leise und küsste ihn knapp oberhalb seines Bauchnabels. „Du weißt doch.“

„Hör bitte auf", flehte er, während sein Körper unter mir zuckte.

Ich strich mit einem Finger über seine Schwanzspitze. „Wieso?", fragte ich und sah ihn verführerisch an. Er schaute mich an, sein Kiefer war angespannt. „Soll ich dich hier etwa nicht küssen?"

„Nicht so."

Ich machte einen Schmollmund. „Wie denn dann?"

„Ich will nicht, dass du mir einen bläst."

Jetzt war ich wirklich verwirrt. Welcher Mann wollte keinen geblasen bekommen? „Mal gucken, ob ich deine Meinung ändern kann." Ich senkte den Kopf, aber er hielt mich an den Armen fest, bevor ich ihn berühren konnte.

Seine Augen funkelten beinahe wütend. „Was tust du da?"

„Etwas, auf das du offensichtlich nicht stehst", zischte ich und versuchte, mich aus seinem Griff zu befreien. Doch er war zu stark, und ich spürte, dass ich keine Chance hatte, auch wenn ich auf ihm saß.

„Was ist denn mit dir los? Ich darf dir also nur nahe kommen, wenn alles nach deinen Spielregeln abläuft?"

Er hatte den Nagel auf den Kopf getroffen. Ich nickte und war verletzt, weil er mich zurückgewiesen hatte. „Du begreifst schnell."

„Vielleicht habe ich auch ein paar Regeln."

Mein Herz setzte kurz aus, sowie ich seinen Blick bemerkte. Das Blatt hatte sich gewendet. Jetzt hatte er die Situation im Griff – oder war zumindest auf dem Weg dahin.

„Ich denke, wir sind hier fertig", meinte ich und versuchte cool zu klingen.

Er schüttelte langsam den Kopf, was mich an unsere erste Begegnung erinnerte. Da hatte ich schon erkannt, dass ich ihn nicht im Griff haben würde. Damals hatte ich mir vorgenommen, mich von ihm fernzuhalten. Zu dumm nur, dass ich nicht auf mich gehört hatte! Jetzt war ich genau in der Situation, die ich hatte vermeiden wollen.

Ich war *gefangen*.

Natürlich würde er mir nicht wehtun. Davor hatte ich keine Angst. Nicht er machte mir Angst. Ich selbst war es, die mir Angst machte. Das, was in mir war. Die Kontrolle zu verlieren, jemand anderem Macht über mich zu geben.

Seine Finger schlossen sich um meine Oberarme. Er betrachtete mich in meinem Satin-BH. „Nein, wir fangen gerade erst an. Und jetzt bin ich dran."

8. KAPITEL

Shaw presste seinen Mund auf meinen. Und es geschah genau das, was nicht hätte passieren dürfen. Mein Hirn verwandelte sich in Mus. Sein Kuss vereinnahmte mich, ich war wie Wachs in seinen Händen.

Doch über ein bisschen Widerstandskraft verfügte ich noch. Gerade genug, um meine Hände zwischen uns zu schieben und seine breite Brust von mir wegzudrücken. Er bewegte sich ungefähr einen halben Millimeter. Aber immerhin konnte ich meine Lippen von seinen lösen. Ich wollte ihm sagen, dass er aufhören und sofort aus meinem Zimmer verschwinden sollte, doch da warf er mich plötzlich mit dem Rücken aufs Bett.

Keuchend lag ich da. Sein großer harter Körper war über mir, zwischen meinen gespreizten Beinen. Schon war seine Hand auf meinem Oberschenkel, unter meinem Rock, und seine Berührung brannte durch die Strumpfhose auf meiner Haut. Ich wünschte, ich würde diese elende Strumpfhose nicht tragen – dann könnte ich ihn direkt spüren.

Wieder überrumpelte er mich. Er drückte mir einen Kuss auf die Lippen, und unsere Zungen fanden sich. Er lag auf mir, ohne mir wehzutun. Ich war wie benebelt, alle meine Gedanken und jeglicher Rest von Verstand waren ausgeschaltet. Ich fühlte nur noch.

Shaws Kuss wurde hungriger. Er schien mich zu verschlingen. Als Shaw meine Brüste anfasste und sie mitsamt BH umschloss, zerfloss ich vor Lust. Er massierte sie gekonnt, und ich schob die Beine weiter auseinander, eine unausgesprochene Einladung.

Er versank tiefer zwischen meinen Oberschenkeln. Mein Rock war mir bis auf die Hüften hochgerutscht, und nur meine lila Strumpfhose verhinderte noch den direkten Hautkontakt. Aber ich konnte ihn fühlen, seine harte Erektion. Er rieb sich an mir und bewegte sich, als würde er allein dadurch Befriedigung erlangen. Mir reichte das nicht. Er machte mich verrückt. Ich wollte mehr. Fester. Tiefer.

Wild vor Verlangen krallte ich meine Finger in seinen Bizeps und reckte mich ihm entgegen, presste mein Becken gegen seins.

„Verdammt!“, fluchte er und löste seinen Mund von mir. Bevor ich reagieren konnte, hatte er mir den BH heruntergeschoben und begonnen, an meiner linken Brustwarze zu saugen. Sie verschwand völlig in seinem Mund.

Ich schrie kurz auf und streckte ihm meinen Körper noch gieriger entgegen. Das war *so* gut! Und es wurde noch besser, sowie er sich meiner anderen Brust widmete, die er auch mit den Lippen umschloss und mit der Zunge liebkoste.

Ich stöhnte seinen Namen.

„Ja“, raunte er, während er mich ansah, das Gesicht auf Höhe meiner Brüste. Sein Blick versprach mir mehr. „Ich will dich schreien hören!“

Ich schüttelte den Kopf. Das war alles, was ich zustande brachte. Nein sagen konnte ich nicht. Denn das hätte bedeutet, dass er aufhören würde – und das wollte ich nicht. Das hier sollte niemals aufhören. Ganz sicher würde ich sterben, wenn er jetzt stoppte.

Er glitt mit beiden Händen unter meinen Rock und griff dann nach dem Bund meiner Strumpfhose. Danach setzte er sich auf und zog sie mir aus. Sämtliche Alarmglocken in meinem Kopf schrillten, aber sie waren nicht so laut wie mein Puls, der alles übertönend in meinen Ohren rauschte. Und sie waren auch nicht so drängend wie der sehnsuchtsvolle Schmerz zwischen meinen Beinen.

Ich spürte seine rauen Hände auf meinen Oberschenkeln. „Oh Gott!“, keuchte ich auf.

Schon war er wieder über mir und drückte seine nackte Brust an mich. Durch den dünnen Stoff meines Slips spürte ich seine Erektion jetzt überdeutlich. Ich wurde rot, weil er sicher schon bemerkt hatte, wie feucht ich war. Seinetwegen. Er musste nur das Stückchen Stoff zur Seite rücken und in mich eindringen.

Diese Vorstellung machte mich ziemlich scharf, erschreckte mich aber auch. Das durfte ich nicht zulassen. Auch wenn ich mir gerade das Gegenteil wünschte und mein Körper genau das wollte – ich wollte es nicht. Mein Verstand wusste es besser.

„Ich habe es ernst gemeint“, presste ich hervor, während er seine Hüften kreisen ließ und damit genau die sensible Stelle stimulierte, die mich vor Verlangen verrückt werden ließ. „Ich will nicht mit dir schlafen.“

Er rieb sich weiter an mir und fixierte mich mit seinem Blick. „Habe ich gesagt, dass ich das von dir erwarte?“

„N… nein.“ Doch ich hatte den Eindruck, dass es so enden würde.

Ich drückte meinen Körper an ihn, unfähig, es sein zu lassen, fühlte seine Erektion. Ich wollte befriedigt werden, ich wollte ihn in mir spüren. So sehr, dass es schmerzte.

Er schob seine Hände unter meinen Po und hob mich an, sodass ich seine Erregung noch stärker wahrnahm. Falls das überhaupt möglich war.

„Oh Gott!“, stöhnte ich wieder. Ich erbebte unter seiner Berührung.

„Wenn wir miteinander schlafen, wird das kein Überraschungssex.“ Seine Stimme ging mir durch Mark und Bein, machte mich noch wilder. „Du wirst bereit sein, wenn es passiert. Du wirst es wollen. Mit deinem Kopf und deinem Körper. Du wirst mich anflehen, mit dir zu schlafen. Dafür werde ich sorgen, Emerson."

Mit ihm schlafen? Auf keinen Fall. „Wie kommst du darauf …?"

„Daran besteht kein Zweifel", fuhr er fort, als hätte er mich nicht verstanden. „Aber wir werden es tatsächlich erst tun, wenn du mich darum bittest."

Ich versuchte, ein verächtliches Geräusch von mir zu geben, aber alles, was ich fertigbrachte, war ein ersticktes Keuchen, als er seine Hand auf meinen Venushügel legte. Mit der Handfläche berührte er genau die richtige Stelle, und ich warf schreiend den Kopf nach hinten.

„Heute Abend belasse ich es dabei, dir es zu besorgen." Ich schüttelte heftig den Kopf auf dem Kissen. Ich war schon kurz davor. „Irgendetwas verrät mir, dass das nicht so oft passiert. Ich schätze mal, mindestens die Hälfte der Typen, mit denen du deine Zeit verschwendest, interessiert es nicht im Geringsten, ob du einen Orgasmus hast."

Und das war noch untertrieben.

Er senkte den Kopf und leckte meine Unterlippe, während er weitersprach. Ich fühlte seine sexy Stimme in meinem Mund. „Nicht heute Nacht, Emerson. Heute Nacht werde ich nicht aufhören, bis du schreist. Bis du Sternchen tanzen siehst."

Seine Worte verursachten mir Unbehagen. Wollte er das wirklich für mich tun? Nur mich befriedigen, ohne an sich zu denken?

Er rückte meinen Slip zur Seite und drang mit einem Finger in mich ein. Sofort vergaß ich alles andere um mich herum. Was machte er da mit mir? So etwas hatte ich noch nie empfunden. Er streichelte mich gekonnt, glitt tief mit seinem Finger in mich hinein und zog ihn dann langsam wieder heraus, umkreiste den sensiblen Punkt, kam immer näher und näher, aber ohne ihn anzufassen. Ich wand und drehte mich, keuchte und stieß unzusammenhängende Laute aus.

„Bitte", flehte ich ihn an und hasste mich selbst dafür – nein, ihn –, dass ich es so wahnsinnig gerne wollte. Er konnte mich haben. Wenn er mit mir schlafen wollte, würde ich nicht widerstehen können.

Und dann gab er mir, wonach mein Körper verlangte. Er rieb mit dem Daumen meine Klit, immer schneller, bis er einen zweiten Finger in mich schob.

Schreiend bog ich mich ihm entgegen. Seine Finger bewegten sich tief in mir. Seine Lippen fanden meine für einen heißen atemlosen Kuss, er erstickte die Laute aus meinem Mund, währenddessen seine Hand immer weitermachte, sein Daumen immer wilder kreiste und seine Finger raus- und reinglitten.

„Du fühlst dich so gut an, Emerson. So warm. So eng." Ich wanderte mit einer Hand zwischen uns, streckte sie nach ihm aus, wollte ihn auch an den Rand des Wahnsinns treiben, so wie er mich. Ich streichelte ihn, aber er stieß mich weg.

„Nicht anfassen, weißt du noch?" Er schaute mich an.

Ich seufzte frustriert, doch schließlich ließ ich es. Die Empfindungen, die seine Finger in mir auslösten, waren zu überwältigend. Meine Lust wurde langsam unerträglich. Mein Kopf sank aufs Kissen.

„Komm schon, Baby", murmelte er dicht an meinem Mund. „Lass dich gehen."

Ich schüttelte den Kopf. Nein. Das schaffte er nicht. Das schaffte ich nicht. Ich konnte mich nicht gehen lassen. Niemals.

Ich hatte mich noch nie gehen lassen!

Und dann spürte ich seine Lippen nicht mehr auf meinen. Sein Körper befand sich nicht mehr auf mir. Blinzelnd hob ich den Kopf.

„Was hast du …?“

Aus. Kein Sprechen mehr möglich. Denn sein Mund war genau dort gelandet. Ich schnellte hoch und klammerte mich an ihm fest. Seine Zunge spielte mit der kleinen sensiblen Perle, saugte daran, leckte sie, bis ich mit einem langen lauten Stöhnen aufs Bett fiel.

Im nächsten Moment explodierte ich förmlich vor Lust, und zwar genau an der Stelle, wo sein Mund war. Der Orgasmus kam in Wellen. In heißen Schüben, die niemals zu enden schienen, während er seine Lippen auf mir hatte.

Ich vergrub die Hände in seinem Haar und zog daran – nicht weil ich wollte, dass er aufhörte, sondern damit er nie mehr aufhörte! Seine Hände glitten unter meinen Körper, umfassten meinen Po. Er zog mich noch enger an sich und machte weiter, bis der letzte Schauer verklungen war.

Erschöpft lag ich da, meine Brust hob und senkte sich, als wäre ich einen Marathon gelaufen. Plötzlich war er wieder über mir und grinste mich unverhohlen an. Er sah so sexy aus! Allein schon seine starken Arme, die er neben mir aufgestützt hatte, sodass sein Bizeps klar hervortrat.

„Das war echt heiß“, flüsterte er. Er streichelte mir mit einem Finger über Wange und Mund. Seine Augen wirkten jetzt noch dunkler, falls das überhaupt möglich war. Unglaublich, aber wahr – allein das sanfte Streicheln meiner Lippen mit seinem Daumen genügte, um das schmerzhafte Verlangen zwischen meinen Schenkeln sofort zurückzubringen. Ich war bereit für eine zweite Runde. Rasch presste ich die Beine zusammen, als würde dadurch das Gefühl verschwinden.

Seine Stimme klang wie ein tiefes Schnurren. „Bist du nicht froh, dass du mir das erlaubt hast?“

Ich hatte ihm das erlaubt? Natürlich hatte er mir die Wahl gelassen. Er war ja kein Sadist. Und ich hätte ihn jederzeit aufhalten können. Er hätte gehorcht. Ich wurde sehr wütend auf mich. Ich hätte ihn stoppen müssen!

Ich schob ihn von mir herunter. Danach setzte ich mich auf, zerrte ungeschickt meinen Rock herunter und rückte die Träger meines BHs zurecht. „Du solltest jetzt besser gehen."

Sein Lächeln verschwand. Er starrte mich ungläubig an, mit undurchdringlicher Miene. In seinen Augen las ich so etwas wie … Überraschung?

„Im Ernst." Ich nickte, und meine Stimme klang nicht mehr so zittrig. Immerhin das. Ich hörte mich an, als hätte ich alles im Griff, obwohl es nicht so war. „Geh einfach."

Ich suchte im Bett nach meinem Oberteil und war froh, dass ich ihn nicht anschauen musste. Schnell streifte ich es über. Aus dem Augenwinkel bemerkte ich, wie er sich bewegte, in seine Jeans stieg und mit einem Ruck den Reißverschluss hochzog. Dabei murmelte er unverständliches Zeug vor sich hin.

Er war sauer. Gut so. Ich auch. Und ich wollte sauer bleiben. Meinen Ärger schüren, damit ich mich nie mehr von ihm einlullen ließ.

Ärgerlich funkelte er mich an. „Ich hätte es besser wissen müssen, als mich mit einer verwöhnten kleinen Prinzessin einzulassen."

Ich zuckte kurz zusammen, aber mir war klar, dass es so besser war. Sollte er mich doch für eine verwöhnte Diva halten. Dann würde das, was zwischen uns war, vielleicht verschwinden. Ich atmete leicht durch die Nase ein und versuchte, den Schmerz in meiner Brust zu ignorieren, den mir dieser Gedanke verursachte.

Ich musste standhaft bleiben. Sollte er doch schlecht über mich denken. Ich würde es nicht aushalten, Distanz zu wahren, wenn es noch einmal so weit zwischen uns kam. Zumindest nicht emotional. Und ich wollte mich auf keinen Fall in einen Mann wie ihn verlieben. Um Himmels willen, er war ein Marine! Nicht gerade einer von diesen Typen, die leicht zu manipulieren waren.

„Da hast du recht“, meinte ich. „Das hättest du besser wissen müssen. Aber jetzt weißt du’s ja.“ Ich hob die Hand und winkte ihm zu. „Also bye.“

Seine Miene verhärtete sich. „Du bist echt mies.“

Ich lächelte und redete mir ein, dass er doch nicht anders war als alle anderen Typen, die ich aus meinem Bett geworfen hatte. *Aber wieso fühlte ich mich dann so schrecklich dabei? Wieso traf mich die Abscheu in seinem Blick so sehr?*

Und dann lächelte auch er. Es war ein unheimliches Lächeln. Er kam auf mich zu und beugte sich über mich. Ich kippte nach hinten auf die Matratze und wehrte ihn ab, indem ich meine Hände auf seine Brust legte.

„Mach nur weiter so“, flüsterte er leise. „Tu so, als ob du nicht auf mich stehst.“

„Tu ich nicht.“

Er neigte den Kopf zur Seite und betrachtete mich, als wäre ich ein Insekt unter dem Mikroskop. „Weißt du, was ich denke?“

Ich schüttelte den Kopf. „Ist mir egal.“

Er fuhr fort, als hätte er meine Antwort gar nicht mitgekriegt, und plötzlich spürte ich seine Hand auf meinem Schenkel. Ich keuchte, weil es mich so scharfmachte, obwohl mir eine Stimme in meinem Kopf befahl, ihn aufzuhalten. Doch mein Körper reagierte sofort und streckte sich ihm entgegen.

Seine Stimme ging mir unter die Haut. „Tief in dir drin verzehrst du dich nach jemandem wie mir. Du hast schon lange auf den Mann gewartet, der deine Welt ins Wanken bringt und dich so berührt, wie du es dir schon immer gewünscht hast.“ Er rieb mit dem Finger über meinen feuchten Schritt. „Und Dinge mit dir anstellt, die alle deine hübschen Collegejungs nicht mit dir tun." Und schon waren seine Finger wieder in mir drin, spielten mit mir und machten mich verrückt. Ich zerknüllte die Laken vor Lust und spreizte unwillkürlich die Beine.

So langsam verstand ich mich selbst nicht mehr. Wie konnte es sein, dass Shaw solche Reaktionen bei mir provozierte? Andere Jungs hatten versucht, was er getan hatte, aber nur ihm war es gelungen. Nur Shaw. Ich war schon wieder bereit für ihn, aber statt seiner Hand und seines Mundes wollte ich *ihn* dort. Dieses harte Ding, das ich auf meinem Oberschenkel fühlte. Ich wollte, dass unsere Körper sich vereinten.

Er schob einen Finger in mich hinein, einen zweiten, dehnte mich, füllte mich aus, erforschte mich dort, wo ein verstecktes, undefinierbares Ziel war. Es war unbeschreiblich. Und noch besser als vorher. Irgendwie war mir klar, dass es mit jedem Mal besser werden würde. Besser. Und immer intensiver.

Ich schrie auf und packte ihn an den Schultern, während er weiter mit mir sprach. „Schafft es einer von denen, dir solches Vergnügen zu verschaffen?" Er hörte auf, seine Finger zu bewegen. Sie ruhten auf mir, verhießen Lust, quälten mich. „Antworte mir, Emerson."

„Nein." Ich boxte ihm auf die Schulter.

„Sag es mir", befahl er.

„Keiner von ihnen schafft das."

„Schafft was?", drängte er mich und bewegte kaum spürbar seine Finger in mir.

„Dass ich ... komme." Und ich war schon wieder kurz davor. Gleich würde ich explodieren.

Er lächelte. „Gut." Und zog die Hand weg. „Denk dran." Danach erhob er sich.

Einen Moment lang konnte ich nur blinzeln, so überrascht war ich. Er warf noch einen Blick auf mich, sein sexy Mund hatte einen etwas grimmigen Zug angenommen. Doch Shaw wirkte auch zufrieden. Zufrieden mit sich, als hätte er soeben etwas bewiesen.

Ich spürte einen kühlen Luftzug auf meiner Haut und stellte fest, dass ich mich nicht gerührt hatte. Ich lag immer noch vor ihm mit gespreizten Beinen und hochgeschobenem Rock. Er konnte alles sehen. Dafür hasste ich ihn in diesem Moment.

Erschrocken setzte ich mich auf und riss meinen Rock runter. „Hau ab!" Ich schleuderte die Worte heraus.

Er schnappte sich sein Hemd, allerdings hatte er es nicht eilig, seine Jacke vom Stuhl zu nehmen.

„Ich will dich nie mehr sehen!" Meine Stimme zitterte, so aufgewühlt war ich, und ich hoffte, er verwechselte das nicht mit Angst. Das wäre erniedrigend, und für heute Nacht hatte er mich genügend erniedrigt.

An der Tür blieb er noch einmal stehen. Immer noch mit freiem Oberkörper drehte er sich zu mir um. Offensichtlich störte es ihn nicht, nur halb bekleidet mein Zimmer zu verlassen.

Rasch erhob ich mich und wandte mich von ihm ab, damit ich ihn aus den Augen hatte – wenn auch nicht aus dem Sinn. Ich verschränkte die Arme, richtete den Blick auf die Jalousie und wartete darauf, dass sich die Tür hinter ihm schloss.

„Glaub ja nicht, es wäre vorbei, Emerson."

Als er das sagte, wirbelte ich herum und starrte ihn an. Die Entschlossenheit in seinen Worten überraschte mich. Er hatte schon eine Hand auf der Türklinke, in der anderen hielt er sein zerknittertes Hemd. An seiner Körperhaltung konnte ich erkennen, dass ich nicht die Einzige war, die wütend war. In meinem kleinen vollgestopften Zimmer wirkte er übermenschlich groß. Doch der Anblick seines herrlichen Oberkörpers ließ mich immer noch schwach werden.

Ich reckte das Kinn. „Ich sage, es ist vorbei." Was auch immer es war. Das war alles zu kompliziert, zu emotional. Zu viele Gefühle, die ich nicht kannte. Und die ich niemals haben wollte. „Das war's."

„Red dir das nur weiter ein, Prinzessin." Er machte die Tür auf. „Bis dann."

Er schloss die Tür, und mein Zimmer wurde von Schweigen erfüllt. Ich starrte ihm hinterher und fragte mich, was um alles in der Welt gerade passiert war.

9. KAPITEL

Am nächsten Morgen wachte ich vom verführerischen Duft frischen Kaffees auf. Espresso, um genau zu sein. Gleich vor meiner Nase. Ich öffnete ein Auge und sah Pepper vor mir stehen, in der Hand einen großen Becher von Java Hut.

Georgia saß mir gegenüber auf ihrem Bett und hielt auch schon einen Becher in den Händen. Ich hatte kaum mitbekommen, wann sie in der Nacht hereingekommen war. Es musste sehr spät gewesen sein, denn ich hatte lange in die Dunkelheit gestarrt, nachdem Shaw gegangen war.

Georgia lächelte mich an. Ihr Lächeln war wunderbar. Ganz natürlich und herzlich. Sie war das Sinnbild der modernen Frau aus den Südstaaten. Intellektuell, aber immer noch ausgestattet mit der typischen Vornehmheit und dem gesunden Erscheinungsbild, die den anderen Studentinnen in Dartford fehlten. Ich konnte mir gut vorstellen, dass sie all die Tänze beherrschte, die sie in den Highschool-Tanzkursen gelernt hatte, zu denen ihre Mutter sie genötigt hatte. „Pepper hat uns Kaffee mitgebracht."

„Hmm." Ich stützte mich auf einen Ellbogen und nahm den Becher entgegen. „Du bist ein Engel."

„Nicht wirklich." Pepper setzte sich auf den Sitzsack in der Ecke und stellte ihr Getränk auf den Boden neben sich. Sie wedelte mit einer braunen Papiertüte. „Scones?"

Ich nickte, und sie warf mir einen davon rüber, den ich erstaunlicherweise auffing, ohne dass ein Krümelschauer über mich niederging.

Dann sagte sie: „Ich will unbedingt wissen, was zwischen dir und Shaw abgeht."

Georgia sah mich interessiert an: „Shaw? Wer ist Shaw?"

„Niemand“, murmelte ich. Der Chocolate-Chip-Scone war immer noch warm. Ich biss hinein. „Lecker. Schmeckt super.“ Und dazu ein Schluck Espresso. Himmlisch.

„Wer ist Shaw?“, fragte Georgia noch einmal.

„Ein Typ, der mit Reece zur Highschool gegangen ist. Frisch zurück von seinem Einsatz bei den Marines.“

„Oh.“ Georgia zog die Brauen hoch, die um einige Schattierungen dunkler waren als ihr blondes Haar.

Ich wedelte mit meinem Scone. „Gar nichts ‚oh‘. Es ist nicht so was.“

„Ist er sexy?“, fragte sie und sah zwischen mir und Pepper hin und her.

Ich straffte die Schultern. „Was spielt das schon …!“

„Er sieht irre gut aus“, unterbrach Pepper mich.

Ich warf ihr einen wütenden Blick zu. „Hallo?! Du hast einen Freund.“

„Ja und? Darf ich deswegen keinen anderen mehr angucken? Außerdem fällt es schwer, jemanden wie Shaw nicht zu beachten. Entweder sieht ein Typ gut aus oder nicht. Und Shaw sieht super aus.“

Georgia nickte, während sie in den Inhalt der Scones-Tüte eintauchte. Sie wählte einen davon aus und setzte sich dann im Schneidersitz wieder hin. Sie trug immer noch ihren Schlafanzug mit den kleinen roten Weihnachtsmännern, obwohl Weihnachten lange vorbei war. Wahrscheinlich trug sie ihn, weil es ihr wärmster war.

„Also dieser Shaw, der mit Reece auf der Highschool war, sieht gut aus.“

Ich nickte widerstrebend.

„Und du bist gestern Abend mit ihm ausgegangen“, meinte Pepper mich erinnern zu müssen. Wenn ich einatmete, konnte ich immer noch eine Spur seines Dufts in meinem Bett riechen.

„Und wohin seid ihr gegangen?“, fragte Georgia mit ihrem singenden Südstaaten-Dialekt, der mir so ans Herz ging.

„Hierher“, antwortete ich so leise, dass ich selbst es kaum hörte.

Georgia beugte sich nach vorn. „Entschuldigung – wie war das? Ich habe ‚hierher‘ verstanden.“

„Ja. Ich war mit ihm hier.“

Pepper und Georgia starrten mich schweigend an. Sie staunten.

„Was?“ Ich biss ein Stück von meinem Scone ab und sah die beiden an.

„Du bringst doch fast nie jemanden mit.“

„Genau genommen, nie“, fügte Pepper hinzu. Ihre wilde Mähne umgab sie wie ein strahlender Heiligenschein.

„Hab ich aber.“ Ich musste den beiden ja nicht erklären, dass er mir keine andere Wahl gelassen hatte. „Aber keine Angst, das wird nicht zur Gewohnheit.“

„Jetzt erzähl mal was von diesem Shaw.“ Georgia bedachte mich mit einem etwas argwöhnischen Blick, den ich ihren „Eltern-Blick“ nannte. Was absolut in Ordnung war, denn meinen eigenen Eltern war es egal, mit wem ich unterwegs war. Es war schön zu wissen, dass es zumindest Georgia interessierte. Selbst wenn das eigentlich nicht nötig war.

Georgia studierte Wirtschaftswissenschaften im Hauptfach und war von uns dreien die Pragmatischste. Sie war zuverlässig wie die Gezeiten und hatte noch nie das Studienfach gewechselt. Sie schien zu wissen, wer sie war und was sie wollte – und mit wem. Ich mochte ihren Freund Harris nicht besonders, aber es musste irgendwie schön sein, noch mit demselben Typen zusammen zu sein wie mit sechzehn. Diese Vertrautheit. Sie konnte ganz sie selbst sein, ohne ihm etwas vorspielen zu müssen. Sie konnte Vertrauen haben.

Ich zuckte die Achseln. „Er hat sich nach der Highschool bei den Marines verpflichtet. Hat zwei Einsätze mitgemacht. Was müsst ihr sonst noch wissen? Er wohnt in einer Hütte am See, die sein Großvater ihm vererbt hat. Seine Mutter hat ein zweites Mal geheiratet und wohnt jetzt in Boston."

„Und was macht er jetzt?"

„Reece sagt, er arbeitet in einer Werkstatt", erklärte Pepper. „Er ist ein genialer Mechaniker und will sich bald selbstständig machen."

Ich sah sie an und konnte mir die Frage nicht verkneifen – auch wenn sie verriet, dass ich mich für ihn interessierte und wie wenig ich über ihn wusste. „Ach, echt?"

„Offensichtlich kennt er sich mit Motorrädern bestens aus."

Vielleicht war er deshalb im Maisie's unterwegs? Weil er sich zukünftige Kunden sichern wollte?

„Das klingt spannend. Ziemlich ehrgeizig", meinte Georgia und nickte wieder.

Langsam fing das an, mich zu nerven. Ich brauchte Georgias Zustimmung nicht für einen potenziellen Freund. Außerdem war Shaw nichts dergleichen, denn im Gegensatz zu ihm war ich nach wie vor fest davon überzeugt, dass da nichts mehr ging zwischen uns.

„Wird das ein Verhör?", fragte ich und trank noch einen Schluck Espresso.

Pepper blinzelte und legte eine Hand auf ihre Brust. „Seit wann deklariert man eine Unterhaltung mit seinen besten Freundinnen als Verhör?"

„Ja, genau. Wir wollten nur wissen, was mit deinem neuen …"

„Er ist nicht mein neuer … irgendwas", unterbrach ich Georgia. Ich legte meinen halb aufgegessenen Scone hin und sprang aus dem Bett. Den Becher in der Hand, ging ich zu meinem Schrank und holte meinen Bademantel raus.

„Was machst du?", fragte Georgia.

„Ich muss unter die Dusche."

Ich spürte ihre Blicke auf mir, während ich mein Duschzeug zusammensuchte. Seufzend sagte ich zu ihnen: „Jetzt lasst mal gut sein. Was glotzt ihr mich so an?"

„Wow!" Georgia schüttelte den Kopf. „Du ergreifst die Flucht, statt mit uns über einen Typen zu sprechen. Das gab's ja noch nie. Ich muss diesen Shaw unbedingt mal kennenlernen."

„Ich wusste es." Pepper grinste, als hätte sie gerade den Hauptpreis gewonnen. „Du magst ihn."

„Falsch. Ich will nur unter die Dusche gehen. Ich stinke immer noch nach Kneipe."

„Wir warten hier!" Pepper kuschelte sich auf den Sitzsack, als hätte sie vor, längere Zeit zu bleiben.

„Wenn ich zurückkomme, muss ich in die Bibliothek und lernen."

Georgia gab ein Geräusch von sich, das irgendwo zwischen ungläubigem Staunen und Lachen anzusiedeln war. „Oh! Dich hat es offensichtlich wirklich erwischt, wenn du in die Bibliothek abhaust!"

Auch Pepper riss die Augen auf. „Weißt du überhaupt, wo das Gebäude ist?"

„Ihr seid echt doof." Ich schnappte mir meine Kulturtasche und riss die Zimmertür auf. Das Lachen der beiden begleitete mich, aber leider auch das Wissen, dass sie nicht ganz falschlagen mit ihrer Einschätzung.

Ich rannte davon. Nicht nur vor ihnen. Ich rannte vor mir selbst davon und vor dem Echo von Shaws Stimme in meinem Zimmer. Das Problem war nur: Auch außerhalb meines Zimmers konnte ich seine Stimme hören.

10. KAPITEL

Ich hielt Wort und machte mich auf den Weg in die Bibliothek. In der Tat musste ich nächste Woche eine Hausarbeit in meinem Seminar über die Kunstgeschichte des Mittelalters abgeben, also machte ich mich an einen ersten Entwurf. Auf diese Weise brauchte ich kein schlechtes Gewissen zu haben.

Als ich wieder aus dem Gebäude trat, war es bereits dunkel. Ich lief über den schneebedeckten Bürgersteig, während ich mir meinen Kaschmirschal fest um den Hals und über den Mund wickelte, um mich vor dem eisigen Wind zu schützen. In meiner Tasche vibrierte mein Handy.

Pepper: Wo bist du?

Ich: Auf dem Weg ins Zimmer. Und du?

Pepper: Im Mulvaney's mit Reece. Kommst du?

Ich zögerte kurz. Das Date der beiden stören? Nein danke. Ich schrieb zurück.

Ich: Ich glaube, heute bleibe ich mal zu Hause.

Pepper: Machst du Witze?

Ich schüttelte den Kopf und sah kurz auf, damit ich nicht versehentlich jemanden umrannte oder gegen eine Mauer lief. Aber vor mir war nur der Bürgersteig, und es war niemand unterwegs.

Ich: Alles gut. Bin nur müde.

Pepper: Du musst was essen.

Ich: Hab ich schon.

Das stimmte zwar nicht, aber so war es leichter. Ich würde einen Müsliriegel essen oder mir in der Mikrowelle etwas Popcorn machen.

Pepper: Okay. Wollen wir morgen früh gemeinsam zum Unterricht gehen?

Ich: Klar.

Ich fragte erst gar nicht nach, ob sie ganz sicher war, dass sie die Nacht zu Hause verbringen und morgen früh überhaupt da sein würde. Die Antwort war eh klar. Sie verbrachte nämlich fast jede Nacht bei Reece. Es würde mich nicht wundern, wenn er ihr noch vor dem Abschluss einen Ring an den Finger steckte. Klar war sie jung, aber zwischen den beiden war so etwas … Sie und Reece, das fühlte sich für mich an wie eine Sache, die lange hielt. Da hatten sich die Richtigen gefunden. Ein paar Leute hatten eben Glück.

Ich freute mich für Pepper, aber gleichzeitig war ich auch traurig darüber, dass es zwischen uns nie mehr so sein würde wie früher. Dahin die Nächte, in denen wir uns mit Popcorn vollstopften. Dahin die Zeit, als ich sie von ihrem Schreibtisch weglotsen musste, damit sie mit mir Fernsehen guckte oder eine Pizza essen ging. Das alles war vorbei.

Pepper hatte das Thema zwar noch nicht zur Sprache gebracht, aber unsere Zimmerwünsche fürs nächste Jahr standen an. Ich fragte mich, ob sie immer noch ein Apartment mit mir und Georgia teilen wollte. Seit sie mit Reece zusammen war, verbrachte sie ohnehin die meiste Zeit bei ihm. Das Geld für ihre Studentenbude konnte sie sich also genauso gut sparen und gleich offiziell bei ihm einziehen. Pepper hatte keinen Vater wie ich, der ihr alles bezahlte. Sie musste mit Stipendiengeldern auskommen. Zudem arbeitete sie als Babysitterin und in einer Kindertagesstätte. Wieso sollte sie also das Geld, das sie weitaus besser verwenden konnte, noch länger für ein Wohnheimzimmer ausgeben?

Der Gedanke, dass ich sie als meine Mitbewohnerin verlieren könnte, erfüllte mich mit Traurigkeit. Ich rieb mir das Brustbein, als könnte ich das Gefühl damit vertreiben. Wie egoistisch ich war! Ich sollte mich lieber für sie freuen.

Es war still, als ich den Kolleghof überquerte. Wie eine weiße Decke lag der Schnee auf dem Rasen. Ab Ende des Frühjahrs, sobald sich die ersten Sonnenstrahlen zeigten, würden hier wieder die Sonnenanbeterinnen im Bikini und andere Sonnenhungrige sitzen, ganz egal wie kalt es noch war.

„Hey! Em!"

Ich sah Annie auf mich zukommen. Sie war in ihrem Ausgehdress – Minirock und Overknee-Stiefel. Ihre Jacke war offen und offenbarte den Blick auf ihren bauchfreien Pullover und ihr Bauchnabel-Piercing.

„Hi", begrüßte ich sie.

Sie wackelte mit dem Zeigefinger vor mir, als wäre zwischen uns alles in Ordnung. Als hätte sie mich in diesem Biker-Club nicht einfach im Stich gelassen. „Rate, wohin ich heute Abend gehe?"

Ich musterte sie von oben bis unten und widerstand der Versuchung, etwas Bissiges zu sagen. Stattdessen fragte ich ganz zivil: „Wohin denn?"

„Zufälligerweise habe ich eine Einladung in den …" Sie sprach nicht weiter, als wollte sie mich animieren zu raten.

Ich rang meine Ungeduld nieder. „Wohin?"

Sie beugte sich zu mir und flüsterte mir laut zu: „In den Kink Club."

Ich blinzelte. „Echt? Du hast eine Einladung bekommen?" Das überraschte mich nun doch. Was für ein Schlag für mein Ego! Schließlich hatte ich den Ruf eines echten Feierbiests. Wie kam es, dass *ich* noch nicht eingeladen worden war?

„Tja, ich habe da eine Frau kennengelernt, die regelmäßig hingeht. Ich bin gerade auf dem Weg zu ihrem Wohnheim. Sie darf heute jemanden mitbringen. Wer weiß? Vielleicht werde ich ja Mitglied, und dann darf ich auch jemanden mitbringen." Sie deutete mit dem Finger auf mich.

Noch vor ein paar Monaten wäre ich ausgeflippt bei dieser Aussicht. Aber jetzt musste ich mich zu einem Lächeln zwingen. „Dann viel Spaß heute Abend."

„Den werde ich haben! Ich werde dir berichten. Und was hast du noch vor? Triffst du das sexy Etwas aus der Bar neulich?"

Ich lächelte matt. „Nein."

„Nein?" Sie schüttelte den Kopf und wartete darauf, dass ich erklärte.

„Ich bleibe heute mal zu Hause."

Sie kicherte. „Das glaub ich dir nicht."

Ich nickte. „Doch, im Ernst."

„Na dann. Ist mal was anderes. Schönen Abend noch."

„Tschüss."

Sie tänzelte an mir vorbei. Anders konnte man das nicht nennen, was sie mit ihren Hüften veranstaltete.

Zum ersten Mal war es mir völlig egal, dass es nicht zu meinem hart erarbeiteten Ruf passte, einen Abend zu Hause zu bleiben. Selbst ein Partygirl brauchte ab und zu eine Auszeit. Mein Handy summte. Ich nahm es aus der Tasche und warf einen Blick auf das Display. Eine Nachricht von einer unbekannten Nummer.

Unbekannt: Was machst du gerade?

Ich zögerte, dann antwortete ich.

Ich: Wer bist du?

Ein Name tauchte auf: Shaw.
Mir schlug das Herz bis zum Hals.

Ich: Woher hast du meine Nummer?

Shaw: Pepper

Diese Verräterin! Natürlich. Kopfschüttelnd schrieb ich zurück.

Ich: Bin schon verplant.

Shaw: Sag's ab.

Meine Finger stockten über der Tastatur. Plötzlich klopfte mein Herz wie verrückt – nur wegen dieser SMS-Unterhaltung! Es hätte mir wirklich klar sein müssen, dass ich von ihm hören würde. Er hatte es ja angekündigt. Aber er hatte nicht einmal einen Tag verstreichen lassen, und dieser Gedanke ließ mein Herz höherschlagen.

Ich: Geht nicht.

Okay. *Will nicht* wäre treffender gewesen, dachte ich. Aber im Ergebnis blieb es ja dasselbe. Plötzlich klingelte mein Handy. Erschreckt sah ich die Nummer an – er war es. Wieso rief er mich an?

Ich ging ran. „Hallo?"

„Schon was gegessen?"

Keine Begrüßung. Er kam sofort auf den Punkt. So war er. Direkt. Keine Spielchen. Den meisten Mädchen gefiel so was. Mir nicht. Ich liebte Spielchen. Und brauchte sie für meinen Selbstschutz.

„Nei… Ja."

„Du bist so eine schlechte Lügnerin."

Ich holte Luft und ging langsam weiter, wobei mir fast der Hintern abfror. Ich war kurz vor dem Wohnheim, aber schneller konnte ich nicht laufen. Mein Gehirn schien Laufen und Sprechen gleichzeitig nicht koordinieren zu können. Zumindest nicht, wenn ich mit Shaw sprach.

Er fuhr fort. „Der Mensch muss was essen."

Aber nicht mit dir. „Wie gesagt: Ich hab schon was vor."

„Davon gehe ich aus, aber du kannst immer noch schnell mit mir was essen gehen, bevor du dich in deine wilde Nacht stürzt." Ich verdrehte die Augen bei seiner plumpen Andeutung. „Wo bist du?"

Ich runzelte die Stirn. Er sagte das, als wüsste er genau, dass ich nicht in meinem Zimmer war.

Und als ich um die Ecke bog, war mir auch klar, wieso. Sofort blieb ich stehen. Shaw lehnte gleich neben meiner Haustür an der Wand und telefonierte mit mir. Noch hatte er mich nicht gesehen. Er hatte ein kleines sexy Lächeln aufgesetzt. Seine Stimme drang in mein Ohr.

„Komm schon. Ich kenne einen tollen Burger-Laden. Lass uns zusammen dahin gehen."

Sollte das etwa ein Date werden? Ich erschauderte. Vor Aufregung? Vor Angst? Vielleicht beides. Dates waren nicht so mein Ding.

Da sah er auf und entdeckte mich. Noch mehr Gänsehaut.

Er ließ das Telefon sinken, als ich auf ihn zukam. Als mir klar wurde, dass ich immer noch in mein Handy sprach, kam ich mir wie eine Idiotin vor.

„Ich will dich gern zum Essen ausführen."

„Wie bei einem Date?" Meine Frage klang, als hätte er mich soeben zu einer Safari oder etwas ähnlich Absurdem eingeladen.

„Wenn für dich ein gemeinsames Abendessen ein Date ist, dann ja." Er musterte mich. Die Schatten auf seinem Gesicht sorgten dafür, dass er noch verführerischer aussah. „Aber wenn dich das Wort stört … Scheiß drauf. Nenn es irgendwie anders."

Ich musste lächeln. „Pass auf, Shaw. Du bist ja wirklich nett und …"

Er warf den Kopf in den Nacken und lachte laut. Verdammt, dieser Typ war einfach verboten sexy! Ein Bad Boy, der noch dazu wusste, wie man ein Mädchen zum Schreien brachte. Und zwar auf die bestmögliche Weise.

Ich unterbrach mich und sah ihn wütend an. „Was ist so lustig?"

„Du willst mich doch nicht etwa mit der üblichen Methode abweisen, die du bei allen Kerlen anwendest, die hinter dir her sind?"

Ein paar Mädchen von meinem Flur näherten sich der Eingangstür. Sie warfen uns einen Blick zu – besser gesagt, nahmen sie Shaw unter die Lupe. In ihren Augen las ich Anerkennung und Spekulation. Plötzlich überkam mich das Gefühl, ihn anfassen zu müssen, damit alle wussten, dass er zu mir gehört.

Ich wartete, bis sie im Gebäude verschwunden waren, und antwortete erst dann. „Das stimmt nicht." Das tat es zwar doch, aber das ging ihn nichts an.

„Doch, tut es." Er hörte auf zu lachen und sah mich an. Seine Augen glänzten im Dunkeln. „Aber ich bin kein braver Junge, und das weißt du. Und genau deswegen traust du dich auch nicht, mit mir auszugehen. Du hast Angst vor mir."

Warum wedelte er nicht gleich mit einem roten Tuch vor meiner Nase herum? „Ich habe *keine* Angst vor dir."

„Ach nein? Dann beweis es." Er nickte in Richtung Parkplatz, wo vermutlich sein Wagen stand. „Und komm mit."

„Das ist doch albern!"

„Feigling."

Ich riss die Augen auf. „Oh mein Gott! Glaubst du etwa, die Nummer zieht bei mir? Geht irgendeine Frau mit dir aus, nur weil du sie auf die Probe stellst?"

Er zuckte die Achseln. „Ich stelle niemanden auf die Probe. Aber ich nenne die Dinge beim Namen. Du hast Angst. Und übrigens: Seit ich zurück bin, habe ich noch kein Mädchen gefragt, ob es mit mir ausgehen will – ich kann die Frage also nicht beantworten. Aber in der Highschool habe ich nie ein Nein gehört."

Ich schnaubte. „Das kann ich mir denken." Er und Reece, gemeinsam auf einer Schule, na super! Die Mädchen mussten den beiden reihenweise ihre Höschen gezeigt haben.

Aber mit mir lief das nicht. Nach gestern Abend wusste ich zwar, dass Shaw mir nur schwer widerstehen konnte, aber mein Ziel war klar: nie wieder mit ihm in einem Bett landen. Das sollte sich hinkriegen lassen.

„Gut. Alles klar. Es ist nur ein Essen."

Er nickte. „Genau." Seine äußerst zufriedene Miene ließ darauf schließen, dass er glaubte, er hätte die Schlacht gewonnen.

„Aber du brauchst mich nicht einzuladen. Ich zahle gern selbst."

Sein Lächeln verschwand. Diese Runde ging dann wohl an mich. Diesmal war ich es, die sich zufrieden lächelnd umdrehte und vor ihm in Richtung Parkplatz marschierte.

11. KAPITEL

Er hatte nicht gelogen. Das war der beste Burger, den ich je gegessen hatte. Ich stöhnte vor Wonne, als ich den zweiten Bissen im Mund hatte. Der Saft von Fleisch, Speck und Käse rann über mein Kinn. Schnell wischte ich mir mit der Serviette Mund und Kinn ab, um die leicht unappetitliche Vorstellung zu beenden.

Shaw beobachtete mich die ganze Zeit, und ich machte mir Sorgen darüber, dass ihn meine Art zu essen abschrecken könnte. Was gar nicht so schlecht wäre, wie ich mir einzureden versuchte. Shaw unter der Kategorie „Kumpel" abzulegen wäre eine gute Option.

Okay. Wenn man davon absah, dass er mir gestern einen Hammer-Orgasmus verschafft hatte. Es hätten sogar zwei werden können, wenn er nicht beschlossen hätte, mich zu bestrafen und mittendrin aufzuhören. Also konnte ich ihn wohl doch nicht in die Kategorie „Kumpel" einordnen. Abgesehen davon war es egal, was *ich* in ihm sah. Es ging darum, was *er* in mir sah.

„Ich bin sehr beeindruckt davon, dass du den Death Burger gewählt hast."

Ich trank einen Schluck Cola.

„Du scheinst zumindest keins von den Mädchen zu sein, die in einem anständigen Hamburgerladen nur einen Salat bestellen."

Ich verdrehte die Augen. „Von der Anwesenheit eines männlichen Wesens mache ich sicher nicht abhängig, was ich esse."

Während ich eine Pommes in Ketchup tunkte, sah ich mich in dem Diner um. Was für ein heruntergekommener Laden das war! Die Fliesen waren abgewetzt, und hinter der Kasse hing ein Bild von Elvis, das einen Sprung hatte. „Hier war ich noch nie."

„Das wundert mich nicht. Frag mal Pepper. Ich wette, Reece war mit ihr schon mal hier. Das war einer unserer Stammläden während der Highschool-Zeit."

Shaw hatte einen Arm ausgestreckt und auf die Lehne gelegt, sein Langarmshirt saß verführerisch eng, sodass man seinen muskulösen Oberkörper nicht nur erahnen konnte. Mein Mund wurde trocken bei diesem Anblick. Schnell wandte ich den Blick von seinem göttlichen Körper ab und sah ihm ins Gesicht. Aber auch das war keine Hilfe. Seine Augen. Er sah mich ununterbrochen an, was mich nervös machte. Ich wandte den Blick ab und stellte fest, dass auch ein paar Biker an einem Tisch in der Ecke saßen. Das erinnerte mich an den Abend, an dem wir uns kennengelernt hatten.

„Warst du in letzter Zeit noch mal im Maisie's?"

„Wieso? Willst du noch mal hin?" Er grinste.

Ich schüttelte den Kopf.

„Einmal war ich seitdem noch da. Es ist eine gute Location, um potenzielle Kunden kennenzulernen. Wenn ich meine eigene Motorradwerkstatt aufmache, kann es nicht schaden, wenn sie mich kennen."

Also hatte ich recht gehabt. Er ging ins Maisie's vor allem aus beruflichen Gründen. „Du willst eine Motorradwerkstatt aufmachen?"

„Ja. Spezialanfertigungen. Mein Großvater hat mich darauf gebracht. Wir haben immer zusammen geschraubt. In der Werkstatt, in der ich momentan arbeite, bin ich für die Motorräder zuständig."

„Ich würde ja gern mal ein paar von deinen Motorrädern sehen." Das war mir einfach rausgerutscht.

Es dauerte eine Weile, bis er antwortete. „Ich zeig sie dir gerne."

Schnell konzentrierte ich mich wieder auf mein Essen und tunkte eine weitere Pommes in Ketchup. Wieso verabredete ich mich unverbindlich mit ihm? Ich biss von meinem Burger ab. Je schneller ich aufaß, desto schneller war dieses Pseudo-Date vorbei, und ich konnte wieder nach Hause gehen. Allein.

„Pepper hat gemeint, du hast ganz viele Bilder im Atelier auf dem Campus." Ich sah ihn überrascht an. Was hatte ihm Pepper noch alles über mich erzählt? „Ich würde gern mehr von deinen Arbeiten sehen."

Ich schüttelte den Kopf und versuchte krampfhaft, mein Essen runterzuschlucken. Meine Augen fingen an zu tränen, als ich eine besonders scharfe Chilischote erwischte. „Ich zeige meine Sachen nicht." Bis auf das, was ich an meine Zimmerwand hängte. Allein der Gedanke daran, dass er das Bild, das ich von ihm gemalt hatte, sehen könnte, erfüllte mich mit Grauen.

Natürlich würden meine Arbeiten im Rahmen der Winter-Ausstellung gezeigt werden. Aber das musste ich Shaw ja nicht auf die Nase binden. Dabei ging es um die Note, also war ich gezwungen teilzunehmen. Nur musste ich ja nicht ausgerechnet das Bild von Shaw ausstellen.

„Wie kann man Künstlerin sein und seine Werke niemandem zeigen?"

„Hab ich dir ja schon erklärt. Weil ich nach dem Studium vermutlich einen richtigen Job annehme." Das Wort „richtig" versah ich mit Anführungszeichen. „Es gibt da ein paar Designerfirmen ..."

„Schwachsinn." Er trank etwas und sah mich über den Rand des Glases an.

Es dauerte einen Moment, bis ich meine Stimme wiedergefunden hatte. „Ähm. Entschuldigung?"

„Ich sagte: Schwachsinn." Er stellte sein Glas mit einem Klirren auf dem Plastiktisch ab. „Es ist eine Sache, etwas zu *versuchen* und es nicht zu schaffen und dann aus einer Notwendigkeit heraus einen Bürojob anzunehmen. Aber du klingst so, als willst du es nicht mal versuchen. Du willst dir selbst die Chance gar nicht geben."

„Was weißt du schon?", zischte ich ihn an. Seine Worte hatten mich getroffen.

„Dann erklär's mir. Sag mir, wieso ich falschliege mit dem, was ich gesagt habe. Sag mir, wieso es nicht richtig sein soll, zu versuchen, seinen Traum wahr zu machen?"

Ich sah ihn an, ohne dass ich eine Antwort geben konnte. Wie sollte er verstehen, dass es zu schwer für mich war? Dass ich mich nicht so exponieren konnte, weil mir das viel zu persönlich und zu intim war? Ich fühlte mich nicht wohl dabei. Nicht jetzt. Und überhaupt nie. So etwas konnte ich nicht.

„Ich bin satt." Ich warf meine Serviette auf den Tisch. „Bringst du mich jetzt bitte nach Hause?" Ich suchte in meiner Handtasche nach meinem Portemonnaie.

„Steck dein Geld weg. Ich übernehme das."

„Nein. Wir waren nicht verabredet." Ich legte einen Zwanzigdollarschein auf den Tisch und stand auf. Ohne auf ihn zu warten, verließ ich das Restaurant. Draußen holte er mich ein. Ich sah ihm an, dass er wütend war. Er unternahm keinen Versuch, mich zu berühren, sondern hielt mir rasch die Autotür auf. Das war jetzt wieder so, als hätten wir ein Date. Ich presste die Lippen aufeinander und schwieg. Egal. Gleich war es vorbei. Beim nächsten Mal würde ich mich nicht mehr von ihm dazu überreden lassen, mit ihm irgendwohin zu gehen. Das brachte ihn nur auf falsche Ideen. Und nicht nur ihn, sondern auch mich. Leider.

Auf dem Weg zurück zum Wohnheim sagten wir kein Wort. Verstohlen sah ich ihn an. Er machte immer noch ein grimmiges Gesicht. Schön, er war sauer. Ich auch. Ich starrte stur nach vorn, die Arme vor der Brust verschränkt. „Du warst es, der unbedingt mit mir etwas essen gehen wollte."

Wieso fühlte ich mich dazu bemüßigt, ihn daran erinnern zu müssen? Vielleicht fühlte ich mich doch ein wenig schuldig, weil ich einfach das Geld auf den Tisch geknallt hatte und rausgestürmt war. Wäre das ein Date, hätte der Abend keinen schönen Verlauf genommen. In meiner Brust machte sich Leere breit, und ich holte tief Luft, als könnte ich mit der eingeatmeten Luft diese Leere vertreiben. Ich war so eine Lügnerin. Der Gedanke, ihn nie wiederzusehen, war schrecklich. Was war bloß los mit mir? Ich sah noch mal zu ihm rüber und fragte mich, ob ich mich nicht einfach ergeben und warten sollte, was dann passierte. Einfach kratzen, wenn's juckt.

„Stimmt." Er nickte, als er auf die Straße vor meinem Wohnheim einbog. „Ich bin so ein Drecksack, weil ich dich zum Essen einladen wollte."

„Das habe ich nicht gesagt. Jedenfalls nicht so", flüsterte ich. Plötzlich brannten Tränen in meinen Augen.

„Ich wollte dich ausführen. Du wolltest nicht. Schon okay. Ich hab's kapiert. Das hast du schließlich von Anfang an klargemacht. Also hast du nichts falsch gemacht."

Und wieso fühlte es sich dann so an?

Er fuhr auf den Parkplatz, der zu meinem Wohnheim gehörte, und hielt an. Dann machte er den Motor aus und stieg aus. Ich beobachtete durch die Windschutzscheibe, wie er um den Wagen herumging und die Tür auf meiner Seite öffnete.

Dann brachte er mich zum Eingang des Gebäudes. Vor der Tür blieb er stehen und wartete darauf, dass ich sie öffnete. Ich schaute ihn an. „Danke …"

„Schon in Ordnung." Er schüttelte den Kopf. „Ich bring dich noch zu deinem Zimmer."

Ein Blick in sein Gesicht verriet mir, dass er keinen Widerspruch duldete. Beinahe kleinlaut ließ ich ihn hinein. Als wir im Fahrstuhl nach oben fuhren, wurde die Spannung zwischen uns unerträglich.

Glücklicherweise begegneten wir diesmal niemandem auf dem Weg zu meinem Zimmer. Ich konnte es jetzt auch nicht brauchen, dass ihn jemand mit dieser wütenden Miene sah und sich vermutlich fragte, wieso ich mit einem Serienmörder unterwegs war.

Vor meiner Tür blieb ich stehen. „Gute Nacht." Genauso gut hätte ich „Tschüss" sagen können, denn es fühlte sich an wie ein Abschied. Ich hatte alles getan, was ich mir vorgenommen hatte, und ihn abgewiesen. Eigentlich sollte ich jetzt stolz auf mich sein.

Doch irgendwas musste schiefgegangen sein. Denn Shaw ging nicht. Rührte sich keinen Zentimeter. Sah mich nur an, mit undurchdringlicher Miene. Sein Blick fühlte sich an wie eine intime Berührung. Ich konnte ihn überall auf meinem Körper spüren. Mein Atem ging plötzlich schneller.

„Weißt du, was mich am meisten an dir frustriert?"

Ich befeuchtete meine Lippen und fragte gegen meinen Willen: „Was?"

„Dass du keinen Schimmer hast, was du willst."

Das stimmte nicht. Ich wusste genau, was ich wollte. *Ich wollte ihn.* Vor mir allein konnte ich das zugeben. Aber ihm gönnte ich dieses Wissen nicht.

Er sprach weiter. „Ich würde ja gehen, wenn ich nicht fest daran glauben würde, dass zwischen uns beiden etwas ist." Es klang so, als würde er es mehr zu sich selbst sagen als zu mir. Er hob eine Hand, um mich zu streicheln, hielt jedoch inne, und seine Hand blieb wenige Zentimeter vor meiner Wange in der Luft stehen. Dann senkte er den Kopf, bis er mit seiner Stirn meine berührte. „Wenn du mich nicht so ansehen würdest, wie du mich gerade ansiehst, würde ich einfach gehen.“ Ich spürte seinen Atem auf meinen Lippen, und da konnte ich mich nicht länger beherrschen. Ich stellte mich auf die Zehenspitzen und drückte meinen Mund auf seinen. Selbstbetrug nennt man das. Ich konnte es nicht ändern.

Irgendwie war bei mir eine Sicherung durchgebrannt. Ich spürte, wie Shaw mich an sich zog. Ich legte den Kopf nach hinten und reckte den Hals, während seine Lippen auf meinen brannten. Unsere Zungen fanden sich, streichelten sich, schmeckten sich. Ich legte ihm die Hände auf die Brust, grub die Finger tief in sein muskulöses Fleisch. Wie störend war doch der Stoff seines T-Shirts!

So viel zum Thema: Ich werde ihn davon überzeugen, dass ich ihn nicht will.

Doch in diesem Augenblick war mir alles egal. Es gab nur noch mein Verlangen. Hätte ich in ihn hineinkriechen können, hätte ich es getan.

„Verdammt, Emerson“, murmelte er dicht an meinem Mund. „Du schmeckst so gut.“ Seine Hand wanderte auf meinem Rücken hinunter bis zum Po. Er hob mich leicht hoch, und sofort konnte ich seine Erektion spüren. Sie drückte gegen meinen Bauch, und die Lust in mir wurde noch stärker.

Plötzlich räusperte sich jemand, und Shaw hob überrascht den Kopf. Es dauerte einen Moment, bis ich realisierte, dass Georgia vor uns stand. Mit einem amüsierten Gesichtsausdruck.

Sie winkte uns zu, und ihr Blick wanderte zwischen Shaw und mir hin und her. „Hi.“

„Hey, Georgia.“

Shaw löste sich von mir, was gut war. Ich strich mir nervös eine Haarsträhne hinters Ohr. Meine Hand zitterte.

„Hey", wiederholte sie.

Ich deutete auf Shaw. „Das ist Shaw. Shaw, das ist meine Mitbewohnerin Georgia."

Die beiden gaben sich die Hand. „Freut mich, Shaw." Georgia hatte ein strahlendes Lächeln aufgesetzt, und ich wusste, dass sie sich ein bisschen daran ergötzte, dass mir so unbehaglich zumute war.

Sie deutete auf die Tür. „Sorry, dass ich so reingeplatzt bin. Ich muss nur eben was aus dem Zimmer holen, wenn ihr zwei also …"

„Kein Problem", erwiderte ich schnell. „Shaw wollte mich sowieso nur zu Hause absetzen und dann gleich wieder gehen."

„Oh. Super." Sie klang alles andere als begeistert. Eigentlich sah sie sogar ein bisschen enttäuscht aus. Als würde sie es bereuen, uns mittendrin unterbrochen zu haben.

Shaw sah mich an, und ich wusste, er hätte mir widersprochen, wenn Georgia nicht hier gewesen wäre. Oder auch nicht. Wahrscheinlich würden wir uns dann nämlich immer noch küssen.

Ich zwang mich dazu, seinen Blick zu erwidern. „Tja, dann … Danke noch mal."

Er nickte. „Gute Nacht." Dann schaute er Georgia an. „Hat mich gefreut."

„Ja, mich auch." Da war ihr strahlendes Lächeln wieder. Wie festgewachsen standen wir voreinander, während Shaw über den Flur zum Aufzug ging.

„Wow", murmelte Georgia. „Ich dachte kurz, ich müsste euch beide mit dem Feuerlöscher voneinander trennen."

Meine Wangen brannten, als ich mich umdrehte und unsere Zimmertür aufschloss.

Drinnen warf ich meine Tasche aufs Bett und ließ mich neben sie fallen.

„Das ist Shaw? Du hast mir gar nicht erzählt, wie unfassbar schön er ist!“

„Pepper und ich haben doch gesagt, er ist sexy.“

„Es gibt sexy, und es gibt *das*.“ Sie deutete auf die Tür.

„Hast du nicht einen Freund?“, fragte ich.

Sie zuckte die Achseln. „Das heißt ja nicht, dass ich blind bin. Aber was viel wichtiger ist: Du hast keinen Freund, also …“

„Und ich will auch keinen.“

Sie setzte sich auf ihr Bett. „Also seid ihr beide nur …“

„Wir sind gar nichts“, unterbrach ich sie und rieb mir die Stelle an der Stirn, wo sich ein Kopfschmerz zu entwickeln drohte.

„Da hatte ich aber einen ganz anderen Eindruck. Eher ziemlich intensiv.“

Ich verkniff mir die Bemerkung, dass sie bloß nicht Harris als Maßeinheit für leidenschaftliche Küsse heranziehen sollte. Dieser Typ küsste doch lieber sein eigenes Spiegelbild als seine Freundin. Aber ich behielt meine Meinung für mich. Was ging es mich an? Was wusste ich schon über Beziehungen?

Um das Thema zu wechseln, fragte ich: „Bist du heute Abend bei Harris?“

„Nein, er muss lernen.“

Ich runzelte die Stirn. „Hattest du nicht gerade gesagt, du wolltest nur kurz was aus dem Zimmer holen?“

„Na ja, ich wollte euch nicht in die Quere kommen. Ich hätte mir einfach ein paar Bücher geschnappt und wäre dann in die Bibliothek gegangen oder so was. Ihr saht so miteinander beschäftigt aus, da wollte ich nicht stören und euch eure Privatsphäre lassen.“

Ich lächelte. „Das ist lieb von dir, aber gar nicht nötig. Du weißt doch, ich lasse keine Jungs über Nacht bleiben.“

„Es gibt immer ein erstes Mal, Em."

Ich schüttelte den Kopf. „Nein. Bei mir nicht." Das war meine Regel, und die würde ich nicht brechen.

Georgia stand auf und begann sich umzuziehen. Sie schlüpfte aus ihrer Jeans und in eine gemütliche Pyjamahose. „Wirst du ihn wiedersehen?", erkundigte sie sich, während sie ein T-Shirt überstreifte.

Ich schüttelte den Kopf. Das hatte ich nicht vor. Trotzdem ahnte ich, dass wir uns wieder über den Weg laufen würden. Und das erfüllte mich gleichzeitig mit Aufregung und mit Panik. Ich musste echt langsam mal damit klarkommen.

Ich streifte meine Stiefel ab und schlüpfte ebenfalls aus meiner Jeans.

„Dir ist Geld aus der Tasche gefallen." Georgia deutete auf den Teppich.

Ich bückte mich und hob den verknitterten Zwanziger auf. Komisch, ich hatte keinen Zwanziger in die Hosentasche gesteckt.

„Dieser Mistkerl", murmelte ich.

„Was?"

In diesem Moment vibrierte mein Handy. Ich durchwühlte meine Tasche, holte es raus und las die Nachricht.

Shaw: Es war doch ein Date.

Wütend schleuderte ich das Handy aufs Bett. Wie unfair von ihm! Keiner nahm mir jemals das Heft aus der Hand!

Außer ihm.

„Was ist?", fragte Georgia noch einmal.

Entschlossen blickte ich sie an. „Ich werde ihn auf keinen Fall wiedersehen."

Wie auch immer ich es anstellen würde – dieser verflixte Biker Boy musste aus meinem Leben verschwinden.

Erneut vibrierte mein Handy. Ich rechnete schon damit, dass es eine zweite Nachricht von ihm war – aber nein.

Annie: Du bist drin.

Verwundert runzelte ich die Stirn. Ich schickte ihr drei Fragezeichen zurück und wartete.

Annie: Im Kink Club. Ich bin jetzt Mitglied. Nach heute Abend, Süße … War klar, oder?

Ich: Glückwunsch.

Im Ernst – was sollte ich sonst dazu sagen?

Annie: Und du bist mein erster Gast. Also mach mir keine Schande!

Ich zögerte einen Moment, weil ich nicht wusste, was ich schreiben sollte. Eigentlich hatte ich keine große Lust mehr, mit Annie abzuhängen, und auch die Faszination, die der Kink Club einmal auf mich ausgeübt hatte, spürte ich nicht mehr.

„Wer ist das?“, fragte Georgia.

„Annie.“

„Iiieeh.“ Georgia formte ihre goldenen Haarsträhnen zu einem unordentlichen Knoten auf dem Kopf. „Lass mich raten. Sie versucht, dich zu überreden, mit ihr auszugehen?“

Ich nickte. „So was in der Art. Sie ist jetzt Mitglied in diesem Kink Club.“

Georgia riss die Augen auf. „Wirklich?“ Ihre Lippen bebten. „Warum wundert mich das nicht?“

Nachdenklich nickte ich erneut. „Sie hat mich gerade eingeladen, das nächste Mal mitzukommen.“ Ich zuckte mit den Schultern. „Wann auch immer das sein wird. Sie wird sich vermutlich mit den Einzelheiten melden.“

Georgias amüsiertes Lächeln verschwand. „Du kannst nicht dahin gehen.“

Ich setzte mich auf. „Wieso nicht?“

„Na ja ... Wegen Shaw.“

Hallo?! Offensichtlich machte ich etwas falsch, wenn meine Freundin dachte, ich wäre so an einem Typen interessiert, dass ich nicht wie normal weitermachen und in den Kink Club gehen könnte. Irgendwie hatte Georgia wohl nicht verstanden, dass zwischen Shaw und mir nichts war. Vielleicht war ein Besuch im Kink Club nicht unbedingt, was man unter „normal“ verstand, aber ich gehörte zu den Menschen, die solche Gelegenheiten ungern ungenutzt verstreichen ließen. Zumindest war es früher so gewesen.

„Klar gehe ich hin“, erklärte ich schulterzuckend. „Ich wüsste keinen Grund, warum nicht.“

Georgia sah mich argwöhnisch und etwas missbilligend an. „Ich hoffe, du weißt, was du tust, Em.“

Natürlich wusste ich das. Ich nahm mein Leben wieder in die Hand.

12. KAPITEL

Als auf dem Display „unbekannte Nummer“ angezeigt wurde, war ich gerade dabei, meine Sachen zusammenzupacken und den Laptop in die Tasche zu stecken. Manchmal rief mein Friseur an, um einen Termin zu bestätigen, und diese Nummer hatte ich auf meinem Handy nicht gespeichert. Deswegen ging ich ran, während ich den Reißverschluss meiner Tasche zuzog. „Hallo?“

Mein Kunstgeschichtslehrer, ein Franzose, der gerade mal so groß war wie ich, warf mir einen erbosten Blick zu, während ich mich durch die Reihen quetschte. Ich lächelte ihn entschuldigend an. Der Unterricht war bereits vorbei, aber das schien ihn nicht zu interessieren.

„Emerson? Ich bin's, Justin.“

Ich blieb stehen und umklammerte mein Telefon so fest, dass mir die Finger wehtaten.

Weil ich so abrupt stehen geblieben war, rempelte mich eine Kommilitonin von hinten an.

„Entschuldigung“, sagte sie scharf.

Ich spähte über meine Schulter und ging zur Seite, um sie passieren zu lassen, zu verdattert, um mich bei ihr zu entschuldigen.

„Wie bist du an meine Nummer gekommen?“ Meine Lippen fühlten sich ganz taub an. Ich verließ den Unterrichtsraum und trat in den überfüllten Flur. Überall Studenten, die in ihr Telefon oder mit ihren Kommilitonen quatschten. Ich fiel unter ihnen gar nicht auf, maximal durch mein schneckenartiges Geh-Tempo. Ich kam mir vor, als hätte mich gerade ein Truck überrollt.

„Deine Mom.“

Natürlich. Mein Daumen bahnte sich schon den Weg zur Aus-Taste, denn ich wollte nichts lieber, als diese Stimme in meinem Ohr ausschalten.

„Warte! Leg nicht auf!“, bat er, als könne er Gedanken lesen und würde ahnen, was ich vorhatte.

Ich zögerte und blieb stehen. So hatte sich seine Stimme noch nie angehört. Er klang irgendwie verzweifelt. Sonst machte er immer einen auf cool und machohaft, aber jetzt klang er beinahe wie ein Mensch.

Ich konnte nicht weitergehen, während ich seine Stimme in meinem Ohr hatte, also lehnte ich mich an die nächstbeste Wand und starrte ausdruckslos auf die wogende Masse der Studenten vor mir.

Mein Daumen war immer noch in Position. Ich wartete darauf, dass Justin noch etwas sagte, etwas, das mir verraten würde, dass er anders war als in meiner bisherigen Einschätzung. Dass das, was zwischen uns passiert war, ein Ausrutscher gewesen war. Dass der Alkohol und das dadurch nicht vorhandene Urteilsvermögen daran schuld gewesen waren.

Er seufzte in den Hörer. „Wir möchten gerne, dass du zur Hochzeit kommst, Em.“

Mit „wir“ meinte er wohl sich selbst und Mom. Seinem Vater war es ohnehin egal.

Das Gute an Don war, dass er keine Meinung zu mir hatte.

„Ich hätte dich gern dabei“, fügte er hinzu.

„Wieso?“

„Weil wir eine Familie sind. Findest du nicht auch, wir sollten die Vergangenheit ruhen lassen und …?“

„Dann stehst du also zu dem, was du getan hast?“, unterbrach ich ihn. Denn nur, wenn er es endlich zugab, war ich für einen Neuanfang bereit. Wenn er es vor meiner Mutter zugab, umso besser. Sie hatte mir ja nie geglaubt. Sie hatte mich für eine lästige Nervensäge gehalten, die versucht hatte zu sabotieren, was zwischen ihr und Don war.

Er seufzte noch einmal. „Wird das etwas ändern, Em? Ich möchte, dass unser Leben weitergeht, ohne alte Geschichten aufzuwärmen."

Während ich versuchte, diesen Satz irgendwie zu verarbeiten, entstand ein langes Schweigen. Allein die Tatsache, dass Justin mich anrief, zeugte von einer gewissen Veränderung.

Aber auch ich hatte mich geändert. Ich war nicht mehr so leichtgläubig.

„Ich denke nicht, dass ich das kann." Dort aufkreuzen und so tun, als wären wir die perfekte Familie? Nein danke. Ich wartete darauf, dass er mich beschimpfen würde, aber das tat er nicht.

In diesem Moment kam Suzanne ins Gebäude und entdeckte mich. Sie war in ihre Klamotten gehüllt, als würde sie zu einer Arktis-Expedition aufbrechen. Typisch. Sie fror schon bei fünfzehn Grad Celsius und führte es darauf zurück, dass das die üblichen Wintertemperaturen in Texas waren, wo sie herkam. Sie winkte energisch und kam dann eilig auf mich zu.

Justin fiel nichts anderes ein, als wieder zu seufzen. „Alles klar. Ich hab's versucht. Vielleicht siehst du das in Zukunft ja irgendwann anders."

Ich umklammerte das Handy. „Ich muss Schluss machen." Suzanne stand jetzt fast vor mir, und ich wollte auf keinen Fall, dass sie etwas von meiner Unterhaltung mit Justin mitbekam.

„Schon klar. Mach's gut, Em."

Er hatte aufgelegt. Ich sah kurz mein Handy an und überlegte, was ich von diesem Gespräch halten sollte. Ich hatte Justin lange genug als Monster gesehen. Das war viel leichter als zuzugeben, dass er ein realer Mensch war. Mein Stiefbruder. Und obwohl ich ihn zum Bösewicht meiner traurigen Vergangenheit erklärt hatte, wusste ich tief in mir drin, dass der wirklich Böse jemand ganz anderes war.

Denn Moms Verrat hatte mich damals am meisten getroffen. Sie konnte ich jedoch nicht aus meinem Leben kicken. Justin war niemand. Ein Nichts. Aber sie war meine Mutter.

Und das würde sie immer sein. Der Schmerz, den sie mir verursacht hatte, saß tief. Es war eine Wunde, die niemals heilen würde. Kaum hatte sich eine erste Schutzschicht gebildet, kam meine Mutter an und riss sie wieder ab.

Ich steckte mein Telefon in die Jackentasche und strahlte Suzanne an. Vielleicht etwas zu sehr, aber sie schien es nicht zu bemerken.

„Hey du", begrüßte sie mich mit von der Kälte rauen Wangen.

„Hey Suz."

„Hast du deine Vorlesungen hinter dir?!"

„Ja."

„Was hältst du davon, diese Woche den neuen ‚Bourne'-Film mit mir anzusehen?"

Ich zögerte kurz und dachte darüber nach, ob ich in Anbetracht der bedrohlich näher rückenden Ausstellung nicht lieber etwas mehr Zeit im Atelier verbringen sollte. Aber ganz egal, wie lange ich an meinen Werken arbeitete, ich hatte sowieso nie das Gefühl, sie der Welt präsentieren zu können.

Offensichtlich verstand Suzanne mein Zögern falsch, denn sie sah mich verwundert an. „Falls du nicht schon total ausgebucht bist … mit einer ganz bestimmten Person?"

Ich sah sie verständnislos an.

„Du weißt schon." Sie versetzte mir einen Stoß mit dem Ellbogen.

Ich schüttelte den Kopf. „Nein."

„Sexy Shaw?" Sie senkte die Stimme und sah sich um, als wären wir noch auf der Highschool und niemand dürfte hören, dass wir über einen Jungen sprachen. Diskret. Ein bisschen wie Georgia mit ihrer kleinstädtischen Art. Für sie war es ein

Riesending, einen Typen anzumachen, und sie würde mit niemandem in aller Öffentlichkeit darüber reden. Oder anders: Suzanne war das genaue Gegenteil von Annie.

„Wie kommst du darauf, dass ich etwas mit Shaw geplant habe?"

Sie zuckte die Achseln. „Keine Ahnung. Ich habe euch zusammen gesehen, Em." Wieder begann sie zu flüstern. „Und du hast ihn mit in dein Zimmer genommen." Sie riss ihre braunen Augen bedeutungsvoll auf. „Das machst du sonst nie. Vielleicht ist er ja ... was anderes." Sie sah beinahe hoffnungsvoll aus.

Ich widerstand dem Verlangen, ihr beizupflichten. Ja. Shaw war anders. Aber das bedeutete nicht, dass er in meinem Leben sein musste.

„Ich habe keine Pläne mit ihm. Lass uns gerne ins Kino gehen. Aber vor drei Uhr kann ich nicht. Mein Dad ist in der Stadt, und ich muss ihn treffen."

Sie nickte, aber ihr Lächeln verschwand. Als wünschte sie, ich hätte Pläne mit Shaw gehabt.

„Hoffentlich glaubst du nicht, dass ich jetzt auch so spießig werde wie Pepper und Georgia." Ich stieß sie mit dem Ellbogen an. „Das würde ja auch gar nicht gehen. Wer soll denn dann deine Abendbegleitung spielen?"

Sie zuckte mit den Schultern und grinste. „Ich will auch nicht für immer Single sein. Ich würde es dir gönnen, wenn du jemanden findest. Das würde ich mir für uns beide wünschen."

Ich stöhnte. „Nicht du auch noch."

„Was?" Sie sah mich fragend an.

Ich machte mich auf den Weg zum Ausgang. „Du. Pepper. Georgia. Ihr verlasst mich doch alle für eure Märchenromanzen."

„Ich bin nun mal Optimistin!" Sie schüttelte beinahe traurig den Kopf. „Aber keine Sorge. Ich verlasse dich nicht. Bisher habe ich den Richtigen nicht gefunden. Bin immer noch auf der Suche."

Dann ging sie rückwärts weg, in Richtung ihres Unterrichtsraums.

Ich schüttelte den Kopf. Lange würde es bestimmt nicht mehr dauern. Nette und hübsche Mädchen wie sie fanden immer einen Freund. Heirateten. Und bekamen Kinder.

Ich deutete auf sie. „Dreh dich lieber um, du stößt gleich mit jemandem zusammen!"

Sie drehte sich um, kurz bevor sie von einem Typen angerempelt wurde, der die Nase in sein Handy gesteckt hatte. Sie streckte die Hand aus und entging ihm nur um wenige Zentimeter. Er sah auf und sagte etwas zu ihr. Suzanne lachte und warf ihre braune Mähne nach hinten. Dieses Lachen ließ sie nur hören, wenn sie in Flirtlaune war. Oh ja! Die Frau sah gut aus.

Grinsend drehte ich mich um und verließ das Gebäude. Ich war nur wenige Schritte gegangen, als ich wieder an das Gespräch mit Justin denken musste. Meine Fröhlichkeit verschwand. Verdammt, jetzt kehrte das zurück! Ich würde wieder daran denken, an ihn und an Mom und an alles, was ich unbedingt vergessen wollte.

Etwas Ablenkung wäre jetzt nicht schlecht.

Da vibrierte mein Handy. Ich holte es raus und las die Nachricht.

Shaw: Hey.

Mein Herz tat einen dummen kleinen Sprung. *Mein Gott!* Seit wann war ich so? Ich war keine Frau, die darauf wartete, dass ein Typ ihr sagte, dass er sie wirklich, wirklich, wirklich mochte. Dass er mit ihr zusammen sein wollte. So erbärmlich war ich nicht. Ich wusste, dass Shaw mich wollte. Der Mann, der mir prophezeit hatte, dass ich ihn eines Tages darum anbetteln würde, mit mir zu schlafen. Und es war an mir, dafür zu sorgen, dass es nicht so weit kam.

Ich: Selber hey.

Shaw: Lass uns ausgehen.

Mal wieder auf den Punkt direkt. Wenig überraschend. Etwas anderes erwartete ich gar nicht von ihm.

Ich: Ich treffe keine Verabredungen.

Shaw: Außer mit mir.

Ich: Das war kein Date. Schon vergessen?

Shaw: Doch, war es. Schon vergessen?

Ich unterdrückte eine Mischung aus Lachen und verächtlichem Schnauben. Dieser eingebildete Arsch! Ich konnte mir sein viel zu hübsches Gesicht genau vorstellen – seine ausdruckslose sachliche Miene.

Ich: Nimm's nicht persönlich. Ich verabrede mich einfach nicht.

Shaw: Ist das eine von deinen Regeln? Du weißt ja, was man über Regeln sagt.

Ich musste lächeln. Klar: Regeln waren dazu da, um gebrochen zu werden. Normalerweise würde ich zustimmen, aber nicht bei meinen eigenen Regeln. Davon gab es nur ein paar, und an die hielt ich mich.

Shaw: Du wirkst wie jemand, der gern die Regeln bricht.

Ich: Nicht diese.

Und nicht mit ihm.

Shaw: Du gehst mir nicht aus dem Kopf. Der Klang deines Lachens. Und die kleinen Geräusche, die du machst, wenn ich dich anfasse …

Ich errötete. Hastig sah ich mich um, als könnte jemand seine Worte hören. Doch zum Glück nahm niemand von mir Notiz. Ich wollte ihn ja auch gern sehen. Da war dieses stechende Verlangen in meiner Brust. Und in anderen Körperteilen. Bei ihm fühlte ich mich so besonders. Als wäre ich einzigartig. Das war gefährlich. Schnell schob ich mein Handy zurück in die Jackentasche. Ich würde ihn ab sofort ignorieren, egal, wie oft mein Handy vibrierte. Natürlich wollte ich mich ablenken, aber nicht so.

Entschlossen nahm ich meinen Gang über den Campus wieder auf und hielt mein Gesicht in die Kälte. Ich freute mich über den Wind, der aus meinen Wangen die Hitze vertrieb, die mir Shaws simple Worte verursacht hatten. Obwohl … nichts an ihm und an meinen Gefühlen für ihn war simpel. Und genau das war mein Problem.

Bald würde er mich vergessen haben.

Auch wenn ich ihn nicht vergaß.

Aber damit konnte ich leben. Ich hatte gelernt, mit vielen Dingen zu leben. Jetzt kam eben noch eine Sache dazu.

Das Grapevine war ein Bistro im französischen Stil, nur ein paar Blocks vom Campus entfernt. Man konnte bequem hinlaufen. Ich ging schnell, weil ich pünktlich sein wollte. Meine Stiefel klackerten auf dem Kies. Dad hasste es, wenn ich unpünktlich war.

In solche Lokale ging man, wenn man eine Verabredung hatte und der Typ einen richtig beeindrucken wollte. Es war ein bisschen teurer. Suzanne hatte hier mal ein Date gehabt und geglaubt, der Typ wäre der Richtige für sie. Das hatte sie zumindest damals gesagt, sogar mehrfach. Aber offenbar war er am Ende doch nicht der Richtige gewesen.

Das Grapevine war auch ein Lokal von der Art, in das einen Eltern gerne einluden, weil hier nicht so viele Studenten rumsaßen. Eltern wie mein Vater zum Beispiel, selbst ehemaliger Dartford-Student und Kuratoriumsmitglied. Er war mindestens zwei Mal im Jahr auf dem Campus, um an irgendwelchen Versammlungen teilzunehmen, und dann gingen wir immer zusammen frühstücken oder mittagessen. Nie traf er mich zum Dinner, denn so lange blieb er nicht. Er ging zu seiner Versammlung, traf sich mit mir und war um fünfzehn Uhr spätestens wieder weg. Rein, raus, zurück in sein Leben.

Als ich die schwere Holztür aufschob, wurde ich gleich freundlich begrüßt. „Hallo, willkommen im Grapevine."

Ich blickte die große Brünette an. Und erkannte sie. „Beth?"

Sie blinzelte und sah mich fragend an. Ich war zugegebenermaßen etwas konservativer gekleidet als bei unserer letzten Begegnung, denn ich trug einen langen Wollrock und eine eher brave Frisur. Die magentafarbenen Strähnen ließen sich zwar nicht verstecken, aber ich hatte mein Haar nicht so wild gestylt wie sonst. Unter meiner Jacke blitzte der Kragen meines Rollkragenpullovers hervor. „Äh …"

„Hi, ich bin Emerson. Weißt du nicht mehr? Die Freundin von Reece und Pepper. Ich war auf eurer Verlobungsparty."

Da erkannte sie mich. „Ach ja.“ Ihr Lächeln war wieder da. „Das war ein verrückter Abend. Tut mir leid, dass ich dich nicht sofort einordnen konnte.“

Ich nickte. „Kein Problem. Es waren ja so viele Leute da.“ Inklusive deines Cousins, hätte ich beinahe hinzugefügt. Ein bisschen Shaw konnte ich in ihr sehen – zum Beispiel die hohen Wangenknochen.

„Ja.“ Sie kam einen Schritt näher und flüsterte mir zu. „Und ich hatte wohl ein paar Margaritas zu viel …“

„Du hattest ja auch einen Grund zu feiern.“

Ihr Blick verklärte sich. „Das stimmt.“ Offensichtlich dachte sie an ihren Verlobten. Sogar ich alte Zynikerin freute mich für sie. Diese Frau hatte vor Kurzem ihren Bruder verloren und verdiente ein bisschen Glück. Das unterschied sie nicht von Shaw. Ich konnte einfach nicht aufhören, an ihn zu denken.

Obwohl ich nicht die ganze Geschichte kannte, wusste ich, dass sie ihm unrecht tat. „Ich bin übrigens auch mit Shaw befreundet“, fügte ich hinzu, ohne groß nachzudenken.

Das hätte ich besser mal gelassen, denn ihr entrücktes Lächeln wich augenblicklich einer sehr unbehaglichen verhärteten Miene. „Aha.“ Keine Frage. Eine bloße Feststellung. Sie wandte sich leicht ab und griff nach den Speisekarten auf dem Empfangstisch. „Einen Tisch für eine Person oder …?“

„Ich treffe mich hier mit meinem Vater.“

„Ah. Ich denke, er ist schon da.“ Nickend legte sie die Karten zurück und lächelte wieder das falsche Lächeln der Gastrobranche. Ihr wahres Lächeln war in dem Moment verschwunden, als ich ihr offenbart hatte, wer ich war. „Hier entlang.“

Ich folgte ihr zu dem Tisch, an dem mein Vater saß und telefonierte. Er winkte mir kurz zu.

Beth rückte mir den Stuhl zurecht und hatte es eilig wegzukommen.

„Danke, Beth."

Sie sah mich noch einmal kurz an, immer noch mit ihrem falschen Lächeln. „Gern geschehen."

Ich starrte ihr hinterher, als mein Dad auflegte.

„Emerson, wie geht es dir?"

Ich wandte mich ihm zu. „Gut. Und wie geht es dir, Daddy? Wie lief dein Meeting?"

Er verzog das Gesicht. „Oh, na ja. Sie haben vor, ein neues Gebäude für die Schauspiel- und Tanz-Klasse zu bauen. Kann man sich das vorstellen? Warum brauchen die wohl ein ganzes Gebäude?"

Ich sah ihn an, während er die Speisekarte studierte, und fragte mich, wieso er so wenig für Kunst übrig hatte, wo seine Tochter doch genau dieses Fach studierte!

„Tja. Sachen gibt's", murmelte ich.

Die Bedienung kam, und wir bestellten.

Mein Vater sah mich an, und obwohl er mich erst in den Weihnachtsferien gesehen hatte, erschrak er beim Anblick meiner Strähnen. Glücklicherweise enthielt er sich aber jeglichen Kommentars. Er hatte sein Missfallen bereits zur Genüge zum Ausdruck gebracht und ersparte mir ein weiteres Mal.

„Und wie läuft's im Studium?"

„Gut." Ich trank einen Schluck Wasser. „Ich arbeite gerade an mehreren Bildern für eine Ausstellung, die demnächst stattfindet …"

„Ah, das erinnert mich an etwas. Ich habe mit Bill Wetherford gesprochen."

Auf meine ausdruckslose Miene hin sagte er: „Von Wetherford Enterprises?!"

Ich nickte, als würde mir der Name etwas sagen. Mein Vater sah mich an, als müsste man die Firma kennen.

Offensichtlich merkte er, dass dem nicht so war. „Einer der größten Hersteller von Toilettenpapier in den Vereinigten Staaten. Wie dem auch sei – Wetherford stellt gerade ein Inhouse-Designerteam zusammen. Und ich habe ihm von dir erzählt."

Ein Designerteam für Toilettenpapier? „Das klingt ja … spannend."

Dankenswerterweise kam in diesem Moment unser Essen, und mein Vater richtete sein Interesse auf das teure Fleischgericht. Außerdem wurde unser Gespräch ständig unterbrochen, weil er telefonieren musste. Während er sprach, ertappte ich mich dabei, Beth zu beobachten, die immer wieder an unserem Tisch vorbeikam, um irgendwelche neuen Gäste zu platzieren. Mir schien, als gäbe sie sich alle Mühe, bloß nicht in meine Richtung zu gucken – und ich wusste auch, wieso: weil ich Shaw kannte.

Keine Ahnung, warum ich ihn ihr gegenüber überhaupt erwähnt hatte. Ich war ja nicht einmal wirklich mit ihm befreundet. Gut, ich hatte keinen anderen Kerl mehr geküsst, seit ich ihn kannte, aber das konnte sich jederzeit wieder ändern. Davon ging ich jedenfalls aus. Was sonst würde sich wohl im Kink Club abspielen. Annie hatte mir eine SMS geschickt. Wir waren für den Abend verabredet.

„Sag mal, Emerson", meinte mein Vater, nachdem er sein Telefonat beendet hatte. „Hast du eigentlich einen Freund?"

Ich schüttelte den Kopf und streckte die Hand nach meinem Wasserglas aus. Dabei verbannte ich Shaws Bild aus meinen Gedanken. „Nein, hab ich nicht."

„Gut. Du bist noch jung. Konzentrier dich lieber auf dein Studium und darauf, deine Karriere zum Laufen zu bringen."

Ich nickte, als wäre das die Erklärung dafür, dass ich keinen Freund hatte. Der Grund dafür, dass ich mir nichts weiter als hohle One-Night-Stands erlaubte. Der Grund dafür, dass ich in den Kink Club gehen wollte. Das alles hatte nicht im Geringsten etwas damit zu tun, dass ich nicht mehr an eine ganz bestimmte Person denken wollte.

13. KAPITEL

Diesmal fuhr ich selbst. Ich hielt das Lenkrad so fest umklammert, als könne der richtige Grip meine Unentschlossenheit besiegen. Annie hatte mir zwar angeboten zu fahren, aber diesen Fehler würde ich nicht noch einmal begehen. Ich hatte einen Knoten im Magen, als ich hinter ihr durch die Stadt fuhr, und ich wusste nicht genau, wieso. Zu sagen, ich wolle in den Kink Club gehen, war einfach gewesen. Es jetzt tatsächlich zu tun, fiel mir deutlich schwerer.

Ich parkte hinter Annie. Die Straße befand sich in einer hübschen Mittelklassegegend. Alles adrette kleine Häuser mit zwei Stockwerken und frisch geräumten Einfahrten.

Shaw hatte mir über die Woche verteilt mehrere SMS geschickt und sogar zwei Mal angerufen. Aber ich hatte ihn einfach so lange ignoriert, bis nichts mehr kam. Entweder hatte er aufgegeben oder einfach zu viel anderes zu tun. Von Pepper wusste ich, dass Reece ihn auf der Arbeit besucht hatte und Shaw gerade an einer Spezialanfertigung für einen reichen Kunden arbeitete. Es konnte also durchaus sein, dass er keine Zeit hatte.

Und doch, als ich ausstieg und den Wagen abschloss, fragte ich mich, was er heute Abend wohl machte. Ich konnte mir nicht vorstellen, dass er an einem Freitagabend allein zu Hause saß, aber Pepper hatte nichts davon gesagt, dass sie sich treffen wollten. Vielleicht war er ja im Maisie's?

„Jetzt komm!“ Annie winkte mir ungeduldig. Rasch lief ich zu ihr, und sie fügte hinzu: „Bei solchen Anlässen sollte man nicht zu spät kommen. Sonst sind die Paare schon vergeben.“

Annie bog auf den Fußweg eines Einfamilienhauses ein, das sehr … Na ja, es sah jedenfalls nicht aus wie die Location, an der man den Kink Club vermutete.

„Das ist der Kink Club?“

„Heute Abend – ja. Es findet jedes Mal woanders statt.“

Ich sah sie fragend an. „Wieso das denn?“

Sie lachte. „Ich hätte nie gedacht, dass ich das mal sagen würde, aber … Emerson, du bist echt so naiv!“ Als ich sie immer noch verständnislos ansah, seufzte sie. „Damit uns keine Razzia überrascht.“

„Eine Razzia? Wie bitte? Das ist doch kein Meth-Labor oder so was?“ Ich sah mich misstrauisch um, als könnten jederzeit Drogenfahnder hinter den Büschen hervorspringen.

Sie lachte wieder. „Tu mir einen Gefallen. Versuch bitte, dich da drin nicht wie eine Pfadfinderin anzuhören, okay? Oder vielleicht doch? Vielleicht steht jemand darauf …“

Als wir uns der Haustür näherten, hatte ich plötzlich große Bedenken. Man hörte laute Musik. Annie betrat die Veranda. Ich blieb kurz hinter ihr zurück, und sie wollte sich schon beschweren, da öffnete sich die Haustür.

Eine Frau, von Kopf bis Fuß in schwarzes Leder gekleidet, trat heraus, gefolgt von einem Typen. Einem Typen, den ich kannte. Und Annie auch.

„Logan“, keuchte ich. „Was machst du denn hier?“

Er sah mich überrascht an. „Emerson. Was machst *du* hier?“

„Logan.“ Annie begrüßte ihn mit schnurrender Stimme und drückte sich an ihn, wobei sie seinen Arm streichelte. „Ich wusste ja gar nicht, dass du auch Mitglied bist.“

Er sah sie irritiert an und schien sich nicht an sie zu erinnern. „Amber, hey. Wie geht's?“

„Annie“, zischte sie ihn an. „Ich heiße Annie.“ Sie warf mir einen Blick zu. „Ich geh schon mal rein.“ Und weg war sie.

Logan und seine Freundin gingen die Stufen hinunter. Er fragte noch einmal: „Em, was machst du hier?“

Ich sah seine Freundin an, dann ihn. „Ich schätze mal, das Gleiche wie du."

Er schüttelte den Kopf und rieb sich den Nacken. Er sah älter aus als achtzehn. Mit besorgtem Blick sagte er zu mir: „Vielleicht solltest du besser wieder nach Hause gehen."

Seine Freundin kramte in ihrer Handtasche, brachte eine Schachtel Zigaretten zum Vorschein und zündete sich eine an. Sie beobachtete uns mit mildem Interesse und inhalierte tief.

„Wieso das denn?"

Er beugte sich zu mir und sprach mit gesenkter Stimme. „Ich bin mir nicht sicher, ob das hier das Richtige für dich ist. Geh lieber nicht rein."

Ich lachte, aber es klang gezwungen. „Ich glaube, du kennst mich nicht so gut, wie du meinst."

Er tauschte einen Blick mit seiner Gefährtin. Sie sah mich schweigend an. Ihre schwarz lackierten Fingernägel bildeten einen krassen Kontrast zu ihrer milchweißen Haut. Sie nahm einen weiteren Zug von ihrer Zigarette und blies den Rauch in meine Richtung. Ihre Lippen waren knallrot geschminkt und glänzten genauso dunkel wie ihre Fingernägel. Dann sagte sie mit kehliger Stimme: „Das ist nicht unbedingt was für jeden, Süße. Hör lieber auf ihn."

Ich straffte die Schultern und war pikiert, dass Logan und diese fremde Frau es mir offensichtlich nicht zutrauten, mit dem Anblick umzugehen, der sich mir auf der anderen Seite der Haustür bieten würde. Dabei kannten sie mich gar nicht. Ich war stark. Ich hatte keine Angst.

Und ich hatte die Schnauze voll. Ich wollte nicht mehr von allen herumkommandiert werden. Von Justin. Von meiner Mutter. Und jetzt sogar in gewisser Weise von Shaw, obwohl er mit den beiden anderen natürlich nicht zu vergleichen war.

Nein. Ich hatte alles im Griff. Also blickte ich Logan in die Augen und sagte: „Ich komm schon zurecht." Dann machte ich einen Schritt auf sie zu, und die beiden wichen zur Seite, um mich durchzulassen. Entschlossen ging ich die Treppe hinauf und klopfte nicht mal an. Ich öffnete einfach die Tür und ging hinein.

Es dauerte exakt fünf Minuten, bis mir klar wurde, dass das ein Fehler gewesen war.

Im Haus war es dunkel. Große und kleine Kerzen standen überall herum. Tische. Regale. Man bot mir eine Augenbinde an, die ich mit einem Kopfschütteln ablehnte. Daraufhin erntete ich ein Stirnrunzeln von einer Frau, die ein Kostüm trug, das an das Outfit eines Zigarettenmädchens aus den Vierzigerjahren erinnerte. Sie ging mit ihrem Tablett voller Augenbinden weiter. Annie konnte ich nirgends entdecken.

Vorsichtig sah ich mich um. Die Musik mischte sich mit anderen Geräuschen. Man brauchte kein Experte zu sein, um diese Geräusche zuordnen zu können. Stöhnen und Wimmern und spitze Schreie drangen vom oberen Stockwerk herunter.

Ich tat so, als würde mich das nicht beeindrucken. Ich war ja nicht das erste Mal auf einer Party, und immer verschwanden Leute auf irgendwelchen Zimmern. Allerdings hatte ich noch nie so *eindeutig* gehört, was dort offensichtlich vor sich ging. Logans Stimme hallte durch meinen Kopf. *Geh lieber nicht rein.*

Ich schüttelte die Stimme ab und ging weiter, auf der Suche nach Annie.

Mehrere Personen saßen auf einer Couch, alle mit Augenbinden. Drei Frauen und ein Mann. Sie fummelten aneinander herum und küssten sich. Dabei zogen sie sich gegenseitig aus.

Als ich an der Couch vorbeikam, trat eine Frau auf mich zu und bot mir etwas zu trinken an. Ich lächelte unsicher und lehnte ab. Etwas riet mir, ich sollte lieber nichts trinken. Ich brauchte einen klaren Kopf, und außerdem hatte ich keine Ahnung, was in dem Glas war.

Plötzlich spürte ich, wie jemand meinen Arm streichelte und mich dann festhielt. Erschreckt riss ich meine Hand weg und blickte nach unten. Da saß ein Typ auf einem Sessel, er hatte schon ein Mädchen auf dem Schoß. Er lächelte mich an und streckte mir seine Hand entgegen, als wäre es das Normalste auf der Welt, dass ich seinem Drängen nachgab. Er klopfte auf den Platz neben sich und begann dann mit derselben Hand, die Brüste des Mädchens zu kneten. Dabei schaute er mich an.

Mir drehte das den Magen um. Ich machte einen Schritt rückwärts und stieß mit jemandem zusammen. Mit einer Entschuldigung auf den Lippen drehte ich mich um und sah ein lebensgroßes Eichhörnchen vor mir stehen. Seiner Größe nach musste es sich um ein Männchen handeln.

Besser gesagt: um einen erwachsenen Mann in einem Eichhörnchenkostüm.

Er rempelte mich noch mal an, und ich musterte ihn mit anatomischem Interesse. Seine Proportionen waren, nun ja, nicht normal. Im schummrigen Licht kam mir das, was unten aus seinem Kostüm herausragte, viel größer vor als bei einem durchschnittlichen Mann. Sehr viel größer.

„S… sorry“, stammelte ich und wandte rasch den Blick ab. Das Eichhörnchen starrte mich mit dunklen, weit aufgerissenen Augen an.

Mit einem albernen Hüftschwung rempelte es mich erneut an, sodass ich es anfuhr: „Lass das!“

Ich tastete mich nach hinten, um nicht zusammenzustoßen mit seinem enormen … Was auch immer es war – ein Strap-on oder etwas, das ins Kostüm eingenäht war? Es gab Geheimnisse, die musste ich nicht lüften. Die Situation war so grotesk, dass man eigentlich hätte lachen müssen. Doch ich war einfach nur wütend.

„Da bist du ja, Chippy." Neben dem Eichhörnchen tauchte eine Frau auf. „Oh, hast du eine neue Freundin gefunden?" Sie lächelte mich aufreizend an.

Ich murmelte etwas und machte mich kopfschüttelnd aus dem Staub, ohne auch nur nach Annie zu suchen. Mein einziger Gedanke war: weg hier. *Verschwinde, Emerson.*

Wieder streckte ein Mann seinen Arm nach mir aus, aber ich wich aus und eilte zur Haustür. Danach stürzte ich hinaus in die Nacht und atmete tief die eisige Luft ein. Erst in diesem Moment wurde mir bewusst, dass ich im Haus offensichtlich fast kaum geatmet hatte. Erstaunlich. Wie funktionierte so was?

Seit ich das erste Mal vom Kink Club gehört hatte, wollte ich ihn mir anschauen. Ich hatte mir ausgemalt, es wäre der perfekte Ort, um sich mit Jungs einzulassen, die nichts gegen eher dominante Frauen hatten, die ihnen sagten, wo es langging. Aber das hier war gründlich danebengegangen – und ich wusste auch, wieso: Shaw war schuld.

Er hatte alles verdorben. Seit ich ihn getroffen hatte, konnte ich mir nicht mal mehr *vorstellen*, mit einem anderen Typen zusammen zu sein. In meinem Kopf war nur er. Ich legte die Hand auf das Verandageländer und betrachtete die stille Straße, die Finger fest um das raue kalte Holz geklammert. Ich durfte nicht mehr an ihn denken. Und damit mir das gelang, musste ich ihn mir vornehmen – ich musste meine Neugier stillen und meine Bedürfnisse befriedigen. Anschließend würde ich ihn hinter mir lassen können.

Einige kräftigende Atemzüge später ließ ich das Geländer wieder los. Ich stieg die Treppe hinunter und fragte mich, ob dieser Gedanke wirklich so verrückt war, wie er sich anhörte. Aber eine andere Möglichkeit fiel mir nicht ein.

Ich hörte ihn, bevor ich ihn sah. Als hätten meine Gedanken ihn hergezaubert.

Schritte auf dem Bürgersteig, dann tauchte sein Umriss auf. Am Ende des Fußwegs verharrte er, seine Brust hob und senkte sich. Er war außer Atem.

„Shaw … Was tust du denn hier?"

Ich war glücklich und genoss seinen Anblick, wie er vor mir stand, groß, breitbeinig, als könnte nichts auf der Welt ihn umwerfen. Dieser Mann war wie ein Fels in der Brandung. In meinem Bauch tanzten die Schmetterlinge, und mein Körper reagierte sofort. Nachdem ich Shaw die Woche nicht gesehen hatte, reagierte sogar mein Herz – und zwar mit lautem Klopfen. Wie trügerisch!

„Reece hat mir eine SMS geschickt."

Ich wurde wütend. Mit schnellem Schritt lief ich auf ihn zu, all meine Freude war verflogen. „Wieso Reece?"

„Logan hat ihm mitgeteilt, dass du hier bist." Er warf einen Blick auf das Haus. „Er hat sich um dich gesorgt."

Dieser elende Logan. Mein Leben ging ihn nichts an! „Und da bist du sofort hierhergerannt? Wieso? Um mich zu retten? Ich habe dir schon mal erklärt, dass ich keinen Retter brauche!"

Er sah mich an, dann das Haus, schließlich wieder mich. Garantiert wusste er, was hier abging. Sicher hatte Reece ihm das auch mitgeteilt. Wieso mischte der sich überhaupt ein? Glaubte er etwa, zwischen Shaw und mir lief was? Da war er aber schief gewickelt.

„Was machst du hier, Emerson?"

Ich presste die Lippen aufeinander. Er musste nicht erfahren, dass ich mich gerade genau das Gleiche gefragt hatte. „Es ist absolut unnötig, dass Logan oder Reece oder du so tun, als ob ich nicht auf mich selbst aufpassen könnte." Das war eigentlich der Moment, ihm zu sagen, dass ich bereits selbst beschlossen hatte abzuhauen, weil der Kink Club nichts für mich war. Aber diese Genugtuung gönnte ich ihm nicht.

„Komm." Er streckte die Hand nach mir aus, doch ich riss schnell meinen Arm weg.

„Ich bin mit dem Auto da. Ich kann mich selbst nach Hause bringen." Um meinen Worten Nachdruck zu verleihen, lief ich um ihn herum und mit festem Schritt zu meinem Wagen.

Er folgte mir. „Was wolltest du hier?"

Offensichtlich war das Thema für ihn noch nicht beendet. „Was geht dich das an?"

„Es passt einfach nicht zu dir."

Gleich würde ich vor Wut platzen. Mit jedem Schritt knirschten meine Stiefel fester auf dem Asphalt. Ich trat auf eine vereiste Stelle und wäre beinahe ausgerutscht. Doch es gelang mir, das Gleichgewicht zu halten. Trotzdem sprang Shaw mir zu Hilfe und griff nach mir. Ich machte mich von ihm los und lief weiter, bis ich vor meinem Auto stand. Dort drehte ich mich um und zeigte mit dem Finger auf ihn. „Du weißt nicht, was zu mir passt und was nicht!" Meine Stimme zitterte. Ärgerlich. Ich schluckte und holte tief Luft.

„Ich weiß zumindest, dass du um jeden Preis versuchst, mich loszuwerden, aber das funktioniert nicht. Ich bin in dir. Und du in mir. Das weiß ich." Er sah mich mit festem Blick an, damit ich auch ganz bestimmt verstand. „Und ich kenne dich. Ich habe dich erkannt."

Ich schüttelte den Kopf wie ein eigensinniges Kind. Panik stieg in mir auf.

Er deutete auf das Haus. „Wenn du mir nicht sagen kannst, was du da wolltest – ich kann es. Du wolltest vor mir davonrennen."

Ich lachte, aber es klang künstlich, selbst in meinen Ohren. „Da hat aber jemand ein gesundes Selbstbewusstsein."

Er ignorierte mich und sprach einfach weiter. „Ich weiß, dass du nicht halb so wild und erfahren bist, wie du gerne vorgibst zu sein."

Mein Lachen erstarb. Ich sah ihn lange an, und etwas, das sich verdächtig wie Angst anfühlte, stieg in meiner Brust auf. Nein, das konnte er nicht wissen. Er hatte mich nicht erkannt. „Ich gebe überhaupt nicht vor, irgendetwas zu sein."

Seine Augen funkelten wissend, während sein Mund sich zu einem Lächeln verzog. Er sagte das Wort nicht, aber ich konnte es trotzdem hören. *Lügnerin.*

„Wie soll das gehen?", wollte ich wissen. „Woher willst du mich so genau kennen?" Ich würde nicht zugeben, dass er mit seiner Einschätzung recht hatte, aber eins wollte ich wissen: Wie kam es, dass er mich kannte? Wodurch hatte ich mich verraten?

Was wollte er überhaupt hier? Neuerdings tauchte er immer dort auf, wo ich gerade war. Er war nicht wie andere Typen, mit denen ich mal rumgemacht hatte. Dann wäre er schon längst abgehauen. Und zwar von sich aus. Alle anderen Typen nahmen sich gerne, was ich zu geben bereit war, und verschwanden dann wieder. Warum wollte Shaw mehr? Warum musste er anders sein?

Er kam näher. Drei Schritte, dann stand er vor mir und presste mich gegen mein Auto.

„Weißt du, wie sie mich bei den Marines genannt haben?" Ich schüttelte den Kopf, und als seine tiefe Stimme ertönte, bekam ich wie immer eine Gänsehaut. „Habicht. Und zwar, weil ich die Menschen lesen kann und Situationen im Bruchteil einer Sekunde erfasse. Nenn es, wie du willst. Gespür für den Augenblick. Situationswahrnehmung. Diese Gabe besitze ich."

Habicht. Das passte zu ihm. Ich schluckte den golfballgroßen Kloß in meinem Hals hinunter. Seine Stimme, seine Nähe ... Ein Gänsehautschauer jagte den nächsten. Und ich zitterte – aber das konnte ich auf die Kälte schieben, obwohl ich in Wahrheit genau wusste, dass er die Ursache dafür war.

Natürlich war das nur eine blöde Behauptung von ihm, er könne die Menschen lesen. Ich meine, er war ja kein Gedankenleser oder so was. *Diese* Gabe besaß er nicht. Selbst wenn er beim Marine Corps gewesen und sein Spitzname *Habicht* war. Von meinen Geheimnissen kannte er keins.

Mein Blick wanderte zu seinem Mund. So nah. Selbst jetzt, im schwachen Licht der Straßenlaterne, die einen halben Block weit entfernt war, sah ich die winzigen goldenen Flecken in seinen Augen. Meine Hände zuckten, ich hätte ihn am liebsten angefasst. Seine Brust fühlte sich so warm und einladend an, eine feste Wand, an die ich gedrückt war und an der sich meine Brüste rieben.

„Tja, *Habicht*, da liegst du leider falsch." Ich hob das Kinn. Eigentlich wollte ich spöttisch klingen, aber ich traf den Ton nicht so ganz. Meine Worte klangen atemlos, unsicher. „In dem Haus da habe ich gerade vier Typen flachgelegt."

Er verzog spöttisch den Mund. „Was für eine schlechte Lügnerin du bist!"

Okay. Vielleicht war die Zahl etwas übertrieben gewesen. Vor allem, da Logans Anruf gerade mal eine halbe Stunde her war. Aber ich hatte es wenigstens versuchen wollen. Auf einmal nahm Shaw mir den Autoschlüssel aus der Hand.

„Was soll denn das?"

Er fasste um mich herum und schob mich zur Seite, während er die Autotür öffnete. „Ich fahre. Steig ein." Er bedeutete mir, um den Wagen herumzugehen.

Völlig perplex sah ich zu, wie er es sich hinter meinem Lenkrad bequem machte und den Sitz auf seine Größe einstellte. Ich blickte mich um. „Wo ist denn dein Auto?"

„Hab mich herfahren lassen."

Deswegen war er also so schnell hier gewesen – weil er sich sowieso gerade in der Nähe befunden hatte. Ich hielt den Kopf schräg. „Von wem?"

„Ich war mit einer Freundin unterwegs, als Reece' SMS kam."

Einer Freundin?

Na klar. Offensichtlich war Shaw doch nicht so sehr besessen von mir, dass er sich nicht noch mit anderen Frauen treffen konnte. Brennende Eifersucht durchzuckte mich, und das machte mich wütend. Wieso empfand ich dieses Gefühl? Das stand mir nicht zu!

Das übliche Verlangen, einfach abzuhauen, überkam mich. Leider wusste ich nicht, wie. Denn er saß in meinem Auto.

Schicksalsergeben umrundete ich den Wagen und ließ mich auf den Beifahrersitz fallen. Im Auto war es noch warm. Shaw ließ den Motor an und schaltete in den Leerlauf.

Ich wusste nicht, ob ich lachen oder weinen sollte bei dem Gedanken daran, dass ich eben kurz mit dem Gedanken gespielt hatte, meinen Bedürfnissen freien Lauf zu lassen. Was auch immer da zwischen uns war.

„Es gab keinen Grund, das Treffen mit dieser Freundin meinetwegen abzubrechen."

Er lehnte den Kopf an die Nackenstütze und sah mich an. „Eifersüchtig?"

„Wie käme ich dazu? Ich mache ja auch, worauf ich Lust habe und mit wem. Genau das Gleiche steht dir zu."

Er grinste, und mein Herz schlug Purzelbäume. In diesem Lächeln verbargen sich Erfahrung und Wissen. Über die Welt, das Leben, den Tod. Und, so unwahrscheinlich es sich anhörte, über mich.

„Du magst mich", verkündete er. „Du willst es vielleicht nicht, doch du tust es."

Das kam so lässig über seine Lippen, so nüchtern, dass ich am liebsten mit dem Fuß aufgestampft und „Nein!" geschrien hätte. Stattdessen richtete ich den Blick nach vorn und sah aus der Windschutzscheibe. „Fahren wir los?"

In sich hineingrinsend legte er den Gang ein und fuhr los. Nach kurzer Zeit sagte er: „Das war übrigens keine Verabredung."

„Ist mir egal." Natürlich schleuderte ich ihm diesen Satz viel zu schnell entgegen – sodass klar war, dass es mir eben nicht egal war.

„Cara ist eine Freundin. Wir waren zusammen im Ausbildungscamp. Sie ist gerade auf Heimaturlaub in der Stadt. Ihr Neffe wurde getauft."

Marine wie er. Das musste eine starke Frau sein. Tough. Und vermutlich genauso sexy wie Alice aus „Resident Evil".

„Wie nett! Ihr beide habt sicher eine Menge gemeinsam."

„Stimmt. Haben wir."

„Das klingt doch perfekt. Warum bist du dann nicht mehr bei ihr?"

„Weil du mich gebraucht hast."

„Ich habe dich nicht gebraucht. Ich war bereits im Begriff zu gehen." Meine Stimme erstarb. Ich schämte mich, weil ich es nun doch gestanden hatte. Jetzt hatte ich ihm doch verraten, dass der Kink Club eine Nummer zu groß für mich war.

„Wieso das denn? Warst du nach den vier Typen schon durch?"

Mürrisch verschränkte ich die Arme vor der Brust.

„Jetzt komm schon. Ich weiß genau, dass du nichts dergleichen getan hast. Du bist sofort wieder abgehauen, weil der Laden einfach nichts für dich ist. Hab ich recht?“

Es missfiel mir sehr, dass er recht hatte.

„Denn“, fuhr Shaw fort, „du wärst lieber mit mir zusammen.“

Ich schnaubte verächtlich. „Kaum zu glauben, dass du mit deinem aufgeblasenen Ego überhaupt in dieses Auto passt.“

„Das sagt die Richtige. Aber vielleicht gelingt es dir ja noch, dich selbst davon zu überzeugen, dass zwischen uns nichts ist.“

Ich schniefte und verkniff es mir, darauf hinzuweisen, dass zwischen uns ja auch nichts war.

Wieder lachte er leise, und dieses Geräusch rief ein Kribbeln in mir hervor. Mit gerunzelter Stirn sah ich nach vorn. „Wohin fahren wir? Das ist nicht der Weg zu meinem Wohnheim.“

„Wir fahren zu mir.“

Ein Schock durchfuhr mich. „Wieso?“

„Weil ich kein Auto dabeihabe.“

„Und dann kann ich von dir aus nach Hause fahren. Stimmt’s?“

Er nickte, aber irgendwie überzeugte mich dieses Nicken nicht. Mein unbehagliches Gefühl steigerte sich noch. Hoffte er vielleicht, ich würde bleiben? *Du setzt ihn nur ab, Emerson. Du gehst nicht mit ihm rein.*

Das ist dein Auto, und du hast alles im Griff. Diese Worte betete ich mir vor, als wir auf die schmale Straße einbogen, die sich am Ufer des Sees entlangzog.

Wir holperten über den Schotterweg zu seinem Haus. Hier draußen war die Nacht ganz hell, das Mondlicht wurde von den unberührten Schnee- und Eisflächen reflektiert. Der See sah aus wie ein Meer aus Glas. Shaw schaltete den Motor aus. „Warte, ich mach dir die Tür auf. Es ist rutschig hier.“

Mit hämmerndem Puls beobachtete ich, wie er um den Wagen herumging.

Kaum war ich ausgestiegen, streckte ich die Hand nach meinem Autoschlüssel aus. „Du hättest den Motor ruhig laufen lassen können."

„Ich dachte mir, du willst vielleicht mal sehen, woran ich gerade arbeite."

Ich runzelte die Stirn, denn ich war misstrauisch. Aber in seinem Blick war so gar nichts Verschlagenes. Er war einfach ganz direkt und geradeheraus. Von Anfang an war er so gewesen. Shaw machte nicht viele Worte, aber was er von sich gab, hatte Hand und Fuß. Eindeutig.

Er deutete auf den Schuppen neben dem Haus. „Ich habe deine Kunst gesehen – zumindest die, die du in deinem Zimmer hast." Er zuckte mit den Schultern und rieb sich den Nacken. Plötzlich wirkte er befangen. Das kannte ich gar nicht an ihm. Sonst war er immer so voller Selbstvertrauen. Irgendwie rührte mich diese neue Seite „Und hier ist meine" an ihm. Seine Kunst. Auch wenn er es nicht sagen konnte. Das rührte mich noch mehr, und im selben Moment wurde mir klar, dass ich mich nicht einfach von ihm abwenden konnte, wenn er mir diesen Einblick gewähren wollte.

Ich warf einen Blick auf den Schuppen. Also gut. Ich würde mitkommen, aber ich würde nicht ins Haus gehen. Ich wollte nicht dieses gemütlich-kuschelige Haus betreten, das mich an ein Norman-Rockwell-Gemälde erinnerte. Ich wollte nicht Shaws großes Bett sehen und mich daran erinnern, wie gemütlich es darin war.

Das war nur der Schuppen. Also warum nicht? Ich nickte ruckartig und folgte ihm. Im Schuppen war es etwas wärmer als draußen, aber nicht viel. Shaw drückte auf einen Schalter, und ich musste blinzeln, weil es plötzlich so hell war.

Überall lagen Teile von Motoren und Motorrädern herum. Es standen auch mindestens drei Motorräder da, die aussahen, als wären die Arbeiten an ihnen bereits vollendet. Ich hatte keine Ahnung von den einzelnen Modellen, aber eins war definitiv ein Chopper. Kirschrot mit glänzendem Chrom. Daneben stand ein Motorrad, das nur teilweise zusammengebaut und noch nicht lackiert war. Ich stellte mich in die Mitte.

„Hast du die gebaut?"

„Ja." Er streichelte eines der Motorräder, und ich konnte nicht anders, als Shaws Hand zu bewundern. Die schönen langen Finger. Ich erinnerte mich daran, wie wunderbar sie sich auf meiner Haut angefühlt hatten … und in mir. Meine Wangen brannten, und ich holte rasch tief Luft.

Zum Glück betrachtete er immer noch seine Bikes. „Das hier will ich verkaufen. Ich habe schon einen Interessenten."

„Wenn es auch nur im Entferntesten so aussehen wird wie das hier, solltest du kein Problem damit haben, es zu verkaufen." Ich berührte das rote Ungetüm und sah es bewundernd an. Das Metall fühlte sich kühl an.

„Ich will auf den Tank und auf das Schutzblech ein Airbrush-Bild machen. Vielleicht ein patriotisches Motiv."

„Wie dein Tattoo?", fragte ich.

„In der Art. In die Richtung soll es gehen, aber ein bisschen moderner."

„Du könntest einen Adlerkopf in Groß nehmen. Das Adlerauge könnte die Weltkugel sein." Ich biss mir auf die Unterlippe und überlegte. Gedankenverloren streckte ich die Hand aus, als würde ich das Bild vor mir sehen, es berühren. Und das konnte ich in diesem Moment auch. Ich sah alles vor mir. „Das wäre cool. Sehr symbolhaft. Vielleicht ein paar Wolken, die entfernt an Flaggen erinnern." Ich ließ die Hand sinken und zuckte die Achseln. Als ich ihm meinen Blick zuwandte, erschrak ich fast – so intensiv sah er mich an. Als hätte ich gerade etwas Großes gesagt.

„Könntest du so was zeichnen?"

„Äh … ich?" Meine Stimme piepste. „Ich hab so was noch nie gemacht. Ich arbeite mit Papier oder Leinwand."

„Aber du könntest es." Das klang sehr absolut – als hätte er keinen Zweifel. „Das bisschen Airbrushen."

„Und wenn ich es versaue?"

„Dann fangen wir von vorn an."

Wir. Wann war das denn passiert? Es gab kein Wir – in keiner Form.

„Woher willst du wissen, dass du es nicht kannst, wenn du es noch nie probiert hast?"

Er musterte mich, und mit seinem bohrenden Blick schien er direkt in meine Seele vorzudringen. Plötzlich fühlte es sich nicht mehr so an, als würden wir nur von Airbrushing reden.

Ich erschauderte und rieb mir die Oberarme, um so zu tun, als würde mein Frösteln an der Kälte liegen und nicht daran, wie er mich ansah oder wie er mit mir sprach. Nicht an der Erinnerung, wie gut sich seine Hände auf meiner Haut angefühlt hatten.

Er betrachtete wieder das Motorrad. „Bist du mal gefahren?"

Schnell schüttelte ich den Kopf, erleichtert über den Themenwechsel. „Nein."

Er grinste. „Aus Angst?"

„Nein. Ich war nur noch nie mit jemandem zus…" Rasch korrigierte ich mich. „Ich kenne niemanden, der ein Motorrad hat."

Seine Augen blitzten auf, und ich wusste, dass ihm mein Versprecher aufgefallen war. Wie peinlich! *Du bist nicht mit ihm zusammen. Schon vergessen?*

Er klopfte auf den Sitz. „Steig auf."

„Was? Jetzt?"

„Nein, zum Fahren ist es zu kalt. Aber du könntest die Größe probieren." Shaw sah mich mit einem Blick an, der alle Schmetterlinge in meinem Bauch aufscheuchte. Es war, als würde er in mich hineinschauen. Mich studieren.

Ich betrachtete die Maschine und dachte, wieso nicht. Also ließ ich mich auf den Sattel sinken. Es fühlte sich anders an als mein Beach-Cruiser-Fahrrad zu Hause. Viel breiter. Ich musste die Beine spreizen. Ich streichelte über den Sitz.

Bei Tempo hundert mit so einem Ding über den Highway zu rasen war eine Vorstellung, die mich einschüchterte.

Shaws Stimme war dicht neben meinem Ohr. „Und wie fühlt es sich an?"

Ich fasste nach den Griffen. „Gefährlich."

„Das macht man so." Er nahm meine Hände und positionierte sie auf dem Lenker. Als ich seine rauen Hände auf mir spürte und seine Brust auf meinem Rücken, begann mein Herz wie wild zu hämmern. Ich zitterte. Zu gern hätte ich mich auf dem Sitz umgedreht, die Arme um Shaw geschlungen und ihn geküsst.

Aber ich wusste ja, wohin das führen würde.

„Jetzt rutsch ein Stück nach hinten." Er berührte flüchtig meine Arme. Sofort überlief mich ein Schauer. Seine Hände ruhten jetzt auf meiner Hüfte, und er zog mich nach hinten, als wöge ich nichts. Er war so groß, so stark. Ich war zwar ziemlich zierlich, doch dünn war ich nicht. Ich hatte durchaus weibliche Kurven. Aber neben Shaw kam ich mir beinahe winzig vor. „Man sitzt nicht so weit vorn."

Ich nickte dumpf.

„Besser?", fragte er, und seine Stimme klang wie ein Schnurren in meinen Ohren. Eine unschuldige Frage, allerdings lagen seine Hände immer noch auf mir. Ich musste daran denken, wo seine Finger schon überall gewesen und was sie mit mir angestellt hatten.

Und wie sehr ich mich danach sehnte, dass er es wieder tun würde.

Als würde er meine Gedanken lesen, umschlossen seine Hände meine Hüfte. Ich hielt den Atem an. Nun saß ich aufrechter. Er zögerte einen Moment. Dann streichelte er über meinen Bauch und meine Brüste. Hob sie an. Meine Brustwarzen wurden hart, und der Satinstoff meines BHs rieb unangenehm auf meiner Haut. Ich wackelte auf dem Sitz hin und her.

Plötzlich kippte das Motorrad unter Shaws Gewicht ein Stück nach vorn. Er hatte sich hinter mir in den Sattel geschwungen, seine Oberschenkel befanden sich neben meinen. Sofort war mir nicht mehr so kalt. Er drückte sich von hinten an mich und begann an meinem Ohr zu knabbern. Wenn ich mich jetzt umdrehte, könnte ich ihn küssen.

Doch ich bewegte mich nicht. Meine Brust hob und senkte sich schneller, wodurch meine Brüste weiter nach oben zu kommen schienen. Er berührte sie immer noch. Ich musste mir auf die Lippen beißen, um ein Stöhnen zu unterdrücken, mein Flehen, mir doch diese Qualen zu ersparen und meine Brüste endlich richtig mit den Fingern zu umschließen.

Er presste sich enger an mich, und da spürte ich ihn an meinem Hintern. Hart und fordernd. Es verlangte mir einiges an Willenskraft ab, mich nicht an ihm zu reiben. Denn das bedeutete Ärger. Allzu weit waren wir sowieso nicht davon entfernt.

Also ließ ich die Lenkergriffe los und stieg schnell von der Maschine, wischte mir die feuchten Finger an meinem Pullover ab und steckte mir verlegen ein paar Haarsträhnen hinters Ohr.

„Ich glaube nicht, dass ich demnächst mit Motorradfahren anfangen werde." Wenigstens stammelte ich nicht. Was mich selbst überraschte, denn innerlich war ich ein Wrack.

Shaw sah mich an. „Musst du ja nicht. Vielleicht kann ich dich ja irgendwann mal mitnehmen. Im Frühjahr, wenn es wieder wärmer ist."

Mit ihm Motorrad fahren? Bei über neunzig Kilometern pro Stunde, im Fahrtwind, die Arme fest um ihn geschlungen? Allein die Vorstellung war aufregend. Aber wie lässig er geklungen hatte! Er war jetzt auch abgestiegen und hatte eine Hand in die Hosentasche gesteckt. Die Vorstellung, dass wir im Frühjahr immer noch miteinander zu tun haben sollten, fand ich beinahe noch aufregender.

„Vielleicht." Ich machte mich auf den Weg zur Tür. „Jetzt muss ich wirklich zurück."

Shaw folgte mir aus dem Schuppen, hinaus in die Kälte, ohne mich aufzuhalten. Kein Kuss, keine Berührung. Dabei rechnete ich beinahe damit. Wozu die Nummer auf dem Motorrad, wenn er jetzt nicht versuchte weiterzumachen? Das war wohl ein Beweis mehr dafür, dass er nicht wie jeder andere Kerl war. Ich wusste nicht, was mich mehr irritierte – meine Erleichterung darüber oder meine Enttäuschung.

Er sah zu, wie ich den Wagen wendete und auf die Straße bog. Ganz entspannt. Als ich davonfuhr, sah ich ihn immer noch da stehen.

Wahrscheinlich würde ich nie mehr meine Augen schließen können, ohne ihn zu sehen.

14. KAPITEL

Am nächsten Morgen wartete ich auf Pepper. Es war kurz vor neun, als ich sie nebenan hereinkommen hörte. Ich stieß die halb geschlossene Verbindungstür mit der Hüfte auf. Reece und sie saßen neben ihrem Schreibtisch und kramten in einer Tüte Bagels.

Sie sah auf. „Hey, Em!“ Reece winkte mir zu.

Offensichtlich war mir etwas anzusehen, denn sie stand auf und kam mit einem halben Bagel in der Hand auf mich zu. Besorgt fragte sie: „Alles okay?“

„Ja. Wieso nicht?“

Sie warf Reece einen unsicheren Blick zu. „Na ja, gestern Abend hat Logan dich ja im Kink Club gesehen und meinte, du wärst vielleicht der Situation nicht gewachsen …“

„Logan? Die kleine Schlampe? Meint, ich wäre einer Sache nicht gewachsen?“ Ich legte mir ungläubig eine Hand auf die Brust.

„Genau.“ Peppers Augen blitzten auf. „Wenn schon Logan meint, dass etwas nicht in Ordnung ist, dann ist etwas nicht in Ordnung.“

„Äh – hallo?“ Reece wedelte mit seinem Bagel. Er sah verärgert aus. „Ich bin auch hier. Könntet ihr vielleicht damit aufhören, meinen Bruder ‚kleine Schlampe‘ zu nennen?“

„Tut mir leid, Baby.“ Pepper streichelte ihm die Schulter.

„Ich wüsste gerne mal, wieso du deswegen gleich eine SMS an Shaw schicken musstest.“ Ich warf theatralisch die Arme in die Luft. „Wie kommst du dazu? Gibt es da vielleicht etwas, das ich wissen sollte?“

Pepper sah erst mich an, dann Reece. Auffordernd.

Reece wandte sich mir zu. Unbeeindruckt. „Ist das so schwer zu kapieren? Er ist total in dich verliebt.“

„Und das heißt …“

„Du bist ihm nicht egal, Em“, sagte er geradeheraus. „Das heißt das. Und Shaw ist jedenfalls besser für dich als diese ganzen Loser, mit denen du deine Zeit verschw…“

„Emerson“, unterbrach Pepper ihn. Und das war gut so, denn ich war im Begriff, auf ihren Freund loszugehen, weil er mich darüber belehren wollte, welcher Typ gut für mich war. Sie sprach weiter. „Ich weiß, du magst Shaw. Ich habe euch zusammen gesehen. Er ist … anders. *Du* bist anders, wenn du mit ihm zusammen bist.“

Ich wandte meinen Blick von Reece ab. Er sah mich an, als wäre ich hier die Böse. Als würde ich seinen Freund verarschen. Was wollten die beiden eigentlich von mir? Ich konnte nicht so sein wie Pepper. Ich konnte mich nicht plötzlich verlieben und dann nur noch für meine Beziehung leben.

Ich sah meine Freundin ruhig an. „Ich liebe dich, Pepper, das weißt du, aber hör endlich auf mit diesem Verkuppelungsmist, okay? Ihr beide!“ Ich sah Reece an, dann wieder sie. „Das funktioniert so nicht.“

Pepper nickte kurz, aber sie sah immer noch besorgt aus. „Okay.“

Gut. Ich nickte auch, obwohl ich alles andere als erleichtert war. Nicht erleichtert und nicht zufrieden. Gar nichts. Nur das Gefühl von Leere war noch größer geworden. „Danke.“ Ich winkte ihnen zu. „Ich lass euch jetzt mal allein. Weitermachen.“

Pepper sah auf die Uhr. „Ich dachte, wir gehen zusammen zum Unterricht.“

„Nein, ich will lieber früher da sein wegen der Ausstellung. Ich muss noch was tun.“

Peppers Augen leuchteten auf. „Ach, stimmt ja. Wann ist die denn?“

„Nächsten Freitag."

Pepper sah Reece an. „Das ist die große Kunstausstellung der Uni. Em wird auch ihre Werke zeigen." Sie wandte sich wieder mir zu. „Und? Bist du bereit?"

„Ich glaube schon." Ich dachte an das Bild von Shaw, und mir wurde flau im Magen. Professor Martinelli hatte mir sehr deutlich zu verstehen gegeben, dass sie es in der Ausstellung sehen wollte. Es fiel mir ohnehin schon schwer genug, meine Arbeiten der Öffentlichkeit zu präsentieren, aber ausgerechnet dieses Bild? Da konnte ich mich auch gleich selbst nackt an die Wand hängen. Aber Martinelli hatte auch durchblicken lassen, dass es Auswirkungen auf meine Note hätte, wenn ich das Bild nicht zeigen würde.

„Um wieviel Uhr?", fragte Pepper. „Georgia und ich wollen unbedingt kommen."

„Ich würde deine Bilder auch gern sehen", sagte Reece. „Vielleicht kann ich mir an dem Abend ja freinehmen."

„Ähm …" Ich biss mir auf die Unterlippe. „Es ist echt kein großes Ding. Ihr müsst nicht kommen."

Sie warfen einander einen Blick zu. „Wieso nicht? Georgia und ich waren letztes Jahr doch auch da und …"

„Ich weiß", unterbrach ich sie. „Ihr habt alles im letzten Jahr schon gesehen."

„Ich fand deine Bilder großartig. Vor allem das von dem Hund, der vor dem Java Hut saß und wartete."

Ich musste lächeln. Das war auch eins meiner Lieblingsbilder. Ich hatte vor dem Café mit dem Handy ein Foto von dem Hund gemacht, der ein schickes Halstuch trug.

„Wir können uns doch hinterher draußen treffen", schlug ich vor. Ich wollte auf keinen Fall, dass sie das Bild von Shaw sahen. Auch wenn es nur seine Augen zeigte, würden sie ihn wahrscheinlich sofort erkennen, und das wäre mir total peinlich. „Echt jetzt", meinte ich. „Es ist keine große Sache. Ihr wart letztes Jahr schon da. Es ist immer das Gleiche."

„Ich möchte aber gehen. Ich würde gerne sehen, woran du gearbeitet hast. Oder ist es dir lieber, wenn überhaupt niemand kommt?" Kaum hatte Pepper das gesagt, tat es ihr leid, das sah ich ihr an. Sie befürchtete, dass sie mich mit ihren Worten getroffen hatte – weil keiner von meiner Familie kommen würde. Niemand von ihnen interessierte es, was ich machte, und niemand unterstützte mich. Im letzten Jahr hatten die Familienmitglieder meiner Kommilitonen die Ausstellung überflutet, um ihre Unterstützung zu demonstrieren. Nur von meiner Familie war keiner aufgetaucht.

„Nein, das ist absolut okay. Wirklich." Dass ich ohne meine Familie auskommen musste, war tatsächlich nichts Neues für mich.

„Wie du meinst", sagte Pepper, immer noch nicht überzeugt. „Ich würde trotzdem gerne kommen."

„Pepper, lass es gut sein", erklärte ich. „Ich wette, du kannst dir was Spannenderes vorstellen. Wie zum Beispiel, deinen sexy Freund aufs Bett zu werfen und …"

Reece lachte.

„Em!" Pepper warf mir einen schockierten Blick zu – obwohl sie neuerdings nur noch wenig schockieren konnte, wie ich festgestellt hatte. Seit sie mit Reece zusammen war. Die beiden konnten die Finger nicht voneinander lassen. Es wunderte mich ehrlich gesagt, dass sie das Schlafzimmer überhaupt noch verließen.

„Sag einfach Bescheid, wenn du deine Meinung änderst", verkündete Reece und streichelte Peppers Rücken. „Wir wollen für dich da sein."

Ich nickte, aber ich wusste bereits, dass ich meine Meinung nicht ändern würde. Niemand durfte dieses Bild sehen.

Am Montagabend stand Shaw plötzlich vor meinem Zimmer. Ich war gerade von meiner Lerngruppe nach Hause gekommen. Abgesehen von der Ausstellung stand auch noch die Klausur in Kunstgeschichte des Mittelalters an. Und meine Mutter hatte wieder angerufen. Neuerdings ging ich dran, wenn sie anrief, weil ich Angst hatte, dass sie sonst wieder im Wohnheim auftauchen würde. Also ertrug ich die Gespräche mit ihr. Es war ein ständiges Hin und Her zwischen Anschuldigungen und Betteln. Sie versuchte sogar, mich mit einer Europareise zu bestechen.

Ich hatte also genug um die Ohren, ohne dass Shaw mir noch dazwischenfunkte. Aber hier war er. Vor meiner Tür. Ich sah ihn durch den Spion, nachdem er geklopft hatte. Drei Mal. Er wartete, blickte sich um und lehnte sich mit einem Arm an die Wand. Ich hielt den Atem an und musterte seine Gesichtszüge – den männlich-markanten Kiefer, die gerade Nase, die wohlgeformten Lippen. Alles in mir verlangte nach ihm. Er war so unfassbar sexy. Ich biss mir auf die Lippe.

„Emerson, bist du da?"

Ich gab keine Antwort, sondern presste stumm die Lippen aufeinander und sah kurz darauf zu, wie er ging. Seine Schritte verklangen. Nach einer Weile hörte ich das *Ping* des Fahrstuhls. Erleichtert atmete ich aus, lehnte mich völlig geschafft an die Tür und sank daran herunter. Zum Glück war Georgia nicht da. Sonst hätte sie am Ende mitbekommen, wie mich dieser Typ fertigmachte. Shaw, der mich immer ansah, aufmerksam, intensiv, genussvoll. Shaw, mit freiem Oberkörper, durchtrainiert, braun gebrannt, muskulös. Er war wirklich ein schöner Mann. Der schönste, den ich je gesehen hatte. Und damit meinte ich nicht nur sein Äußeres. Auch in zwanzig Jahren würde er noch toll aussehen. Das lag an seiner Art. An seiner Zuversicht. Das war mir klar geworden, als er mir von Adam erzählt und mir seine Motorräder gezeigt hatte. Als er mir geraten hatte, ich sollte mit meiner Kunst weitermachen und den Bürojob vergessen. Ich konnte diese Zuversicht spüren. Sie war in seinen Augen, wenn er mich ansah. In seinen Händen, wenn er mich berührte.

Ich schluckte. Wenn mir jetzt solche Gedanken durch den Kopf gingen, hatte ich es wirklich zu weit kommen lassen.

Als ich später am Abend im Bett lag und schon fast eingeschlafen war, vibrierte plötzlich mein Handy neben mir. Es lag auf dem Regal über dem Bett, und ich warf im Dunkeln einen Blick auf das leuchtende Display.

Shaw: Hey. War vorhin kurz da, um dich zu sehen.

Ich biss mir auf die Lippe und streichelte das Display mit dem Daumen, als würde ich ihn berühren.

Ich las seine Worte noch mal und überlegte, ob ich antworten sollte oder nicht.

Mir war, als könnte ich seine tiefe Stimme hören. Ich umklammerte das Handy mit beiden Händen und drückte es an die Brust, hin und her gerissen. Ich wollte antworten. Ich wollte ihn anrufen und ihn bitten, rüberzukommen. Aber ich widerstand der Versuchung. Nach ein paar Minuten vibrierte das Handy noch mal. Ich schaute ängstlich aufs Display und kam mir vor wie eine Dreizehnjährige, die zum ersten Mal von einem Jungen angerufen wird.

Shaw: Gute Nacht, Emerson.

Ab Mittwoch stellte Shaw seine SMS-Nachrichten an mich ein. Als mir das klar wurde, erstarb etwas in mir. Ich wusste, es war vorbei. Er hatte aufgegeben. Und wieso auch nicht? Ich hatte ja schließlich alle meine Schutzschilde hochgefahren, damit genau das passieren würde.

Ich ging brav zu meinen Vorlesungen und verbrachte jede freie Minute im Atelier. Aß. Schlief. Etwas zu tun zu haben, lenkte mich ab. Bis ich wieder an ihn denken musste. Nachts war es völlig unmöglich, nicht an ihn zu denken. Ich lag in meinem Bett und starrte in die Dunkelheit. Normalerweise hätte ich in Tiefschlaf fallen müssen, stattdessen dachte ich an ihn. Und ich dachte darüber nach, wie ich damit aufhören könnte, an ihn zu denken – und dass mir so etwas noch nie passiert war.

Jeff vom Java Hut schickte mir eine SMS. Am Donnerstagabend um halb zwölf. Es war ziemlich klar, was er damit bezwecken wollte. Ich las seine primitive Anmache und wusste, er war auf ein Rendezvous aus.

Es wäre so einfach gewesen. Anspruchslos. Unkompliziert. Jeff war attraktiv. Wir hatten uns schon öfter getroffen, aber jetzt konnte ich das nicht mehr. Weil ich die ganze Zeit nur an Shaw denken musste. War es das, was anderen Mädchen passierte, wenn sie sich total in jemanden verliebt hatten? Und so verliebt waren, dass sie sich von ihrem Kerl benutzen und beschimpfen ließen? Nein danke!

Am Freitagmorgen war ich auf dem Weg zur Buchhandlung auf dem Campus, die ausgerechnet schräg gegenüber vom Grapevine war. Ich sah zu dem Restaurant hinüber und ging dann über den Zebrastreifen. Noch bevor ich wusste, was ich tat, lief ich über die Straße und betrat das Restaurant. Der Geruch von frisch gebackenem Brot empfing mich, aber Essen war nicht der Grund für meinen Besuch.

Zu meiner Erleichterung entdeckte ich Beth sofort. Sie stand hinter dem Tresen der Restaurantleiterin am Empfang.

„Emerson“, begrüßte sie mich genauso gekünstelt wie beim letzten Mal – nachdem ich ihr eröffnet hatte, dass ich mit Shaw befreundet war. „Schön, dich hier im Grapevine zu sehen. Wie viele Personen?“

Ich hielt die Hand hoch, um sie zu unterbrechen. „Ich bin hier, um mit dir zu reden."

Sie blinzelte und sah sich um, als wollte sie gleich um Hilfe rufen.

„Hör mich nur kurz an." Ich holte tief Luft, denn ich war fest entschlossen, das jetzt durchzuziehen. Ich musste es tun. Für Shaw. „Ich weiß, dass du mich überhaupt nicht kennst, aber ich – Shaw und ich …" Verdammt, was sollte ich ihr sagen? „Shaw ist mein Freund." Okay, in Wahrheit gab es da das ein oder andere kleine Problem. Zum Beispiel die Tatsache, dass er mir keine SMS mehr schickte und mich auch nicht mehr anrief. Aber Shaw war etwas Besonderes. Er verdiente es … Verdammt, er verdiente alles auf dieser Welt! Er verdiente etwas Besseres als mich. Er verdiente es, eine Familie zu haben.

Ich sah es alles vor mir. Beth, die ihn zu ihrer Hochzeit einlud. Und ihn in den Arm nahm. Vielleicht würde er sich in eine ihrer Brautjungfern verlieben. Irgendein Mädchen, die Amy hieß und gerne Angeln ging. Sie würde ihren eigenen Köder mitbringen, und die beiden würden gemeinsam auf dem Anleger an seinem See sitzen und Fische fangen. In einem Jahr würde er sich nicht mal mehr an meine Augenfarbe erinnern.

Mein Gott, wie ich diese Amy hasste!

Ich schluckte und verbannte diese Fantasie aus meinem Kopf. Nervös fuhr ich mir mit der Zunge über die Lippen und sagte mit möglichst fester Stimme: „Das heißt, Shaws Wohlergehen liegt mir am Herzen."

Bei ihr ging sofort der Rollladen runter. „Hat er dich etwa hergeschickt?"

„Nein. Das würde er nie tun, und wenn du ihn wirklich kennen würdest, wüsstest du das auch." In ihren Augen flackerte es. Ich ging einen Schritt auf sie zu und sprach mit leiser Stimme weiter. „Oder vielleicht weißt du es ja sogar. Wahrscheinlich wäre er sogar stinksauer auf mich, wenn er von unserem Gespräch erfahren würde."

Sie senkte den Kopf und seufzte. Als sie wieder aufsah, schimmerten ihre Augen feucht. „Was willst du von mir?"

Wenn ich es bis hierher geschafft hatte, gab es kein Zurück mehr. „Ich ahne mehr, als dass ich weiß, was du durchgemacht hast. Was du und deine Familie durchgemacht haben, aber Shaw … Shaw ist auch deine Familie. Du bist nicht die Einzige, die Adam verloren hat. Shaw hat ihn auch verloren. Und er gibt sich selbst die Schuld daran. Er fühlt sich verantwortlich für Adams Tod. Und wenn du ihn weiter schneidest, nicht mit ihm redest … Er denkt, er hat es nicht anders verdient. Er denkt, er verdient es, allein zu sein. Und du weißt genauso gut wie ich, dass das nicht stimmt."

Beth starrte mich wortlos an.

Ich trat einen Schritt zurück und wischte mir eine feuchte Hand am Oberschenkel ab. „Mehr wollte ich gar nicht sagen."

Ich drehte mich um und wandte mich Richtung Ausgang.

„Emerson."

Ich blieb stehen und warf ihr über die Schulter einen Blick zu. Beth kam auf mich zu und kniff die Augen zusammen. „Er ist nicht mehr allein, oder? Er hat ja dich."

Ich sah sie einen Moment lang an und wartete darauf, dass ich das verleugnete. Aber meine Kehle war wie zugeschnürt. Ich konnte es nicht sagen.

„Du machst dir Sorgen um ihn", fügte sie hinzu.

Ich spürte, wie mir die Tränen kamen und ich nicht mehr sprechen konnte. Selbst wenn ich etwas hätte sagen wollen. Oder können.

Ich drehte mich wieder um, stieß die Tür auf und trat nach draußen in die Kälte.

Am Freitagabend war ich ein Wrack. Mein Gespräch mit Beth hatte alles noch schlimmer gemacht. Ich konnte nicht mehr aufhören, an Shaw zu denken. Voller Sehnsucht und Verzweiflung dachte ich an seinen Mund und daran, wie er mich küsste. Wie er mich ansah. Wie er mir das Motorrad gezeigt hatte, das er gebaut hatte – weil er wusste, dass ich es gut finden würde. Weil ihm meine Meinung wichtig war. Immer wieder nahm ich mein Handy und las seine letzte SMS an mich.

Es war auch nicht besonders hilfreich, dass ich meine freie Zeit überwiegend damit verbrachte, meinem Bild den letzten Schliff zu verpassen, denn dabei konzentrierte ich mich natürlich die ganze Zeit auf sein Gesicht. Ich nannte das Bild „Ein Wintermorgen".

Schließlich war es so weit. Der große Tag war gekommen. Die Ausstellung fand im Student Memorial Center statt, wie im Jahr zuvor auch. Dort gab es genug freie Wände und Platz für Staffeleien. Es war voller als im Jahr davor, aber das wunderte mich nicht – dieses Jahr gab es auch mehr Studierende in diesem Fachbereich.

Ich lächelte und gab mich heiter, als Gretchen mich ihren Eltern und Großeltern vorstellte. Sie waren extra aus Colorado angereist. Ich unterhielt mich mit ihnen, blieb aber in der Nähe meines Werks. Professor Martinelli legte Wert darauf, dass man jederzeit für Fragen zur Verfügung stand.

„Ein Wintermorgen" wurde viel beachtet, was mich freute, aber gleichzeitig auch in Bedrängnis brachte. Es kam mir vor, als würde ich selbst dort an der Wand hängen. Nein, schlimmer noch: Es war nicht ich, die dort hing, sondern Shaw – und zwar so, wie ich ihn sah. Wie er mich emotional berührte.

„Ich bin sehr stolz auf Sie, Emerson." Ich errötete, als meine Professorin neben mir stehen blieb. „Eine wirklich herausragende Arbeit. Eine Freundin von mir führt eine Galerie in

Boston. Falls Sie nichts dagegen haben, würde ich ihr gerne ein paar Ihrer Bilder zeigen." Sie deutete auf meine Leinwand. „Vor allem dieses."

„Wirklich?"

Sie nickte und betrachtete das Bild aufmerksam. „Wenn Sie so weitermachen, sage ich Ihnen eine große Karriere voraus." Sie blinzelte mir zu und ging dann mit klimpernden Armreifen davon.

Ich platzte fast vor Stolz über ihr Lob und ihre Anerkennung – bis mir klar wurde, dass sie weitere Arbeiten wie „Ein Wintermorgen" von mir sehen wollte. Arbeiten also, mit denen ich mein Innerstes nach außen kehrte. Doch genau davor schreckte ich zurück. Ich wusste nicht, ob ich so weitermalen konnte. Ob mir es noch einmal gelänge. Ich hatte emotional zu lange dichtgemacht – bei allem, was mir naheging.

Mein Lächeln fühlte sich plötzlich aufgesetzt und falsch an, doch ich wahrte die Fassung, unterhielt mich und war freundlich. Ich nahm Komplimente entgegen und beantwortete Fragen.

Und dann sah ich ihn plötzlich in der Menge.

Keine zwanzig Meter entfernt. Er lehnte an der Wand und trug seine Bikerjacke. Auf seinen Schultern lag noch eine dünne Schneeschicht. Er wirkte düster vor dem weißen Hintergrund. Unter seiner Lederjacke lugte ein schwarzes T-Shirt hervor. Sein dunkles Haar. Und diese Augen!

Sein Blick war intensiv. Aber er sah nicht mich an, sondern das Bild. Das Bild, das ich von ihm gemalt hatte.

Plötzlich hatte ich das Gefühl, mich übergeben zu müssen. Als er seinen Blick schließlich mir zuwandte, war ich *sicher*, ich würde mich übergeben. Er starrte mich an.

„Entschuldigung", sagte ich zu den Leuten, mit denen ich mich gerade unterhalten hatte. Ich wand den Blick von Shaw ab und gab meinen Füßen den Befehl, sich sofort in Bewegung zu setzen. Ich konnte es einfach nicht ertragen, mit ihm vor diesem Bild zu stehen. Die Vorstellung, Small Talk mit ihm zu machen, während er sein Gesicht auf der Leinwand bewunderte, drehte mir den Magen um. Das ging einfach nicht.

Mir war plötzlich alles zu viel. Er hatte mein Bild gesehen. Da hätte ich mich auch gleich nackt vor ihn stellen können mit einem Schild um den Hals: ICH LIEBE SHAW.

Hektisch schob ich mich durch die Menge, wobei meine Absätze laut auf dem Marmorboden klackerten. Hoffentlich folgte er mir nicht – obwohl ich insgeheim wusste, dass diese Hoffnung umsonst war. Ganz sicher war er nicht hier, um mich nur von Weitem zu sehen. Vor allem nicht, nachdem er dieses Bild entdeckt hatte.

Es war eine Herausforderung, den Raum zu verlassen. Die Ausstellungsfläche war riesig und vollgestopft mit Menschen. Zwischen den Besuchern liefen auch noch Kellner mit Tabletts herum.

Ich sah wahrscheinlich aus wie eine Wahnsinnige, während ich mich panisch durch die Menge schob, als würde mich ein maskierter Killer verfolgen. Immerhin hatte ich es fast zum Ausgang geschafft. Von dort konnte ich eine Abkürzung zu meinem Wohnheim benutzen, die hinter dem Institut für Ingenieurwissenschaften verlief. Shaw war zum Glück nicht mit dem Campus vertraut, diesen Weg würde er nicht kennen. Ich hastete an der Garderobe vorbei, ohne meine Jacke abzuholen. Ich wollte einfach nur raus.

Zwei Schritte trennten mich noch von der Glastür und meiner Freiheit, als mich jemand am Handgelenk festhielt.

„Hey, Emerson. Wusste ich doch, dass du es bist. Was machst du denn hier?“

Ich blinzelte. Es dauerte eine Weile, bis ich den Barista aus dem Java Hut erkannte. Der Typ, der mir letztens eine SMS geschickt hatte.

„Hallo, Jeff. Alles klar?", sagte ich, während er mich an sich zog und umarmte und dabei meinen Rücken streichelte.

„Ja, alles super. Die Freundin von meinem Mitbewohner stellt heute hier aus, und ich habe ihr versprochen zu kommen. Und du?" Bevor ich ihm antworten konnte, legte er seinen Arm um mich und flüsterte mir ins Ohr: „Ich habe dir neulich eine SMS geschickt. Ich dachte, vielleicht könnten wir ..."

Noch bevor er zu Ende gesprochen hatte, stand Shaw mit funkelnden Augen vor uns und fixierte mich mit seinem Blick. Jeff schien gar nicht da zu sein – oder seine Aufmerksamkeit nicht wert.

„Emerson", sagte er und streckte die Hand nach mir aus. „Komm, wir gehen."

Jeffs Griff verstärkte sich. „Hör mal, Kumpel ..."

Shaw drehte sich um. „Ich bin nicht dein Kumpel, kapiert? Und jetzt lass sie los."

Jeff rührte sich nicht, aber ich spürte, wie er plötzlich unsicher wurde. Ein leichtes Zittern verriet ihn.

Ich wollte etwas sagen, doch ich bekam keinen Ton heraus.

Shaws Kiefer war angespannt. Er holte tief Luft, und ich musste einmal mehr seine breite Brust bewundern. Unfreundlich starrte er Jeff an. In diesem Moment sah ich zum ersten Mal den gefährlichen Marine in ihm. „Wenn du nicht sofort deinen Arm wegnimmst, mache ich das."

Die Worte hatten den gewünschten Effekt. Jeff ließ mich los und hielt abwehrend die Hände hoch. „Schon gut, Mann. Alles klar. Ich wusste nicht, dass sie zu dir gehört."

Shaw gab keine Antwort. Er war fertig mit Jeff. Leider war er nicht fertig mit mir.

Schon hatte er mich an der Hand gegriffen und an der Garderobe vorbeigezerrt, vor den Augen einer entgeisterten Studentin. Wir liefen an den Toiletten vorbei um die Ecke, an mehreren Räumen mit Nummern entlang. Büroräume, wie ich vermutete. In diesem Teil des Student Memorial Centers war ich noch nie gewesen. Die Stimmen von der Ausstellung waren kaum noch zu hören. Endlich blieb Shaw stehen. Offensichtlich war es eine Genugtuung für ihn, mit mir allein zu sein. Er drückte mich gegen die Wand.

Dabei sah er mich wütend an, und seine Brust fühlte sich an wie eine Betonmauer. Ich hätte alles erwartet – nur nicht, dass er wütend auf mich war. Wieso auch? Brauchte ich etwa sein Einverständnis, um ihn malen zu dürfen? Eigentlich sollte *ich* wütend auf *ihn* sein, weil er ohne Einladung auf meiner Ausstellung aufgetaucht war. Aber wahrscheinlich war Zorn immer noch besser als Furcht. Eben hatte ich einen Moment lang Angst vor ihm gehabt. Angst mochte ich nicht, Angst durfte ich nicht zulassen. Dann lieber Zorn.

„Diese Nummer gerade war vollkommen unnötig“, zischte ich ihn an. „Danke, dass du mich bloßgestellt hast.“

„Ich habe die Nase voll davon, dass irgendwelche Typen dich betatschen.“

Das hatte ich auch. Und zwar seit dem Moment, als ich ihn kennengelernt hatte. Ich wollte nur noch seine Finger auf mir spüren, aber das würde ich ihm natürlich nicht sagen. Ich hatte an diesem Tag schon genug Demütigung erfahren.

„Beinahe wäre ich gar nicht aufgetaucht. Du reagierst nicht auf mein Klopfen an der Tür und nicht auf meine SMS. Du hast ziemlich deutlich gemacht, dass du mich nicht mehr sehen willst, Emerson.“

Ich schloss die Augen. „Und wieso bist du dann hier?“, flüsterte ich. „Woher weißt du überhaupt von dieser Veranstaltung?“

„Pepper hat davon erzählt."

„Natürlich." Ich lachte verächtlich. In diesem Moment fiel mir nichts Nettes ein, was ich über meine Mitbewohnerin hätte sagen können. Eigentlich hatte ich gedacht, sie wäre auf meiner Seite.

Shaw funkelte mich an. „Fast hättest du mich überzeugt."

Ein Schauer überlief mich, als ich ihn anschaute. So nah stand er vor mir, dass unser beider Atem sich vermischte. Obwohl mir meine innere Stimme riet, es dabei zu belassen, musste ich weitermachen. „Wovon überzeugt?"

„Dass ich besser aufgeben soll. Dass ich dich aufgeben soll. Denn das wolltest du ja." Er wartete, bis seine Worte mich erreicht hatten. „Aber jetzt habe ich das Bild gesehen und weiß es besser."

Ich schüttelte den Kopf und wollte protestieren, doch kein Ton kam heraus.

Plötzlich küsste er mich wild und innig, und ab da war an einen normalen Gedanken sowieso nicht mehr zu denken.

Alles drehte sich. Es gab nur noch Shaw. Und seine fordernden Lippen. Seine Zunge, die mit meiner spielte. Ich schlang die Arme um seinen Nacken, und Shaw presste sich eng an mich. Seine Hände waren überall. Auf meinem Gesicht, auf meinem Hals, auf meinem Körper, meiner Taille. Er hielt mich an meinem Kleid fest.

Shaw küsste mich so wild, dass vor meinen Augen Pünktchen zu tanzen begannen. Mein Kopf kippte nach hinten, und ich fühlte mich schwach und hilflos wie eine Stoffpuppe. Völlig widerstandslos. Ich spürte seine Hände auf meinem Po, und er presste mich noch enger an sich, sodass ich seine Erektion fühlen konnte. Ich stöhnte.

Er blickte mich durchdringend an. „Lass uns von hier verschwinden."

Ich nickte.

Er nahm mich an der Hand und führte mich den Weg zurück, den wir gekommen waren – und zur Tür hinaus. Ich war voll mit Adrenalin, während wir die wenigen Blocks zu meinem Wohnheim liefen. Dennoch fing ich vor Kälte an zu zittern.

„Verdammt, du frierst!“, stellte er fest und blieb stehen. Dann streifte er seine Jacke ab und legte sie mir um. Ich schlüpfte hinein und wurde sofort von seiner wohligen Wärme umfangen und von seinem angenehmen Duft.

Wieder ergriff er meine Hand, und wir rannten weiter. Ich wartete auf die Stimme in meinem Kopf, die mich immer davor warnte, zu weit zu gehen. Aber diesmal meldete sie sich nicht. Da war nur noch Lust, hungrige Verzweiflung – und er, der mich mit sich zog, als wäre man hinter uns her.

Gerade verließ jemand mein Gebäude, und Shaw sprang zur Tür und hielt sie für mich auf. Die zweiundzwanzig Sekunden, die wir auf den Aufzug warten mussten, waren die reinste Folter. Ich hielt seine Hand, spürte seine starken Finger und seinen Pulsschlag – und war nicht mehr Herrin meiner Sinne.

In seinen Augen brannte noch immer dieses Feuer. Ich brannte auch. Endlich war der Aufzug da, und wir stiegen ein. Kaum hatten sich die Türen geschlossen, riss Shaw mich an sich, hob mich hoch und küsste mich, bis meine Lippen taub waren. Keuchend erwiderte ich seinen Kuss.

Ich hörte das *Ping* des Aufzugs gar nicht, als wir mein Stockwerk erreichten. Shaw machte sich von mir los und dirigierte mich zu meinem Zimmer. Mit heftig zitternden Fingern gelang es mir schließlich, meinen Schlüssel aus dem Täschchen zu holen, das ich um mein Handgelenk trug, und aufzuschließen.

Zusammen mit Shaw betrat ich den Raum – und erstarrte. Meine Brust hob und senkte sich, als hätte ich einen Marathon hinter mich gebracht.

„Hey Em, wie lief's?" Georgias Begrüßung war wie ein Schlag ins Gesicht.

„Hi, Georgia. Ganz gut." War diese heisere atemlose Stimme wirklich meine? „Ähm, ich bin zufällig Shaw begegnet." Ich deutete mit einer kraftlosen Bewegung auf ihn. Er hielt immer noch meine Hand und machte keine Anstalten, mich loslassen zu wollen. Er sah aus, als könnte er nicht sprechen.

„Hallo", presste er hervor. „Wie geht's?" Er klang, als hätte er Schmerzen. Ich warf ihm einen hilflosen Blick zu. Vielleicht war das ein Zeichen? Vielleicht sollten wir eine Minute warten und ...

Er schüttelte leicht den Kopf, als könnte er meine Gedanken lesen, und schaute mich mit einem feurigen Blick an.

„Tja ... äh ... Ich wollte sowieso gerade los."

Ich wandte mich Georgia zu. „Du gehst?" Mein Herz schlug wieder schneller.

„Ich wollte zu Harris zum Lernen. Dann habt ihr das Zimmer für euch allein." Rasch schlüpfte sie in ihre Turnschuhe, steckte Bücher und Notebook in ihren Rucksack. Shaw und ich standen da wie bescheuert. Die Spannung zwischen uns war Georgia also aufgefallen.

Sie verschwand nur, weil sie uns Zeit füreinander geben wollte. Ich wusste es, und Shaw wusste es auch. Und sie wusste, dass wir es wussten. Wie dämlich also, so zu tun, als wäre es nicht so! Aber na gut.

Sie schnappte sich ihre Winterjacke vom Haken an der Tür. „Also dann, gute Nacht. Schön, dich mal wiedergesehen zu haben, Shaw."

Er schenkte ihr ein abwesendes Lächeln. „Finde ich auch."

„Ciao, Em."

Und endlich schloss sich die Tür hinter ihr. Wir waren allein.

15. KAPITEL

Ich ließ ihn los und trat einen Schritt zurück. Natürlich war ich ein Nervenbündel. Ich fühlte mich so nackt. Ungeschützt. Er hatte mein Bild gesehen. Ich konnte nun nicht mehr vorgeben, als sei er mir egal, und das war ihm klar. Er würde nicht mehr weggehen, selbst wenn ich es von ihm verlangte.

Aber ich wollte auch gar nicht, dass er abhaute.

Ich nahm mein Handgelenk-Täschchen ab und legte es auf meinen chaotischen Schreibtisch. Er sah mir dabei zu und scharrte mit den Füßen.

„Wie lange hast du an diesem Bild gearbeitet?"

Oh. Er kam direkt zur Sache, wollte mich über das Bild ausquetschen. Ich neigte den Kopf und streifte ihm die Jacke ab, die ich über den Stuhl hängte. Dann zuckte ich mit den Schultern, während ich meine Ohrringe abmachte und ebenfalls auf dem Schreibtisch platzierte. „Ich will nicht über dieses Bild sprechen."

„Nichts sagen. Nichts rauslassen. Das ist dein Motto." Er näherte sich mir langsam, und es schien mir, als ob er mich ertappt hätte. Vorsichtshalber trat ich einen Schritt nach hinten. Verdammt, warum war dieses Zimmer nur so klein! „Aber Schweigen verrät auch einiges, weißt du."

„Ach ja? Und was verrate ich damit?"

„Dass du Angst vor mir hast."

Ich schüttelte entschieden den Kopf.

„Ja", verkündete er und lächelte. „Denn du empfindest etwas für mich."

Mein Herz schlug schneller. „Wir sind ganz schön arrogant, nicht wahr?"

„Mein Gesicht hängt in der Ausstellung an der Wand. Meins. Nicht das von einem anderen Kerl. Gib's zu. Du magst mich."

Ich schnaubte verächtlich. „Vielleicht finde ich dich auch nur … sexy. Ein gutes Objekt zum Malen."

„Du magst mich", wiederholte er, und dann griff er nach hinten und zog sich sein Hemd über den Kopf. Meine Brust begann zu schmerzen, so schön war er. An seinen perfekten Bauchmuskeln konnte man sich vermutlich die Hand brechen.

„Vielleicht will ich dich auch einfach nur vögeln", stieß ich hervor und wedelte mit einer Hand. „Du hast gemeint, ich würde dich noch anbetteln, mich zu vögeln. Ich meine, schau dich an. Du wirkst wie jemand, der gut darin ist."

Seine Augen waren so dunkel, dass seine Pupillen wie erweitert wirkten. Er grinste mich an, und schon an seinem Lächeln erkannte ich, dass ich bei ihm in guten Händen war.

Er musterte mich und sagte dann: „Hübsches Kleid."

„Danke."

Er begann mit dem schmalen blauen Gürtel meines Kleids zu spielen. Es dauerte ein bisschen, bis ich verstanden hatte, dass er nicht nur damit spielte, sondern dass er ihn geöffnet hatte – obwohl das gar nicht so leicht war. Der Gürtel landete auf dem Fußboden.

„Ich wette, es sieht noch schöner aus, wenn du es nicht mehr anhast." Und schon beugte er sich vor und streifte mir das Kleid über den Kopf.

Ich erschauderte. Jetzt stand ich in Slip und BH vor ihm. Schwarzer Satin und Spitze. Er hielt die Luft an. Zwischen uns waren nur wenige Zentimeter, doch er berührte mich nicht. Ich spürte die Hitze seines Körpers, aber Shaw rührte sich nicht. Er sah mich einfach nur mit genießerischem, lustvollem Blick an.

Ich wollte meine High Heels ausziehen, doch er meinte: „Lass sie an."

Ich erstarrte unter seinem Blick, widerstand der Versuchung, mich zu bedecken. Ich war nie schüchtern gewesen –

doch bei Shaw war ich es. Mit ihm war alles anders. Mit ihm war alles neu.

Er schlang die Arme um mich. Ich bewunderte seinen starken Bizeps. Während er weitersprach, presste er seine Stirn gegen meine, und seine Lippen waren dicht an meinem Mund. „Ich nehme alles, was du mir geben willst, Emerson."

Mit beiden Händen umfasste er meinen Po. „Fürs Erste." Schon hob er mich hoch und schlang meine Beine um seine Hüfte. „Lass uns damit anfangen."

Und dann küsste er mich. Heiße, fordernde Küsse, während er mich hinüber zu meinem Bett trug, die Hände immer noch auf meinem Hintern.

Ich hielt ihn fest umklammert, genoss seine Berührung und seine Bewegungen.

Er setzte sich aufs Bett, sodass ich mit gespreizten Oberschenkeln auf seinem Schoß landete. Jetzt umschloss er mein Gesicht mit beiden Händen, und seine Finger glitten durch mein Haar, während wir uns weiter küssten und gar nicht genug voneinander kriegen konnten.

Zu nah gab es plötzlich nicht mehr. Meine Brüste drückten gegen seine Brust. Ich wollte ihn, wollte mehr, wollte ihn spüren. Seine Küsse wurden intensiver, er begann an meinem Hals zu knabbern und mich zu beißen. Seine Zähne schnappten an der empfindlichen Stelle zu, wo Schulter und Hals ineinander übergehen. Der Biss war nicht fest, doch fest genug, um mir ein wohliges Stöhnen zu entlocken.

Schließlich schob er mir die schmalen Träger meines BHs über die Schultern, sodass meine Brüste freigelegt wurden. Er nahm sie in beide Hände, tauchte mit dem Kopf nach unten und ließ eine Brustwarze zwischen die Lippen gleiten, damit er daran saugen konnte.

„Oh Gott!“, stöhnte ich, vergrub meine Hände in seinem Haar und presste ihn an mich. „Hör nicht auf.“

Shaw wechselte zu meiner anderen Brust und entgegnete ungerührt: „Wir fangen gerade erst an. Die Nacht ist noch lang.“

Bei seinen Worten durchrieselte mich ein Schauer – der sich bei der Berührung seines Munds noch verstärkte. Seine Hände waren auf meinem Rücken, öffneten den Verschluss meines BHs, der nun zwischen uns herunterrutschte. Jetzt trug ich nur noch meinen Slip. Shaw fasste mich an den Hüften und dirigierte mich auf seine Erektion. Ich keuchte und spreizte die Schenkel, bewegte mich auf ihm voller Lust. Er fühlte sich großartig an, hart und unnachgiebig, und in mir pulsierte alles. Ich sehnte mich nach ihm und rieb meinen Unterleib willenlos an ihm, vergaß den Rhythmus, in dem ich mich noch bewegt hatte. Mein Höschen wurde feucht. Viel länger konnte ich das hier nicht ertragen. Ich krallte meine Finger in sein Fleisch.

Und dann schaute ich ihn an. „Bitte.“

„Was? Was willst du?“

Ich machte mit zitternden Fingern seinen Gürtel auf. Warum hatte er bloß noch die Hose an? Und ich meinen Slip? Wieso war da noch diese Barriere zwischen uns? „Ich will das. Ich will dich. In mir.“

Ich hatte es ausgesprochen. Und ich bereute es nicht. Ich wollte einfach nur, dass es passierte. Und zwar jetzt.

In einer fließenden Bewegung hob er mich von sich herunter und ließ mich auf die Matratze sinken. Bebend beobachtete ich, wie er aus dem Bett stieg und sich seiner Stiefel und Jeans entledigte.

Dann stand er in einem schwarzen Slip vor mir, der nichts verbergen konnte. Seine Erektion erschien mir riesig. Ich presste die Beine zusammen in dem Versuch, meine Lust zu beschwichtigen. Aber ohne Erfolg. Es gab nur eins, das Abhilfe schaffen konnte: dieses Ding, das ich anstarrte.

Ich stellte mich vor ihn und berührte sanft sein Gesicht, seine Bartstoppeln.

Er verschlang mich förmlich mit seinem Blick. „Emerson", keuchte er und küsste meine Handfläche. Danach zog er mich hoch, bis wir auf Augenhöhe waren.

So bettete er mich auf die Matratze. Ich kam mir klein und zerbrechlich vor, während er sich an meinem Körper herunterküsste. Er war so viel größer als ich, so muskulös und stark, und ich fühlte mich so zierlich. So bewundert. *So geliebt.*

Langsam schob Shaw mir mein Höschen über Schenkel und Knöchel. Widerstand war undenkbar. Kein Wort des Protests meinerseits. Es erschien mir vielmehr, als hätte alles, was ich in meinem Leben bisher getan hatte, zu diesem Moment geführt, zu diesem einen Moment, in dem ich endlich loslassen konnte. Endlich jemandem vertrauen konnte. Und Shaw in mein Leben lassen konnte.

Seine Berührung war so sanft wie die einer Feder. Er streichelte die Innenseiten meiner Oberschenkel, und ich reckte mich ihm entgegen und krallte mich in meine Bettdecke, während er mit dem Finger in mich eindrang.

„Shaw", stöhnte ich, als sein Daumen auf meiner empfindsamsten Stelle landete und sie zu massieren begann. Das hatte er schon mal getan, aber in diesem Augenblick verblasste die Erinnerung, denn diesmal war es noch besser. „Ja, Shaw. Bitte."

„Noch nicht." Er glitt an mir herunter und fing an, mich mit dem Mund zu verwöhnen. Erschrocken fuhr ich in die Höhe, doch Shaw drückte mich sanft wieder nach unten, um dann genüsslich an meinem Kitzler zu lecken und zu saugen.

Ich keuchte und wand mich, denn von diesem einen Punkt aus wurden alle Nerven in meinem Körper elektrisiert. Hilflos vor Lust klammerte ich mich an Shaw fest, vergrub die Finger in seinem Haar. Seine Hände glitten unter meinen Hintern, er hob mich an und hielt mich fest, als sei ich ein besonderer Leckerbissen.

„Bitte, Shaw!"

„Sag's mir, Baby." Ich spürte seine Lippen auf mir, und das ließ mich noch wilder werden. Ich zog ihn an den Haaren, damit er endlich weitermachte. Und dann war seine Zunge wieder da, wo ich sie mir wünschte. Und seine Zähne auch. Ich gab ein lautes, langes Seufzen von mir, sowie er wieder mit einem Finger in mich stieß. Es war unerträglich schön.

„Sag's mir", wiederholte er und glitt mit einem zweiten Finger in mich, tiefer, bis er einen Punkt reizte, der mich regelrecht in den Wahnsinn trieb. Shaw saugte stärker an mir, und plötzlich war es so weit. Mein Orgasmus war da, wurde immer intensiver und schien niemals mehr enden zu wollen.

Ich zitterte noch am ganzen Körper vor Lust, als er schließlich von mir abließ.

„Shaw." Ich stöhnte seinen Namen und krümmte mich auf dem Bett zusammen, während ich ihm dabei zusah, wie er sich von seinem Slip befreite und in seiner Hosentasche zu kramen begann. Schließlich hörte ich etwas knistern, und da war Shaw auch schon wieder zwischen meinen Beinen. Sowie etwas zerriss, wusste ich, dass er ein Kondom geholt hatte, das er sich jetzt überrollte.

Keine Panik. Immer noch nicht. Kein Drang aufzuspringen und wegzurennen. Ich wollte es. Ich wollte ihn. So unglaublich mir das selbst alles vorkam.

Endlich war sein Mund wieder auf meinem, und ich reckte mich ihm entgegen, bot ihm meine Zunge an. Ich spürte ihn hart auf mir, doch er drang noch nicht in mich ein, sondern neckte mich nur. Ich wurde fast verrückt und schob ihm meine Hüfte entgegen. Keuchend bettelte ich: „Bitte. Bitte!"

„Was, Emerson? Was?" Seine Augen funkelten. „Ich werde mich keinen Millimeter bewegen, ehe du es nicht gesagt hast. Was willst du von mir?"

„Ich will dich." Ich grub ihm meine Nägel ins Fleisch.

„Was willst du von mir? Sag es."

„Dass du … mich vögelst." Ich befeuchtete meine Lippen. Plötzlich fiel mir noch etwas anderes ein.

Und als wüsste er es, als könne er meine Gedanken lesen, begann er mein Gesicht zu streicheln. Ich spürte seinen Atem auf meinem Ohr. „Das tue ich, Baby. Doch was noch?" Sobald ich seinen warmen Atem auf meiner Haut wahrnahm, durchfuhr mich ein Schauer. „Sag, was ich noch machen soll. Du weißt schon."

Ich wusste, was er hören wollte. Ich erinnerte mich noch genau daran, was er mir versprochen hatte.

„Liebe mich." War das meine Stimme? Dieses Schnurren kannte ich gar nicht. „Ich möchte, dass du mich liebst."

Er lächelte mich an, etwas verrucht, und ich erbebte. „Gut."

Und plötzlich bestand ich nur noch aus Lust. Da war sein Kopf. Und da sein harter Schwanz. Das Ganze war völlig surreal. Ich umklammerte seinen Bizeps, als wäre er mein Rettungsanker. Mein Blick hastete hierhin und dorthin, ohne etwas zu sehen. Denn ich fühlte nur noch, war aufgeregt und erschrocken zugleich über das, was gerade passierte.

Das, was endlich passierte.

„Mein Gott, Emerson!", presste er stöhnend hervor und verbarg seinen Kopf an meiner Schulter. Sein Mund streifte meine Haut, während er raunte: „Du fühlst dich so gut an."

Seine Hände verschwanden unter meinem Rücken, seine Finger waren auf meinen Schultern, und er zog mich noch enger an sich – falls das überhaupt möglich war.

Und dann drang Shaw in mich ein, ganz tief, zerriss das feine Häutchen meiner Jungfräulichkeit, ging bis an die Grenzen des Möglichen. Dabei hielt er mich ganz fest.

„Oh!“ Ich erschrak über das neue Gefühl und den Schmerz. Gleichzeitig kam ich mir so erfüllt vor wie nie zuvor. Meine Muskeln dehnten sich, um ihm Platz zu schaffen, sie brannten und pulsierten um ihn herum.

Shaw hielt kurz inne und hob den Kopf. „Sieh mich an.“ Ich schaute ihn an. Er schob mir eine Haarsträhne aus der Stirn. Seine Augen funkelten, beinahe sah es aus, als bereute er etwas. „Warum hast du mir das nicht erzählt?“

Ich schüttelte den Kopf, war unfähig zu sprechen, zu sehr bemüht, mich seinem Körper anzupassen und all das zu verarbeiten. Zum Beispiel die Tatsache, dass er in mir noch größer zu werden schien. Wie sich mein Körper anfühlte und welche Empfindungen ich dabei hatte. Wie konnte ich ihm in diesem Moment diese Frage beantworten? Warum ich so große Töne gespuckt hatte, wo ich doch in Wirklichkeit noch Jungfrau war. Das war mein Geheimnis. Gewesen, denn jetzt war es raus. Und jetzt wollte ich die Vorteile meines neuen, nicht jungfräulichen Lebens endlich voll genießen.

Ich wand mich unter ihm und spürte ihn in mir.

„Oh Gott!“, stieß er hervor. „Nicht, Baby. Wenn du das tust, kann ich … Lass das!“

Er zog sich zurück, und diese Bewegung entlockte mir ein Stöhnen. Ich legte ihm die Hände auf den Hintern und schob ihn in mich zurück. Und wieder eine neue Empfindung, die mich aufkeuchen ließ. „Bleib bei mir.“

„Emerson, das mache ich. Anders geht es gar nicht." Seine Arme zitterten. „Aber hör jetzt lieber auf, dich zu bewegen."

„Ich kann nicht." Ich konnte nicht stillhalten, etwas trieb mich an. Sicher war es nicht Erfahrung, die mich die Hüften kreisen ließ auf der Suche nach der wohligen Reibung, die ich gerade gespürt hatte. Aber er machte sich extra schwer auf mir, sodass ich in meiner Bewegungsfreiheit eingeschränkt war. Ich stöhnte vor Enttäuschung laut und klammerte mich an ihn.

Er hob das Becken leicht an und glitt fast vollständig aus mir. Ich erschauderte und hielt seinen Po fest in der Hoffnung, dass er weitermachen würde. Irgendwann würde er sich wieder bewegen und meinen Hunger stillen.

Doch er verharrte in dieser Position. Ich spürte nur die Spitze, und das ließ mich schier verrückt werden. Animalische Laute drangen aus meiner Kehle. Und wie auf Kommando drang er plötzlich tief in mich ein, meine Hüfte fest umklammert. Diesmal tat es nicht weh, sondern fühlte sich nur gut an. „Emerson, du bist perfekt. So schön eng."

Er behielt seinen Rhythmus jetzt bei, langsam und gleichmäßig, vorsichtig, als hätte er Angst, mich zu verletzen, wenn er aufhörte oder schneller würde. Die Reibung machte mich verrückt. Ich nahm wahr, wie sich die Lust in mir aufstaute und immer stärker wurde.

Instinktiv reckte ich das Becken, um ihn noch tiefer in mir zu spüren, immer tiefer, damit er mich von meinem sehnsuchtsvollen Leiden erlöste. „Mehr", flehte ich ihn an.

„Emerson", presste er heiser hervor. „Du hast keine Ahnung, du bist so eng …"

„Ich zerbreche schon nicht", murmelte ich. Dann hob ich den Kopf und biss ihn in die Schulter, und damit hatte ich wohl einen Schalter umgelegt.

„Verdammt!“ Und endlich begann er, sich zu bewegen. Er schob seine Hände unter mich und drückte mich an sich, sodass sich der Winkel veränderte, und plötzlich war alles anders. Ich sah Sternchen, als er den magischen Punkt berührte, schrie seinen Namen, bog mich ihm entgegen und fiel zurück aufs Bett. Und er tat, wonach ich verlangt hatte. Er nahm mich. Vögelte mich. Liebte mich. Erschrocken musste ich feststellen, dass das mehr war als nur Sex. Shaws Bild existierte nicht nur auf meiner Leinwand. Sein Bild existierte in mir. Unauslöschlich. Dieser Mann ging mir unter die Haut, ich hatte ihn im Blut. Er war zu einem Teil meiner Seele geworden.

Ich erbebte – und kam. Er schlang die Arme fest um mich und erreichte ebenfalls seinen Höhepunkt, sein Körper bäumte sich noch mal auf und wurde dann ganz still. Ich rückte dicht an ihn heran, eine Hand in seinem Haar vergraben, die andere lag auf seinem Rücken.

Man hörte unser atemloses Keuchen. Ich wollte ihn nie mehr loslassen und mich nicht den Fragen stellen, die ich in seinen Augen las.

Er drehte den Kopf und drückte mir einen feuchten Kuss auf den Hals. „Emerson.“

Es klang wie eine Frage. Seufzend lockerte ich meinen Griff. Shaw machte sich los und schaute mich kurz an, bevor er aufstand. Ich blickte ihm nach und spürte, wie meine Kehle sich zuschnürte. Hastig zauberte ich ein Lächeln auf mein Gesicht und hoffte, es würde nicht zu künstlich wirken. Danach setzte ich mich auf und griff nach seinem Oberteil, das ich mir überstreifte. Ich zog die Knie an und zuckte kurz zusammen, da ich den Schmerz zwischen meinen Beinen fühlte.

Er beobachtete mich vorsichtig, während er das Kondom entsorgte. Mein Gesicht brannte. Nachdem er ein paar Kleenex aus der Packung auf dem Schreibtisch genommen hatte, kam er zurück zu mir ins Bett. „Lass mich das machen."

Schockiert schüttelte ich den Kopf. „Nein, nein, ich erledige das schon." Ich ergriff die Taschentücher aus seiner Hand und drehte mich halb zur Seite, während ich mich säuberte. Der Blutfleck auf dem weißen Laken erinnerte mich daran, was ich gerade getan hatte. Ich zerknüllte die Tücher und erhob mich, um sie in den Mülleimer zu werfen. Anschließend holte ich mir einen frischen Slip aus dem Schrank.

„Emerson." Seine Stimme. Ich blickte ihn an. Er war so sexy – und immer noch nackt. Keine Spur von Scham in seiner Miene. „Wieso?" Er schüttelte den Kopf, als wüsste er nicht, wo er anfangen sollte.

Ich beschloss, es ihm nicht allzu schwer zu machen, und kam direkt zur Sache. „Ich habe nie behauptet, ich wäre keine Jungfrau mehr."

„Aber du hast jeden – mich – in dem Glauben gelassen, dass du …"

„Was kann ich dafür, was andere Leute denken?" Ziemlich schwach, doch ich wollte nicht noch mehr von mir preisgeben. Für heute Nacht hatte er schon genug erfahren.

„Jetzt komm schon." Er verzog den Mund zu diesem sexy Grinsen. „Und was ist mit Pepper und Georgia? Wussten die es wenigstens?"

Ich konnte seinem Blick nicht standhalten. Georgia und Pepper hatte ich immer in dem Glauben gelassen, ich hätte Erfahrung – jedenfalls hatte ich so etwas in der Art durchblicken lassen.

„Wow! Nicht mal deine besten Freundinnen hatten eine Ahnung?"

„Was spielt das für eine Rolle?", fragte ich schnippisch und schaute ihn an.

„Keine. Ich hätte dich trotzdem gewollt. Ich will dich immer noch.“ Seine Augen begannen zu leuchten. „Aber ich hätte es lieber gewusst, bevor es passierte.“ Er deutete auf uns beide. „Ich hätte dann besser …“

„Es war super.“ Ich ließ mich neben ihn aufs Bett fallen, streichelte seine Brust, sein Tattoo. *Super?* Wie wäre es mit *fantastisch*? „Besser als super. Es war …“ Ich hielt inne, war plötzlich gehemmt. „Es war schön.“

Da beugte er sich zu mir und küsste mich, lang und zärtlich. Als ich diesen Mann zum ersten Mal sah, hätte ich mir niemals vorstellen können, dass er so zärtlich sein konnte. Dass Biker Boy mein Leben verändern würde. *Mich* verändern würde.

Er unterbrach den Kuss und flüsterte: „Keine Geheimnisse mehr. Ich möchte die echte Emerson kennenlernen.“

Die echte Emerson. Diese Vorstellung versetzte mich in Panik. War das möglich? Konnte ich ehrlich sein mit ihm? Ich nickte, fest entschlossen, es zu versuchen. Immerhin hatte ich es bis hierhin geschafft.

„Gut.“ Er richtete sich auf und knipste die Lampe aus, wobei ich mal wieder seinen herrlichen Bizeps bewunderte.

Danach legte er sich neben mich, und ich spürte seinen warmen männlichen Körper an meiner Haut. Ich fragte: „Was hast du vor?“

„Ich bleibe heute Nacht hier.“

Ich schluckte und dachte über meine eiserne Regel nach. Die Nacht mit einem Kerl zu verbringen war ein absolutes No-Go. Eine meiner Grundregeln. Aber eine ähnliche Regel hatte ich auch für Sex aufgestellt – und sie gerade gebrochen. Also seufzte ich und kuschelte mich an Shaw.

Es war wohl eine gute Nacht, um Regeln zu brechen.

16. KAPITEL

Ich wurde durch ein hartnäckiges Klopfen geweckt. Blinzelnd richtete ich mich im Bett auf. Shaw war bereits aufgestanden und knöpfte sich gerade die Hose zu. Fasziniert sah ich ihm dabei zu. Oder besser gesagt – ich starrte ihn unverhohlen an. Durch die Jalousien fielen ein paar Sonnenstrahlen herein und beleuchteten seinen wunderschönen Körper. Er war so sexy. Alles an ihm strahlte Kraft aus. Ich wurde rot, als ich daran dachte, wie sich dieser Körper mit meinem vereinigt hatte, wie mühelos Shaw mich hochgehoben hatte. Diesen Körper hatte er sich nicht im Fitnessstudio antrainiert, sondern als Sportler und bei den Marines. Er hatte hart gearbeitet. An ihm war alles echt. Er war kein Junge, er war ein Mann. Der Mann, der mir zum ersten Mal in meinem Leben das Gefühl gab, eine Frau zu sein.

Das Klopfen ertönte erneut und versetzte mich in Aktion. Ich kam auf die Füße, riss mir sein T-Shirt vom Leib und warf es ihm zu. Er grinste und verschlang mich förmlich mit Blicken, während ich nur in der Unterhose zu meinem Schrank sprang.

Ich schlüpfte in eine Yogahose und ein Sweatshirt mit der Aufschrift „University of Dartford“, während er sich sein T-Shirt überstreifte. Ein Blick auf die Uhr verriet mir, dass es Viertel vor neun war. Keine Ahnung, wer das war, aber unsere Wohnheimverwalterin machte gerne Gebrauch von ihrem Generalschlüssel. Falls es Heather war, wollte ich unter keinen Umständen, dass sie mich halb nackt mit einem Mann erwischte.

Ich schob mein Haar nach hinten und öffnete die Tür. Vor mir stand ein Mädchen, das ich noch nie gesehen hatte.

Sie hielt den Riemen ihrer Tasche umklammert und musterte mich mit großen Augen. „Emerson?“

„Äh … ja?“

Sie streckte mir ihre Hand hin. „Ich bin Melanie, Justins Verlobte.“

Mir wurde heiß und kalt. Justins Verlobte. Was wollte die denn hier? Ich warf über die Schulter einen Blick zu Shaw. Er beobachtete uns neugierig.

Sie folgte meinem Blick und entdeckte ihn. Ihre Wangen wurden rot. So *gesund*. Dieses Wort kam mir spontan in den Sinn. Dieses Mädchen war süß und gesund. Und sie heiratete Justin. Igitt! Das war so ekelhaft wie Banane auf einem Erdnussbutter-Sandwich.

„Oh, hallo.“ Sie winkte ihm zu.

Shaw trat einen Schritt vor und streckte ihr die Hand hin. „Hallo, ich bin Shaw.“

Sie entspannte sich sichtlich und schüttelte ihm die Hand. Ich war nicht so höflich gewesen, zu sehr hatte mich ihre Anwesenheit überrascht. „Melanie.“

„Ich bin Emersons Freund“, stellte Shaw sich vor.

Ich schaute ihn an und vergaß kurz, dass Justins Verlobte vor mir stand. Er sah mich liebevoll an, als hätte er gerade nicht etwas Skandalöses von sich gegeben. *Mein Freund?* Ich hatte noch nie einen Freund gehabt. Natürlich hatte es Jungs in meinem Leben gegeben, aber nie einen festen Freund. Dass Shaw den Umstand beim Namen nannte, schockierte und faszinierte mich irgendwie.

„Oh!“ Dieser kleine Laut riss mich aus meinen Gedanken. Ich wandte mich wieder Melanie zu. „Schön, dich kennenzulernen, Shaw.“

Plötzlich war ich wütend und fragte sie so nett wie möglich, obwohl mein Tonfall sicher andere Schlüsse zuließ: „Melanie … Was machst du hier?“

Wieder errötete sie. „Ich weiß, ich platze hier einfach so

rein …“ Sie schüttelte den Kopf und lächelte matt. „Es ist schlimmer, als ich es mir vorgestellt habe.“

Plötzlich fing sie an, in ihrer Handtasche zu kramen, und zog dann zwei Umschläge heraus. „Wahrscheinlich hast du die schon bekommen. Wir hatten sie per Mail verschickt. Das sind die Einladungen zur Hochzeit und zum Probeessen am nächsten Wochenende.“

„Ich weiß“, sagte ich. „Hab ich bekommen.“

„Ja, na ja … Es wäre schön, wenn ihr dabei wärt. Justin und deine Mutter … Also, sie haben mir alles erzählt.“

Ach wirklich?

„Hat meine Mutter dich geschickt? Oder Justin?“

Sie riss die Augen auf. „Niemand hat mich geschickt. Aber die beiden wissen, dass ich hier bin. Es bricht deiner Mutter das Herz, dass du nicht kommen willst.“

Ich unterdrückte ein verächtliches Schnauben. Damit man meiner Mutter das Herz brechen konnte, müsste sie erst mal ein Herz haben. „Was hat sie dir gesagt?“

„Dass ihr beide euch vor einer Weile gestritten habt.“

Sagen wir, vor fünf Jahren.

„Ich weiß, dass es mich nichts angeht. Ich will mich auch nicht einmischen. Es würde ihr und Justin nur so viel bedeuten, wenn du dabei wärst. Und mir auch. Ich bin Einzelkind … und hatte mich schon darauf gefreut, eine Schwägerin zu haben.“

Melanie lächelte wieder ihr unsicheres Lächeln und wusste offenbar nicht, wohin mit ihren Händen. Sie war schüchtern und ehrlich, und ich musste mich schwer zurückhalten, diesem Mädchen nicht zu raten, sich am besten von meinem Stiefbruder fernzuhalten. Ich wollte sie warnen, dass sie in eine schlimme Familie hineinheiratete. Mom. Justin. Dieser Wurm von einem Stiefvater. Sie waren eine Familie aus der Hölle. Aber ich wäre verrückt, Melanie das zu sagen. Denn dann würde ich ihr auch die Gründe dafür erklären müssen, dass alles so war, wie es war. Und darauf hatte ich keine Lust. Vor allem nicht, solange Shaw da war.

Nicht zum ersten Mal kam mir der Gedanke, dass sich mein Stiefbruder vielleicht geändert hatte. Diese Möglichkeit – diese Hoffnung – hatte ich bereits seit seinem Anruf erwogen. Melanie schien jedenfalls nicht dumm zu sein. Sie würde sich sicher nicht auf eine Ehe mit einem Mann einlassen, den sie nicht wirklich kannte. Mittlerweile wusste sie wahrscheinlich besser über Justin Bescheid als ich. Denn ich konnte nicht behaupten, dass ich meinen Stiefbruder gut kannte. Ich wusste nur, was vor fünf Jahren geschehen war und was ich davon zu halten hatte.

„Also, nimm sie einfach, falls du die anderen nicht mehr hast." Sie reichte mir die Einladungen. „Du kannst Shaw gerne mitbringen." Sie lächelte ihn an. „Es wird sicher schön. Es gibt ein tolles Menü. Dad hat ein paar Strippen gezogen und den diesjährigen Gewinner des James-Beard-Koch-Stipendiums für unsere Hochzeit engagieren können."

„Klingt ja toll", murmelte ich.

„Das Probeessen findet im Four Seasons am Park statt. Darauf hat deine Mutter bestanden. Wahrscheinlich wird das Essen dort noch besser sein als auf der Hochzeit." Melanie zögerte, bevor sie sich anschickte zu gehen. Dann umarmte sie mich. „Ich hoffe, dass wir Freundinnen sein können, Emerson." Dabei berührten ihre Lippen mein Haar.

Ich tätschelte ihr unbeholfen den Rücken. *Verdammt!* Warum war sie so nett?

Sie ließ mich los, und ihre Wangen waren wieder gerötet. Sie war echt so ein Mädchen. „Also, hoffentlich sehen wir uns bald. Auf der Hochzeit oder an Ostern."

An Ostern? Dachte sie etwa, ich würde die Feiertage bei meiner Mutter verbringen? Statt sie aufzuklären, nickte ich nur. „Tschüss." Melanie winkte uns noch einmal zu und verschwand dann. Ich schloss die Tür.

Shaw sah mich fragend an. „Was war das denn?"

Ich zuckte die Achseln. „Familie."

„Ja. Offensichtlich sollst du eine Hochzeit mit deiner Anwesenheit krönen."

„Werde ich nicht tun." Ich ging zu meinem Schrank und holte meinen Duschbeutel, immer noch ziemlich irritiert von Melanies Besuch. Irgendwie musste ich mich ablenken.

Shaw streckte die Hand aus und hielt mich auf. „Klingt so, als würdest du mir etwas verschweigen."

Wieder zuckte ich die Achseln. „Ich bin nicht so eng mit meiner Mom. Und erst recht nicht mit meinem Stiefbruder." Ich griff nach meinem Bademantel.

„Wieso?"

Wieso?

Es war eine schlichte Frage, aber die Beantwortung war mit Schmerz verbunden. Ich sah Shaw an, und meine Brust schnürte sich zusammen. Zum ersten Mal verspürte ich das Bedürfnis, mich jemandem anzuvertrauen und die Geschichte zu erzählen, die ich all die Jahre für mich behalten hatte. Vielleicht lag es an letzter Nacht. Vielleicht auch daran, dass er sowieso schon mehr über mich wusste als alle anderen. Er war meinem wahren Ich näher gekommen als sonst ein Mensch. Ob ich es ihm also anvertrauen sollte?

Offensichtlich sah er mir an, dass etwas nicht stimmte, denn er baute sich vor mir auf und streichelte meine Arme. „Hey, alles okay. Du kannst es mir erzählen, Em. Ich möchte es wissen. Du kannst mir alles erzählen."

Ich nickte, während mir die Tränen kamen. Er schob mich zum Bett und zog mich auf seinen Schoß.

„Ich bin so kaputt", presste ich schluchzend hervor.

„Hey. Schon gut." Er streichelte zärtlich mein Gesicht und wischte mir die Tränen ab. „Ich wollte dich nicht zum Weinen bringen."

Ich schniefte laut. Und konnte es nicht fassen, dass ich heulte. Ich war nicht der Typ Frau, der vor einem Mann heulte. So schwach war ich nicht.

„Das warst nicht du." Ich schniefte wieder und wischte mir die Nase. „Sie ist nur …" Ich deutete auf die Stelle, wo eben noch Melanie gestanden hatte. „Sie wirkt so nett."

„Ja." Er nickte und betrachtete mich besorgt.

Ich holte tief Luft. „Ich kann nicht glauben, dass sie Justin heiratet. Der Typ ist so ein Fiesling." Ich atmete aus und schüttelte den Kopf. „Nein. Ich schiebe immer alle Schuld auf meinen Stiefbruder, aber eigentlich ist nicht er es, der mich zu dem gemacht hat, was ich bin." Ich zeigte auf mich.

„Und was bist du?" Shaws Finger berührten mich sanft wie eine Feder, und mein Herz tat einen kleinen Sprung. „Denn ich mag, was du bist."

Ich schnaubte. „Ich bin das wilde Partygirl, das gerne flirtet und einen auf dicke Hose macht, das aber in Wahrheit nur eine totale Luftnummer ist. Ich habe Männern immer nur was vorgemacht, es nie ernst gemeint." *Bis du kamst.*

Er sagte nichts, sondern sah mich nur an. Ich lachte bitter. „Da hilft kein Leugnen."

Er nickte kurz. „Ich dachte bei mir, das läge daran, dass du weniger Erfahrung hast, als du zugeben willst. Was ich übrigens schon vor letzter Nacht geahnt habe. Die Frage ist nur – wieso? Wieso machst du das?"

Ich holte tief Luft. Verdammt, jetzt hatte er mich. Jetzt würde er mich über all die unverarbeiteten Erlebnisse in meinem Leben ausquetschen. Okay, ich hatte mich darauf eingelassen. Jetzt gab es kein Zurück mehr. „Ich habe das gemacht, weil ich dadurch das Gefühl hatte, alles unter Kontrolle zu haben. Es war ein gutes Gefühl, den Ton anzugeben und die Kerle zu manipulieren." Dabei hatte ich in Wirklichkeit gar nichts im Griff. Meine Eltern wollten mich nicht um sich haben. Meiner Mutter war alles andere wichtiger als ich. Das war schon immer so gewesen. Mit fünfzehn hatte ich erfahren, wie wenig ich ihr wert war. Es war eine harte Lektion gewesen, besonders in diesem Alter. Bis dahin hatte ich immer geglaubt, Mütter würden ihre Töchter beschützen. Nicht meine. Damals war meine Welt aus den Angeln geraten und befand sich seitdem im Ungleichgewicht.

Ich seufzte und sah Shaw an. Ich war selbst überrascht, dass ich ihm das alles anvertrauen konnte. Und ich war auch erleichtert. Endlich konnte ich wieder durchatmen – so fühlte es sich jedenfalls an. „Mit dir ging das nicht."

„Emerson", sagte er sanft und nahm meinen Arm. „Was ist passiert?"

„Als meine Mutter ihren neuen Mann kennenlernte, wohnte ich noch bei ihr. Erst nach dieser Sache zog ich zu meinem Dad. Nachdem sie Don den Vorzug vor mir gab." Ich schniefte wieder und erinnerte mich voller Bitterkeit an den Morgen, an dem ich zu Mutter gegangen war und ihr gesagt hatte, dass Justin mitten in der Nacht in meinem Zimmer aufgetaucht war. Er war von einem Abend bei Freunden zurückgekommen und hatte total nach Alkohol gestunken. Wahrscheinlich konnte ich dankbar sein, dass er so betrunken gewesen war. Das hatte ihn schwerfällig gemacht.

„Nach welcher Sache? Was ist passiert?"

„Zuerst dachte ich, mein Stiefbruder Justin wäre nett. Er war immer so aufmerksam. Er war damals zwanzig und fuhr ein cooles Auto. Alle meine Freundinnen fanden ihn süß. Ich war fünfzehn. Ein Einzelkind. Und plötzlich hatte ich einen coolen älteren Bruder."

Shaws Miene verhärtete sich, und ich wusste, dass er die Richtung schon ahnte, die meine Erzählung nehmen würde. Aber er sagte nichts, sondern forderte mich lediglich mit einem Nicken auf, weiterzusprechen.

„Am Anfang waren es nur Kleinigkeiten. Er fasste mich an, strich mir die Haare aus dem Gesicht oder solche Dinge. Dann kam er zufällig rein, wenn ich im Bad war, oder spazierte einfach in mein Zimmer. Und tat dann immer so, als wäre es ein Versehen."

„Was für ein Mistkerl!"

„Ich erzählte meiner Mutter davon, aber sie meinte, das wäre albern. Und dann kam Silvester. Es war sehr spät. Ich war bis Mitternacht aufgeblieben und ging dann ins Bett. Irgendwann kam er betrunken in mein Zimmer. Was noch das Beste daran war, schätze ich. Denn er war ziemlich unkoordiniert, sodass ich mich wehren konnte. Ich hatte Glück. Bevor etwas Schlimmeres passieren konnte, verlor er das Bewusstsein. Ich ließ ihn neben meinem Bett liegen und verkroch mich ins Gästezimmer. Mit abgeschlossener Tür. Mom und Don waren in dieser Nacht nicht zu Hause, sondern ausgegangen."

Shaws Augen hatten einen ungewöhnlichen Glanz angenommen. „Der Typ gehört eingesperrt. Was hat deine Mutter gemacht, als sie nach Hause kam?"

Ich zuckte die Achseln. „Nichts. Sie sagte zu mir, selbst wenn etwas passiert wäre, würde ich aus einer Mücke einen Elefanten machen. Im selben Atemzug informierte sie mich darüber, dass sie Don heiraten würde. Daher müsste ich lernen, von nun an mit Justin zurechtzukommen."

„Oje, Emerson." Er nahm mein Gesicht in seine Hände und streichelte mich.

„Das hat mir am meisten wehgetan, weißt du? Gar nicht so sehr das, was mein Stiefbruder versucht hat. Der Typ bedeutet mir nichts. Aber meine Mutter? Ihr Verrat war das Schlimmste. Meine eigene Mutter! Sie muss mich doch beschützen! Was habe ich getan, dass sie …?“

„Du hast nichts falsch gemacht.“ Sein Streicheln wurde intensiver. „Baby, in ihr muss etwas zerbrochen sein. Jede normale Mutter würde ihr Leben dafür geben, um ihr Kind zu beschützen.“

Ich nickte und sah weg. In meinen Augen brannten Tränen.

„Das würde ich jedenfalls tun, Emerson. Ich würde sterben, wenn ich dich dadurch beschützen könnte.“

Ich sah Shaw an, und mein Herz zog sich zusammen. Es war schön, diese Worte zu hören. Wahrscheinlich hatte ich mich danach gesehnt, so etwas endlich zu hören. Und zu wissen, dass es jemanden gab, der für mich kämpfen würde. Dass es jemanden gab, der mich so sehr liebte, dass …

Ich löschte hastig den Gedanken, bevor ich ihn zu Ende gedacht hatte. Noch hatte niemand das L-Wort gesagt. Er schon mal gar nicht. Diesen Gedanken ließ ich auch nicht zu. Shaw war ein Marine. Er hatte es gelernt, andere zu beschützen. Das war alles – mehr musste ich da nicht hineininterpretieren.

Er küsste mich. Ich spürte seine warmen Lippen auf meinen und erwiderte seinen Kuss, legte all mein Gefühl hinein, all die Verwirrung, die Melanies Besuch ausgelöst hatte, all die Emotionen, die mein Geständnis in mir geweckt hatten.

Shaw hielt meinen Kopf fest, während ich mich an ihn drückte und voller Wonne wahrnahm, wie schön es sich anfühlte, wenn meine Brüste ihn berührten. Ich schlang die Arme um seinen Nacken. Schon landeten wir auf dem Bett, ich auf ihm, unsere Münder aufeinander. Die Leidenschaft drohte uns schon wieder zu übermannen.

Doch unvermittelt hielt er inne und schaute mich an. „Du gehst auf keinen Fall zu dieser Hochzeit.“ Er sah mich mit entschlossenem Blick an.

„Das hatte ich auch nicht vor.“

Seine Miene war sorgenvoll, als glaubte er mir nicht wirklich. Doch er nickte. „Gut. Ich möchte auf keinen Fall, dass du in der Nähe deines Stiefbruders bist.“ Ein paar meiner Haarsträhnen lösten sich und baumelten zwischen uns, und er schob sie zurück und fügte hinzu: „Vielleicht habe ich nicht das Recht, einen Anspruch auf dich zu erheben, aber …“

Ich machte mich kurz von ihm los. Niemand sagte mir, was ich zu tun und zu lassen hatte. Ich war lange genug auf mich allein gestellt gewesen – ich brauchte keinen Mann, der mich kontrollierte. Es war eine Sache, mit Shaw zu schlafen, aber er konnte mir nicht vorschreiben, was ich tun sollte. Wenn ich das zuließ, hatte ich wirklich jegliche Kontrolle abgegeben.

Er atmete schwer. Offensichtlich schien er meine Reaktion richtig zu interpretieren. „Ich weiß, das klingt jetzt nach Kontrollfreak.“

Ich erinnerte mich plötzlich, wie er in diesem Club vor mir aufgetaucht war und mir erzählt hatte, ich hätte genug getrunken, und mich dann weggezogen hatte. Schnell schüttelte ich den Kopf, weil ich jetzt nicht daran denken und das zarte Band nicht zerstören wollte, das gerade zwischen uns entstanden war. „Das Ganze ist sowieso kein Thema, weil ich eh nicht hingehen werde.“

Er streichelte meine Wange. „Es geht nicht nur um deinen Stiefbruder, sondern auch um deine Mutter. Sie hat dich als Tochter nicht verdient, Em. Und ich traue ihr nicht – sie wird dich wieder verletzen.“

Okay, er war ein Kontrollfreak und selbstherrlich und machte mich verrückt vor Lust – aber er war auch wunderbar.

Er interessierte sich für mich. Ich war ihm nicht egal. Ich hatte ihn in mein Leben gelassen mit dem Ergebnis, dass er sich wirklich um mich sorgte. Da war ein Anzeichen von … Keine Ahnung. Von Besitzerstolz vielleicht. In seinen Worten und in seiner Miene. Als würde ich jetzt zu ihm gehören. Oder wir zueinander. *Mein Gott!* Wahrscheinlich wünschte ich mir das Gleiche. Dieser Mann war auf allen möglichen Ebenen eine Versuchung. Es war sehr verlockend für mich, mich in ihm zu verlieren und ihn zu meinem Beschützer zu erheben.

Nur leider war es nicht ganz so einfach. Ich schüttelte kurz den Kopf, um wieder einen klaren Gedanken fassen zu können. Sie war nun mal meine Mutter – daran war nicht zu rütteln. Davor konnte Shaw mich nicht retten. Er konnte mich vor nichts retten, was in meinem Leben schiefgelaufen war. Aber immerhin wollte er es versuchen, und das rührte mich. Ich nahm sein Gesicht in meine Hände und streichelte sanft seine Wange. Genoss es, die sprießenden Bartstoppeln zu fühlen.

Plötzlich ging die Zimmertür auf, und Georgia kam herein. „Oh, Entschuldigung“, murmelte sie. „Ich hätte dir eine SMS schicken sollen. Ich wusste nicht, dass du noch Besuch hast.“ Sie drehte sich schnell um, aber ich erhaschte dennoch einen Blick auf ihr böse verquollenes Gesicht – und das war noch milde ausgedrückt. Ihre Augen waren blutunterlaufen und aufgequollen.

„Georgia!“ Ich sprang von Shaws Schoß und rannte zu ihr. „Was ist denn passiert? Was hast du?“

Sie schüttelte nur den Kopf und versuchte, sich von mir abzuwenden. Ich hielt sie an beiden Armen fest und drehte sie sanft zu mir um. Sie vergrub sofort das Gesicht in den Händen und murmelte zwischen den Fingern hervor: „Ich wollte euch nicht stören …“

„Georgia, sag mir jetzt sofort, was passiert ist", forderte ich sie auf.

„Harris."

„Was ist mit ihm? Ist er okay?"

„Oh, keine Sorge. Ihm geht es bestens." Sie lachte abgehackt. „Es ist aus. Er hat Schluss gemacht. Nach fünf Jahren. Einfach so. Und weg ist er."

Ich holte tief Luft. „Was? Und wieso auf einmal?"

„Ich bin ihm angeblich zu langweilig. Er hätte lieber eine abenteuerlustigere Frau. Ist das zu glauben? Und weißt du, was? Er hat sie schon gefunden. Er hat mich mit einem Mädchen aus seinem Wirtschaftskurs betrogen."

„Dieses Arschloch!", explodierte ich.

Shaw berührte mich am Arm. „Ich geh dann mal lieber." Er küsste mich rasch auf die Lippen und warf Georgia einen mitfühlenden Blick zu. „Ich funk dich nachher an, Em."

Ich nickte und sah zu, wie er das Zimmer verließ. Dann wandte ich mich wieder Georgia zu.

Sie schniefte, als die Tür ins Schloss fiel. „Du und Shaw … Das sieht gut aus."

„Jetzt geht es nicht um mich, Süße." Ich rieb ihr tröstend den Rücken.

„Ich will aber lieber über dich sprechen. Ich bin so froh, dass du endlich jemanden gefunden hast." Sie lächelte. Es ging ihr wirklich mies, aber sie war offensichtlich froh über jede Ablenkung. „Jetzt bin ich wohl der Single von uns dreien."

Ich zog sie an mich und umarmte sie. „Vielleicht hat er gerade nur Stress, und ihr könnt euch aussprechen und …"

„Er hat eine andere, Em."

Ich zuckte zusammen. „Okay. Na gut. Ihr wart lange zusammen. Er wird sich mies fühlen ohne dich. Und wieder zur Vernunft kommen. Vielleicht wird er …"

„Emerson. Ich weiß zu schätzen, was du da sagst, aber es ist vorbei. Du hast sein Gesicht nicht gesehen. Das war's."

Ich nickte und hatte plötzlich einen Kloß im Hals. Wegen Georgia. Wegen der Traurigkeit, die sie empfand. Ich hasste es, wenn man ihr wehtat. Das hatte sie nicht verdient – und trotzdem war es so.

Ich nickte resolut. „Ich weiß, das ist jetzt das Letzte, was du hören willst, aber … Ich wusste immer, dass du zu gut für ihn bist." Ich sah sie nervös an und biss mir auf die Unterlippe. „Ich würde sagen …"

Sie lachte matt. „Sag's mir."

„Du wirst schon sehen. Es ist im Moment schwer zu glauben, aber …"

„… ich werde mich noch freuen, dass es so gekommen ist? Dass es das Beste für mich ist?"

Ich schüttelte den Kopf. „So eine hohle Scheiße würde ich nie sagen." Selbst wenn ich sie dachte. Selbst wenn ich fand, dass Georgia ohne Harris viel besser dran war. So unsensibel war ich nicht. „Nein, das wollte ich nicht sagen." Ich strich ihr die Haare hinters Ohr. „Ich wollte sagen: Wie wär's mit Pfannkuchen?"

Sie lächelte schwach. „Mit Chocolate Chips?"

„Gibt es auch andere?"

17. KAPITEL

Ein Eichhörnchen? Machst du Witze?" Georgia schaukelte auf dem Bett hin und her und drückte eine Packung Lakritze an sich. Ihrer Meinung passte das Zeug so hervorragend zu chinesischem Essen, wie Milch und Kekse zusammenpassten. Und da sie sich gerade in einer akuten Trauerphase befand, wollte ich ihr nicht widersprechen.

Pepper saß neben Georgia auf ihrem Bett und tröstete sie, während ich mich auf meinem Bett lang gestreckt hatte. Zwischen uns standen mehrere Kartons vom China-Restaurant Golden Palace, und im Fernsehen lief eine Folge „Law and Order". Die einzige Alternative zu den romantischen Komödien auf den anderen Sendern.

„Kein Witz! Der Typ war als riesiges Eichhörnchen verkleidet." Ich fuchtelte wild gestikulierend mit den Händen durch die Luft. „Und er rammte mich dauernd mit seinem Eichhörnchen-Penis!" Ich demonstrierte meinen Mitbewohnerinnen gekonnt, wie er es gemacht hatte. „Also, es war eher so eine Art Bodycheck."

Pepper riss die Augen auf. „Ein Eichhörnchen-Penis? Wie sah der denn aus? Ich meine – hatte er Eichhörnchen-Größe?"

Ich setzte mich wieder auf und schüttelte den Kopf. „Also ich bin keine Expertin für Eichhörnchen-Penisse, aber dieser …" Wieder gestikulierte ich. „… war ungefähr so groß. Ich würde also mal sagen: Nein."

„Im Ernst?" Peppers Hand mit dem Popcorn schwebte reglos vor ihrem Mund in der Luft. „Da sind aber garantiert alle Eichhörnchen-Weibchen schreiend weggelaufen!"

„Vor allem wäre *ich* gern schreiend weggelaufen!"

„Hört auf jetzt! Ich krieg schon keine Luft mehr vor Lachen!", prustete Georgia.

„Und danach wolltest du nicht mehr bleiben?“, fragte Pepper. „Der berüchtigte Kink Club war also nicht, was du dir vorgestellt hast?“

Ich zuckte mit den Schultern. „Nicht alles war so absurd. Es gab auch ein paar …“ Ich suchte nach dem passenden Wort, während ich an die Geräusche dachte, die man von oben gehört hatte. „… interessante Aktivitäten für die etwas Abenteuerlustigeren.“

Georgias Lächeln verschwand. *Verdammt!* Falsche Wortwahl. Sie hatte uns in allen Details erklärt, welche Gründe Harris ihr genannt hatte, warum er mit ihr Schluss gemacht hatte. Sie war zu vorhersehbar, unspektakulär und insgesamt zu langweilig. Dieser miese Wichser! Und er hatte ihr auch noch gesagt, dass er den Sex mit ihr scheiße fand.

Pepper sah mich an und formulierte stumm. *Super gemacht.*

Ich schaute sie hilflos an und fühlte mich elend.

„Vielleicht sollte ich mal dahingehen“, meinte Georgia in diesem Moment, rollte sich auf den Rücken und legte einen Arm über die Stirn. „Vielleicht würde ich dort lernen, wie man weniger langweilig ist.“

„Du? In den Kink Club?“ Pepper rümpfte die Nase.

„Siehst du!“ Georgia zeigte mit dem Finger auf sie. „Du findest mich auch total langweilig! Genau wie Harris.“

„Das stimmt nicht“, stritt Pepper ab.

„Georgia“, entgegnete ich sanft. „Wieso solltest du dahingehen wollen? Du musst niemandem etwas beweisen.“

„Ganz genau“, eilte Pepper mir zu Hilfe. „Oder glaubst du, du wirst dadurch Harris zurückbekommen? Ohne den Typen bist du echt besser dran.“

Ich nickte. Pepper und ich hatten über das Wochenende unser Bestes getan, um Georgia aufzumuntern. Das volle Programm. Chinesisches Essen, Kino, mitternächtliche Milkshakes. Suzanne war teilweise auch mit dabei, aber sie musste eine Gruppenarbeit vorbereiten, und so waren wir meistens zu dritt gewesen.

„Oje. Ich muss diese Woche jeden Tag joggen“, stellte Georgia fest und warf ihre Essstäbchen in einen der Kartons.

Auf dem Regal neben meinem Bett vibrierte mein Handy. Sofort beschleunigte sich mein Herzschlag in der Hoffnung, dass Shaw es sein könnte.

Seit er gegangen war, hatte ich nichts mehr von ihm gehört – eine Tatsache, für die es zwei mögliche Erklärungen gab. Erstens: Er hatte bekommen, was er wollte, und war durch mit mir. Oder zweitens: Er wollte mir Zeit mit Georgia geben. Irgendwie wusste ich, dass Punkt eins nicht zu ihm passte. Er war keiner, der andere Menschen benutzte. Und er war alles andere als unehrlich. Wenn er nur eine Affäre mit mir wollte, hätte er mich das wissen lassen. Ich warf einen Blick aufs Display.

Ich hatte recht gehabt – und grinste wie ein Honigkuchenpferd.

Shaw: Du fehlst mir.

Ich grinste immer noch, als seine nächste Nachricht kam – ohne dass ich ihm hatte antworten und schreiben können, dass es mir genauso ging.

Shaw: Wie geht's Georgia?

Ich: Gut.

Shaw: Gut genug, dass du sie allein lassen kannst? Mein Bett ist zu groß für mich allein. Es braucht dich. Ich brauche dich.

„Meine Güte, sie wird rot! Das habe ich ja noch nie gesehen! Was schreibt denn Lover Boy?", fragte Pepper.

Mein Gesicht brannte. „Hör auf damit."

„Ich hätte ja nie gedacht, dass das mal passieren würde. Emerson ist verliebt!" Georgia lächelte beinahe traurig. Ich wusste, dass sie sich für mich freute, aber es musste ihr schwerfallen, meine und Shaws Liebe aufblühen zu sehen, während ihre Liebe gerade verwelkt war. Ich kam mir ein bisschen schuldig vor, obwohl ich wusste, dass sie mir kein schlechtes Gewissen machen wollte.

Ich tippte.

Ich: Nicht heute Abend.

Shaw: Verstehe. Du bist eine gute Freundin.

Ich lächelte. Er hatte Verständnis und versuchte nicht, mir ein schlechtes Gewissen zu machen. Dieser Mann war wirklich selbstlos. Oder doch nicht so scharf darauf, mich zu sehen. Nicht so scharf darauf, wie ich es war. Ich spürte, wie mein Lächeln erstarb. Igitt! Dieses Beziehungsgedöns konnte einen wirklich wuschig machen.

Shaw: Lass uns diese Woche ausgehen.

Ich: Ist das eine Einladung?

Shaw: Durch die Brust ins Auge. Ein echtes Date steht schon lange aus.

Ich: Okay. Aber ich schreibe am Donnerstag eine wichtige Klausur, für die ich lernen muss.

Wenn man bedachte, dass ich das ganze Wochenende schon nicht zum Lernen gekommen war, musste ich mir den Stoff in den nächsten Tagen wirklich verdammt zügig in die Birne hämmern.

Shaw: Du bringst mich um. Aber ich werde so lange ausharren. Hauptsache, wir sehen uns. Donnerstagabend also?

Ich: Okay.

Shaw: Bring was zum Übernachten mit. Nur den Schlafanzug kannst du zu Hause lassen.

Ich legte mein Handy zurück aufs Regal und zog die Knie an die Brust. Pepper und Georgia sahen mich mit seltsamem Blick an.

„Was?“

Pepper grinste. „Du hast nichts dagegen, wenn ich mich einmische?“

Ich verdrehte die Augen. „Was auch immer. Deine Selbstzufriedenheit kannst du dir sparen. Shaw ist ja nicht mein fester Freund oder so was.“ Ich wusste nicht, was er war.

„Noch nicht.“ Pepper hob bedeutungsvoll die Augenbrauen. „Eine Woche noch, und du sagst ihm ‚Ich liebe dich‘.“

Verächtlich schnaubend nahm ich mir noch einen Krabben-Dumpling. „Träum weiter.“

„Wir werden sehen.“

Ich setzte mich wieder aufs Bett und sah auf den Bildschirm, wo ein Cop gerade einen Bösewicht jagte. Schwungvoll biss ich in meinen Dumpling. Auf gar keinen Fall würde Pepper mit ihrer Behauptung recht behalten! Obwohl es gar nicht so abwegig war bei dem, was ich für Shaw empfand.

Wir verabredeten uns für neunzehn Uhr im Mulvaney's. Nicht nur, weil Reece der Laden gehörte, sondern weil es dort auch superleckere Burger gab. Und dann würden wir sehen, wohin wir danach gehen beziehungsweise was wir machen wollten. Okay. In Wahrheit war mir natürlich klar, worauf es hinauslaufen würde. Ich hatte eine Tasche gepackt, so wie er es vorgeschlagen hatte. Also plante ich, die Nacht bei Shaw zu verbringen. Was bis dahin geschehen würde, stand dagegen noch nicht fest.

Der letzte Freitag kam mir vor, als wäre er unendlich lange her. Ich dachte nur noch an eins: endlich wieder mit Shaw allein zu sein. Die bloße Vorstellung ließ mich innerlich erbeben. Ich wusste nicht, was genau wir füreinander waren. Einfach nur Freunde – oder mehr? Eine schnelle Affäre – oder mehr? Egal. Hauptsache, er. Gut, dass ich all die Jahre damit gewartet hatte. Ich konnte mir gar nicht vorstellen, wie ich mein erstes Mal mit einem anderen hätte erleben können.

Gegen vier Uhr nachmittags begann ich damit, meinen Arbeitsplatz aufzuräumen. Bevor ich ins Mulvaney's ging, wollte ich noch unter die Dusche. Ich hatte diese Woche mit einem neuen Projekt begonnen, von dem ich noch nicht wusste, welche Richtung es nehmen würde. Im Moment bestand es hauptsächlich aus viel Blau auf Leinwand.

„Emerson." Professor Martinelli tauchte hinter mir auf. „Ich wollte kurz mit Ihnen über die Ausstellung sprechen."

Ich zuckte zusammen. Hoffentlich machte sie jetzt keine Welle, weil ich am Freitag so plötzlich verschwunden war.

„Ihre Arbeit wurde sehr gelobt."

„Oh." Ich errötete vor Freude und auch vor Scham.

„Meine Freundin, die Galeristin aus Boston, ist sehr interessiert an Ihren Werken. Vor allem am ‚Wintermorgen'. Sie würde es gern in ihrer Galerie ausstellen."

„Im Ernst?" Ich trippelte aufgeregt auf der Stelle und freute mich wie ein Kind an Weihnachten.

„Ja." Professor Martinelli griff in ihre Tasche und zog eine Visitenkarte heraus. „Sie würde sich freuen, wenn Sie sich bei ihr melden."

Mit zitternden Fingern nahm ich die Karte entgegen. „Danke. Das mache ich."

Sie lächelte und drückte mir die Schulter. „Ich bin sehr stolz auf Sie, Emerson."

Ihre Worte freuten mich und wärmten mich von innen. Ich war es nicht gewöhnt, gelobt zu werden. Meine Eltern hatten mich nie gelobt, so viel stand fest. Vielleicht war ich deswegen so ausgehungert nach Anerkennung.

„Vielen Dank."

„Weiter so, dann werden Sie es schaffen, Emerson!" Sie nickte mir zu und wandte sich dann ab.

Ich folgte ihr. „Professor Martinelli." Sie blieb stehen und sah sich zu mir um. Ich befeuchtete meine Lippen, die plötzlich vor Nervosität ganz trocken waren. „Kennen Sie sich mit Airbrushing aus?" Die Worte purzelten mir einfach aus dem Mund.

„Airbrushing?"

„Ja. Ich hätte Interesse an einer neuen Methode."

Sie neigte den Kopf und dachte kurz nach. „Interessant. Besorgen Sie mir eine Liste der Materialien, die Sie benötigen, dann werde ich alles bestellen. Einverstanden? Ich bin gespannt, was Sie damit anstellen." Sie betrachtete mich eindringlich. „Sie erstaunen mich wirklich immer wieder, Emerson."

Mein Herz schwoll an vor Freude. „Oh, danke. Vielen Dank!"

Nachdem sie gegangen war, beeilte ich mich mit dem Aufräumen und verließ dann schnell das Atelier. Meine Stiefel knirschten auf dem schneebedeckten Bürgersteig. Unser Zimmer war leer. Rasch schickte ich Georgia eine SMS, dann verschwand ich im Bad, um mich für den Abend zurechtzumachen.

Als ich zurück ins Zimmer kam, hatte Georgia geantwortet. Sie war mit Suzanne zum Kino verabredet. Gut, sie war also nicht allein. Es schien ihr etwas besser zu gehen, auch wenn sie gerade nicht besonders viel schlief. Selbst wenn ich nicht hörte, wie sie sich nachts herumwälzte, sah ich es an den dunklen Ringen unter ihren Augen.

Um Viertel vor fünf war ich ausgehfertig. Ich ließ mich auf die Bettkante sinken und strich mit den Fingern über meine Oberschenkel. Dann sah ich auf die Uhr. Erst vor einer Minute hatte ich zum letzten Mal die Uhrzeit gecheckt. Bis sieben war es noch lange hin.

Da hatte ich plötzlich eine Idee. Ich griff nach meinem Schlüssel und beschloss, den Abend schon jetzt beginnen zu lassen.

Um halb sechs fuhr ich vor Shaws Haus vor. Aus dem Fußraum vor dem Beifahrersitz drang ein herrlicher Geruch nach Käse, Fleisch und leckerem Frittierten in meine Nase. Um fünf gab es noch keine Schlange am Tresen des Mulvaney's, sodass ich nur zehn Minuten auf meine Bestellung hatte warten müssen. Ich nahm an, dass ein Mann von Shaws Statur ein guter Esser war, also hatte ich zusätzlich zu unseren Burgern zwei große Portionen Tijuana-Pommes und Pickles geordert.

Ich sah Shaws Auto, er war also da. Sehr gut. Erst nachdem ich das Essen geholt hatte, war mir aufgegangen, dass er vielleicht gar nicht zu Hause sein könnte.

Ich nahm die warme Tüte aus dem Fußraum und stieg aus. Meine Stiefel klackerten auf den Verandastufen. Während ich klopfte, trat ich den Schnee ab, damit ich ihn nicht mit ins Haus brachte. Eine Minute verging. Ich klopfte noch einmal, wollte aber nicht allzu ungeduldig erscheinen. Vielleicht hatte er mein erstes Klopfen ja nicht gehört.

Eine weitere Minute verging, ohne dass etwas passierte. Langsam kam ich mir dumm vor, dass ich unangemeldet aufgekreuzt war. Ich überlegte, ob ich ein drittes Mal klopfen oder einfach wieder gehen sollte. Dann würde ich das Essen eben wegwerfen und um sieben Uhr zu unserer Verabredung auftauchen, wie geplant.

Mein Gott! schoss es mir durch den Kopf. Wann war ich zu einer dieser Frauen geworden? Die immer im Nachhinein an sich zweifelten, wenn es um einen Mann ging.

Aber Shaw war natürlich nicht irgendein Mann. Ganz klar. Mit ihm war es von Anfang an anders gewesen. *Ich* war anders gewesen.

Ich hatte mich gerade zum Gehen gewandt, als er doch noch die Tür öffnete.

„Emerson."

Ich drehte mich um und verbrannte mir dabei versehentlich die Hand an der Tüte. Egal. Diese Hitze war nichts gegen die Hitze, die mich durchströmte, als er, noch feucht von der Dusche, nur mit einem Handtuch um die Hüfte gewickelt, vor mir stand.

„Hi." Ich klang peinlich atemlos. Dann hielt ich die Tüte hoch. „Planänderung."

Er sah erst mich an, dann die Tüte – und verzog schließlich den Mund zu diesem sexy Grinsen, das ich so an ihm mochte. „Wir essen zu Hause?"

„Ich hoffe, das macht dir nichts aus."

„Machst du Witze? Eine wunderschöne Frau steht vor meiner Tür und hat Essen dabei. Ich könnte mich glatt in dich verlieben!“

Mein Lächeln erstarrte. Wieder überflutete mich ein Gefühl von Hitze, und ich spürte, dass ich knallrot im Gesicht sein musste.

Dabei war es sicher nur ein Spruch gewesen. Ein Scherz. Ganz bestimmt. Und trotzdem war da diese Mischung aus Angst und Hoffnung in mir …

Und da wurde es mir klar: Ich wünschte mir, dass seine Worte wahr waren.

„Komm.“ Er winkte mich herein und schien nicht zu bemerken – oder zu ignorieren –, was seine Worte mit mir angestellt hatten. Er konnte nicht wissen, wie sehr ich mir wünschte, dass er sie ernst gemeint hatte.

Ich stellte das Essen auf den Tisch und begann dann mit zitternden Händen, die Schachteln auszupacken. Es war peinlich. Wir hatten Sex gehabt. Die ultimative Intimität. Wieso nur fühlte ich mich jetzt so verwundbar und nackt?

Weil du gerade kapiert hast, dass du in ihn verliebt bist. Und weil er deswegen Macht über dich hat. Selbst wenn ihm das nicht klar ist.

Ich spürte ihn, bevor ich ihn sprechen hörte. Sein Körper strahlte Hitze aus, und seine Brust berührte meinen Arm. „Hey.“ Sein Atem strich über meine Wange. „Du zitterst ja. Warum?“

Ich vermied es, ihn anzusehen. Denn hätte ich das getan, hätte sich die Frage von selbst beantwortet. Er würde es sofort in meinen Augen lesen. Schade, dass ich nicht wegrennen konnte, denn das hätte ich jetzt gern getan. Dabei war ich ja freiwillig hier. Also musste ich jetzt auch meine *Frau* stehen und konnte nur hoffen, dass ich mich dabei nicht völlig zur Idiotin machte.

Langsam nahm ich meinen Schal ab und zog meinen Mantel aus. Ich holte tief Luft und sah ihn an.

„Hey“, flüsterte ich zurück.

„Ich hab dich vermisst.“ Er streichelte meine Wange.

Ich stellte mich auf die Zehenspitzen und küsste ihn. Langsam, zärtlich. Genoss die Berührung seiner weichen Lippen. Genoss ihn und den Augenblick. Es war unser erster Kuss, seit ich wusste, dass ich ihn liebte. Was auch immer geschehen würde – das war Fakt.

Shaw hielt mein Gesicht fest. Mein Kuss wurde intensiver, ich begann mit seiner Zunge zu spielen und an seiner Unterlippe zu nagen, während er nach seinem Handtuch griff. Ein Ruck, und es war weg. Er presste seinen nackten Körper an mich, und mir wurde schlagartig bewusst, dass ich zu viele Kleider anhatte.

Mit einer geschmeidigen Bewegung hob Shaw mich hoch. Ich schlang die Beine um seine Hüften – und die Lippen aufeinander bewegten wir uns zu seinem Bett. Das große Bett, in dem ich vor so vielen Nächten allein aufgewacht war. Jetzt war ich nicht mehr allein.

Schließlich blieb er stehen, und gemeinsam zerrten wir ungeduldig meine Kleidung runter, stießen dabei mehrfach ungeschickt zusammen. Endlich war auch ich nackt. Im Raum war es heller als in meinem Zimmer letztes Wochenende, und ich errötete, als ich bemerkte, wie Shaw mich von oben bis unten betrachtete.

„Du solltest immer nackt rumlaufen.“ Seine Augen funkelten anerkennend.

Ich lachte nervös.

„Zumindest, wenn du hier bist“, fügte er hinzu. Er umfasste meine Hüften. „Besser, dass niemand sonst dich so sieht. Sonst kommt es zu Tumulten.“

Wieder lachte ich. „Hör auf damit.“ Ich blickte ihn an. Er war so schön, so muskulös und durchtrainiert. Ich legte meine Hand auf sein Herz, fühlte es gleichmäßig unter meiner Handfläche schlagen. „Das sagt der Richtige.“

Da warf er mich aufs Bett und schob sich auf mich. Dabei stützte er sich mit den Armen ab, damit er mir nicht zu schwer wurde.

Als ich ihn auf mir spürte, entfuhr mir ein Keuchen. Seine Erektion pulsierte an meinem Oberschenkel. Ich sehnte mich nach ihm in mir, sehnte mich danach, dass er mein drängendes Verlangen stillte. Ich wand mich unter ihm, doch er schüttelte nur den Kopf und grinste mich verschlagen an. „Noch nicht.“

Ich seufzte, während er den Kopf senkte und begann, mich vom Hals abwärts zu küssen. Mit Zunge und Zähnen liebkoste er mich.

Ich starrte geradeaus, ohne etwas wahrzunehmen. Und sah doch alles. Begierig strich ich ihm mit den Fingern durchs Haar, wickelte mir die weichen Strähnen um die Finger.

Als er mit seinem Mund meine Brüste erreichte, war ich schon außer Atem. Und als er meine harten Brustwarzen mit den Lippen umschloss und daran zu saugen begann, hätte ich losheulen können vor Glück.

Ich stöhnte seinen Namen, wand mich unter ihm. Shaw hielt mich weiter an den Hüften fest, unterdessen wanderte sein Mund immer tiefer nach unten, über meinen Bauch und zwischen meine Oberschenkel. Und dort fand er sein Ziel. Shaw hauchte in meinen feuchten Schritt, was mich völlig verrückt machte. Dann fing er an, mich zu lecken und zu streicheln und die empfindsame Stelle mit der Zunge zu reizen. Es dauerte nur wenige Sekunden, bis ich kam. Ich erschauderte, während seine Lippen noch auf mir lagen.

Meine Arme sanken neben meinen Kopf. Ich stöhnte und starrte ihn an, als er sich aufrichtete und mich angrinste. „Moment noch."

Rasch ging er zum Nachttisch und holte ein Kondom aus der Schublade. Ich kniete mich hin, schob mir die Haare aus dem Gesicht und fragte: „Darf ich?"

Er gab es mir. Ich schubste ihn mit einer Hand auf das Bett. Er verschränkte die Arme hinter dem Kopf – die betont entspannte Geste widersprach der erwartungsvollen Anspannung in seinem Blick.

Ich betrachtete ihn von oben bis unten. Unwillkürlich musste ich lächeln, während ich den Kopf zwischen seine Beine versenkte. Er hielt den Atem an, und ich warf ihm einen Blick zu. Sein Kiefer war angespannt, in seiner Wange zuckte es.

Ich streichelte ihn mit dem Daumen und genoss die Berührung. Seide auf Stahl, so fühlte er sich an. Sein Atem ging schneller. Ich schaute ihn an, schließlich nahm ich den Kopf runter und strich mit der Zunge über seine Erektion. Ich wartete ab, wartete darauf, dass er mich aufhielt, wie beim letzten Mal. Doch diesmal machte er keinerlei Anstalten. Ich grinste und machte weiter, liebkoste seine Schwanzspitze. Schließlich umschloss ich ihn mit den Lippen, saugte und leckte ihn, ließ meine Zunge über seine weiche Haut gleiten, über die kleine Öffnung ganz oben. Es war ein Genuss, ihn so zu verwöhnen.

Das Machtgefühl beflügelte mich. Mit den Fingern umfasste ich sanft seine Hoden, während ich seine Erektion ganz in den Mund nahm. Er stöhnte und schob ihn mir tiefer in den Mund. Ich saugte und leckte ihn.

„Bitte", flehte er mich schließlich an und strich mir mit der Hand durchs Haar. „Ich will in dir sein."

Ich lächelte. Es gefiel mir, ihn zu lecken und ihn auf diese Weise zum Stöhnen zu bringen.

„Mein Gott, Emerson!“ Seine Finger begannen meine Kopfhaut zu massieren, ohne dass er meinen Kopf in eine bestimmte Richtung drückte oder dirigierte. Dennoch konnte ich seine wachsende Ungeduld spüren. Er presste mir seine Hüfte entgegen, damit er sich noch tiefer in mich schieben konnte.

Sein Stöhnen ging mir durch und durch. Ich war wild vor Lust. Also ließ ich von ihm ab, leckte nur noch die Spitze und hielt mit einer Hand seinen Schaft fest. Er war mir ausgeliefert.

„Emerson, verdammt! Hör auf, mit mir zu spielen!“ Er wollte mich an den Armen wegziehen, doch das verhinderte ich. Ich senkte den Kopf und nahm ihn wieder in den Mund, während meine Hände sich fest um ihn schlossen.

Er stöhnte, ließ meine Arme los und trommelte sacht gegen meinen Kopf. Zufrieden gab ich ihn frei, wobei ich seinen Schwanz aus meinem Mund ploppen ließ wie einen Lolli. Ich schnappte mir das Folienpäckchen und fing mit zitternden Fingern an, daran herumzufummeln.

Ungeduldig riss Shaw es mir aus den Fingern und machte die Packung mit den Zähnen auf. Wir waren beide außer Atem. Ich legte mich auf den Rücken und reckte mich ihm entgegen, während ich ihn voller Begehren dabei beobachtete, wie er sich das Präservativ überrollte.

Dann waren seine Hände auf meinen Hüften.

„Warte“, raunte ich und schob ihn auf den Rücken.

„Emerson“, murmelte er. Seine Stimme war voller Lust. Er sah beinahe gequält aus.

„Ich will es mal so ausprobieren.“ Ich wollte Shaw unter mir spüren, wollte selbst den Rhythmus bestimmen.

„Dann beeil dich. Ich kann mich nicht mehr lange zurückhalten.“

Das konnte ich auch nicht. Ich setzte mich auf ihn und nahm ihn in mir auf. Langsam sank ich auf ihn und keuchte, als ich spürte, wie groß er war. Shaw berührte mich an der Hüfte.

Dann platzierte er mich so, dass er tiefer in mich eindringen konnte. Noch nie hatte ich mich so erfüllt gefühlt. Meine Muskeln umspannten ihn straff wie ein Handschuh. Die Lust, die ich empfand, grenzte an Schmerz.

Er stöhnte meinen Namen und schloss die Augen. „Emerson, du fühlst dich so gut an." Er bog sich mir entgegen und glitt noch tiefer in mich hinein. „So eng." Mein Atem beschleunigte sich, während ich mich neu auf ihm positionierte. Ich spürte seine harte Erektion in mir, ein Pulsieren, das jeden Nerv in meinem Körper zu elektrisieren schien.

Neugierig drückte ich ihm eine Hand auf den Bauch, damit ich die Muskeln und Sehnen unter meiner Handfläche spüren konnte, während ich mich auf ihn absinken ließ.

Was für ein wunderbares Gefühl!

Er umfasste meinen Po und begann mich sachte zu leiten, den Rhythmus zu kontrollieren. Ich legte die Hände auf seine Brust, damit meine Hüften genau über ihm waren. Als ich den Kopf leicht hob, konnte ich seine Augen sehen, die mich begehrlich anblickten. „Genau so." Er drückte meinen Hintern, dann sagte er: „Schneller!", und drückte fester. Er machte mich verrückt.

Hastig griff ich nach dem Kopfende des Bettes, um mich daran festzuhalten, bis ich in der richtigen Position war und die sensible Stelle bei jeder Bewegung stimuliert wurde. Ich presste mich an ihn, unsere Körper stießen gegeneinander, ich begann immer schneller zu stöhnen und zu keuchen.

„Ja, Baby", spornte Shaw mich an. „Komm für mich!" Er setzte sich auf, ließ seine Hände über meinen Rücken wandern, über jeden einzelnen Wirbel. Ich erbebte, kaum dass ich seinen Mund auf meinem Hals wahrnahm, seine Zähne auf meinem pochenden Puls.

Ich schlang die Arme um seine Schultern und presste ihn an mich, während sich meine Hüften wie von selbst bewegten. Es war ein unglaubliches Gefühl, seinen Körper so nahe bei mir zu spüren, die weiche Haut über den harten Muskeln zu fühlen. Ich bedeckte seine Schulter mit Küssen, biss ihn zärtlich, schmeckte seinen salzigen Schweiß.

„Em, ich halt das nicht mehr aus!" Er schlang einen Arm um meine Taille und drehte mich in einer geschmeidigen Bewegung auf den Rücken, blieb dabei allerdings in mir. Ich schrie kurz auf, doch da war er schon über mir und stieß fest in mich hinein. Schneller, immer schneller. „Tut mir leid. Ich muss … Ich kann nicht …"

Rasch sah ich hoch und küsste ihn, damit er schwieg. Er sollte sich keine Gedanken machen, dass er zu grob oder zu hart sein könnte.

Shaw fasste nach meinem Oberschenkel und hob mein Knie. So konnte er noch tiefer in mich eindringen, und ich keuchte kurz auf, in seinen Mund, während er rhythmisch in mich hineinglitt. Worte purzelten unkontrolliert aus meinem Mund. „Mehr. Schneller. Fester." Bis sich der Druck löste, der sich in mir aufgebaut hatte.

Er schob sich noch ein paar Mal in mich hinein. Jeder Stoß fühlte sich tiefer an als der vorhergehende. Mein Körper reckte sich ihm entgegen, ich krallte mich in seinen Bizeps, zerkratzte ihm die Haut mit den Fingernägeln. Als ich die Lider schloss, tanzten Pünktchen vor meinen Augen, grelle Blitze zuckten, alle meine Nerven schienen zu explodieren. Ich kam so heftig, dass es sich anfühlte, als würde ich zerbrechen. Wilde Lust durchströmte mich. Ich zerschmolz.

Ein letztes Mal stieß er in mich, und ich hörte ihn laut stöhnen. Danach drückte ich ihn fest an mich, umarmte ihn, spürte seine feuchte Haut.

Als er sich von mir lösen wollte, hielt ich ihn mit den Beinen fest. „Geh nicht weg", flüsterte ich.

„Ich bin zu schwer."

„Das fühlt sich gut an."

Er stützte sich seitlich auf den Ellbogen ab und betrachtete mich, spielte mit meinen Haaren, streichelte meine Wange.

Ich lächelte, erfüllt, befriedigt, und fragte mich, wie ich es so lange ohne ihn hatte aushalten können. Wir hätten all das schon tun können, seit wir uns an jenem Abend im Maisie's kennengelernt hatten.

„Das war noch besser als beim letzten Mal. Ich hätte nicht gedacht, dass das möglich ist." Ich schien die Worte zu schnurren.

„Wie sagt man so schön? Übung macht den Meister."

„Dann sollten wir üben. Und zwar häufig", schlug ich vor und weigerte mich, zu bemerken, wie sehr das nach einer gemeinsamen Zukunft klang. Ich wollte nicht darüber nachdenken, was sein würde – falls das alles überhaupt zu etwas führte.

Beziehungen waren nun mal nichts für mich. Ich würde es sicher versauen. Schnell wischte ich den Gedanken beiseite. *Hattest du dir nicht gerade vorgenommen, nicht an die Zukunft zu denken?*

Shaw rollte sich auf die Seite und löste sich von mir. Ich fühlte mich ungewohnt leer, verlassen. Schnell zog ich die Decke über mich und sah zu, wie er aufstand – wobei ich seinen herrlichen Hintern betrachtete –, das Kondom abstreifte und wegwarf. Danach stieg er zurück zu mir ins Bett, und seine Wärme umhüllte mich und weckte sofort neue Lust in mir. Mein weicher und sein harter Körper verschmolzen zu einem.

Ich streichelte seinen Bizeps. Er war einfach wunderschön. Wie gerne würde ich seinen Körper malen, jede einzelne kleine Erhebung, jeden Muskel!

„Das ist also das berühmte Nachbeben?“ Ich grinste und schmiegte den Kopf an seine Schulter. „Jetzt verstehe ich.“

Er lachte. „Hast du etwa daran gezweifelt, dass es das gibt? Dachtest du, das wäre nur ein Märchen?“

„So was in der Art. Ich meine, ich habe gehört …“ Meine Stimme erstarb. Ich biss mir auf die Lippe, plötzlich peinlich berührt. Was sollte ich tun? Die Geschichten preisgeben, die mir meine Freundinnen im Laufe der Jahre erzählt hatten?

Er strich mir mit den Fingern durchs Haar. „Was hast du gehört?“

„Jedenfalls nichts, was mich auf das hier vorbereitet hätte.“

„Vorsicht. Du blähst mein Ego auf.“

„Ist es das nicht schon längst?“

Er kitzelte mich, sodass ich kichernd aufsprang. „Hey“, murmelte er. „Das klingt ja, als wäre ich ein eingebildeter Callboy!“ Er stützte sich auf den Ellbogen und schaute mich an, ohne aufzuhören, mich zu kitzeln. Ich kreischte und quiekte.

„Nicht! Aufhören! Bitte!“ Ich lachte atemlos, Tränen strömten über mein Gesicht.

Endlich hatte er Erbarmen und begann stattdessen, mich zärtlich zu streicheln. „Vor allem wäre es auch deshalb völlig falsch, weil mich keine andere Frau mehr interessiert, seit ich dich kennengelernt habe.“

Mein Lächeln verblasste, während er mich mit völlig ernster Miene ansah.

Er fuhr fort. „Als ich hierher zurückkam, lief bei mir alles mechanisch ab. Meine Mom war weg. Mein Großvater gestorben. Ich arbeitete. Ich aß. Ich ging aus. Ich hatte nichts und niemanden mehr. Ich dachte sogar kurz daran, mich wieder zu verpflichten."

Mir wurde es eng ums Herz, als ich zu ihm aufsah und darüber nachdachte, was er gerade gesagt hatte. Der Zufall hatte uns zueinander geführt. Wir hätten uns genauso gut niemals begegnen können. Er hätte zu den Marines zurückkehren können, und ich wäre immer noch dieselbe, mit demselben Leben wie bisher, die sich von einem Aufriss zum nächsten bewegte. Die bloße Vorstellung verursachte mir Herzschmerzen.

„Was ist mit deiner Cousine? Was ist mit Beth?", fragte ich ihn. Ich wollte etwas Normalität in unser Gespräch bringen, um mich von meiner Panik abzulenken.

Sein Lächeln verblasste. Er legte sich wieder neben mich. Jetzt stützte ich mich auf einen Ellbogen und sah ihn an. Hatte ich etwas Falsches gesagt? „Shaw?"

Er legte einen Arm über die Stirn und starrte schweigend an die Decke. „Beth will nichts mit mir zu tun haben", erklärte er schließlich. „Genau wie meine Tante. Sie haben mich auch nicht zu Beths Hochzeit eingeladen."

„Was?" Plötzlich war ich wütend. „Wieso nicht?"

„Ich erinnere sie zu sehr an Adam."

Ich suchte nach Worten, aber mir fiel nichts ein. „Das ist nicht fair."

Er atmete aus. „Ich kann es ihnen nicht verdenken. Sie haben ihren Sohn und ihren Bruder verloren."

„Und du deinen Cousin. Deinen Freund. Es ist auch dein Verlust."

„Ja, ich weiß. Aber ich hätte besser auf ihn aufpassen müssen. Adam hatte sich nur meinetwegen verpflichtet."

„Das kann nicht dein ..."

„Er hat sich meinetwegen verpflichtet – und deswegen ist er auch meinetwegen umgekommen."

Ich schüttelte den Kopf. „Diese Logik ist doch …" Ich hob eine Hand und legte sie langsam auf seine Brust, drückte sie, als könnte ich damit das Wort „falsch" zum Ausdruck bringen. „Das ist doch total verquer."

„Beth hat es versucht." Er zuckte mit den Schultern, als wäre es nichts. Als würde seine Familie ihn nicht zurückweisen. Als würde es ihm nicht wehtun. Aber ich wusste, wie sich das anfühlte. Wie schmerzhaft, wie vernichtend das war. „Sie war immer diejenige, die alles wieder in Ordnung gebracht hat. Immer, wenn Adam und ich uns früher gestritten haben, zwang sie uns, uns wieder zu vertragen. Einmal abends, da waren wir schon auf der Highschool, waren wir alle zusammen draußen am See und haben getrunken, und Adams Freundin versuchte, mich zu küssen. Er versetzte mir einen Kinnhaken, aber Beth hat ihm den Kopf gewaschen. Sie wollte nicht, dass etwas zwischen uns kam. Wir waren eine Familie – damals."

„Ihr seid immer noch eine Familie", flüsterte ich, obwohl mir klar war, wie lächerlich diese Worte aus meinem Mund klangen. Was wusste ich schon von Familie?

„Beth kam hierher, kurz nachdem ich wieder zurück war." Seine Hand in meinem Haar wurde starr. „Sie wollte erfahren, was mit Adam passiert war. Was ihm zugestoßen ist. Wie es dazu kommen konnte. Den Familien werden solche Details nicht mitgeteilt, aber sie saß in meiner Küche und sagte mir, sie wolle alles genau wissen. Sie wollte wissen, wie ihr kleiner Bruder gestorben war."

„Und dann was?"

Er atmete schwer. „Ich tat ihr den Gefallen. Ich erzählte es ihr. Alles. Und jetzt kann sie meinen Anblick nicht mehr ertragen. Sie sieht in mir … das Bild, das ich ihr von Adam gezeichnet habe. Wie er starb. Ich symbolisiere diese Erinnerung für sie."

„Das ist nicht fair", wiederholte ich, und meine Augen brannten von ungeweinten Tränen. „Du hast nur getan, was sie wollte. Du hast ihr nur gesagt ..."

„Ja, stimmt. Ich dachte, ich würde das Richtige tun. Sie hatte die Wahrheit verdient. Damit sie damit abschließen konnte. Ich würde es wieder tun, selbst wenn ich inzwischen weiß, dass ich sie dadurch verloren habe." Er sah mich an und legte mir eine Hand auf die Wange. „Emerson. Du willst immer so hart sein, aber in Wirklichkeit bist du ganz weich."

Ich lächelte unsicher. „Tja. Jetzt kennst du also mein Geheimnis." Ich war weich. Schwach. Shaw hatte seiner Cousine alles gesagt – trotz der möglichen Konsequenzen, die es für ihn haben würde. Sie war seine einzige Verwandte hier. Seine Mutter war weg und hatte ein neues Leben ohne ihn begonnen. Beth sollte jetzt für ihn da sein. So, wie er für sie da gewesen war, als sie ihn um Hilfe gebeten hatte. Jetzt brauchte er sie. Irgendwie machte mich das wütend. Als wäre Beth ein Sinnbild meiner Eltern. Der Zurückweisung, die sie mir mein Leben lang entgegengebracht hatten. Nachdem ihre Ehe auseinandergegangen war, hatte es in ihrem Leben keinen Platz mehr für mich gegeben.

Aber Shaw hatte Beth die Wahrheit gesagt und versucht, ihr dabei zu helfen, einen Abschluss zu finden. So war er. Er vertraute auf seine Prinzipien und tat das, was er in der jeweiligen Situation für richtig hielt, ob es für ihn selbst leicht war oder nicht. Er hatte auch nicht von mir abgelassen, obwohl ich ihn immer wieder weggeschoben hatte. Obwohl er jede andere hätte haben können, wollte er mich.

Ich wollte auch so sein wie er. Mutig und stark.

Ich wollte ohne Ängste leben.

Denn ich hatte dauernd Angst. Das wurde mir in diesem Moment bewusst. Ich hatte mein Leben lang Angst gehabt.

Mein Wunsch nach Kontrolle, dieser Zwang, mir immer nur Typen auszusuchen, die ich um den Finger wickeln und manipulieren konnte. Die ich nie in mein Leben ließ. Immer war ich davongerannt. Hatte mich versteckt. Aber jetzt hatte ich endgültig genug davon. Es reichte. Wenn ich zu mir finden wollte, musste jetzt ein für alle Mal Schluss damit sein. Wenn ich Shaw und mir eine Chance geben wollte.

Ich streichelte seinen Kiefer und spürte die Bartstoppeln. Dachte daran, was er alles erlebt hatte. Was er alles überstanden hatte. Die dunklen Stunden, die er durchgemacht hatte – und trotzdem war er hier. Ungebrochen. Immer noch bereit für das Leben.

Plötzlich hatte ich keine Angst mehr. Denn er machte mir Mut.

Ich wusste nun, was ich zu tun hatte.

18. KAPITEL

Ich kam etwas zu spät zum Probeessen. Freitagsabends einen Parkplatz zu finden war nicht so ganz einfach. Ich blieb auf der Schwelle des Festsaals stehen und betrachtete die Menge. Es waren bestimmt zweihundert Gäste da. Und das war nur das Probeessen. Wie viele Leute würden dann erst morgen zur Hochzeit kommen? Aber wenn der Brautvater ein Senator war, war vermutlich der halbe Kongress zu erwarten.

Ich entdeckte Mom, die in ihrem knallblauen Cocktailkleid halb so alt aussah, wie sie in Wahrheit war. Sie ging lächelnd und lachend durch die Reihen, schüttelte Hände und verteilte Wangenküsschen. Sie war voll in ihrem Element.

Als sie mich entdeckte, strahlte sie und eilte zu mir, um mich zu begrüßen. Kaum stand sie vor mir, nahm sie meine beiden Hände in ihre. „Schätzchen! Du bist gekommen!" Sie küsste mich mit übertriebener Geste auf die Wangen und sah sich dabei um, ob man uns auch zusah. „Hättest du nicht etwas Farbenfroheres anziehen können?"

Ich betrachtete etwas hilflos mein schwarzes Kleid. Es war klassisch geschnitten, mit V-Ausschnitt und schmalen Trägern. Die braun-schwarzen Booties passten gut dazu. Pepper und Georgia hatten sich zumindest bewundernd geäußert. Ich hatte extra mehrere verschiedene Outfits anprobiert und ihnen vorgeführt, bevor ich mich für dieses Ensemble entschieden hatte.

„Don!" Meine Mutter rief meinen Stiefvater.

Er löste sich aus einem kleinen Kreis von Männern, mit denen er in ein Gespräch vertieft gewesen war, und kam zu uns herüber.

„Emerson." Er umarmte mich. Ich ertrug es in steifer Haltung. Seine Umarmungen fühlten sich nie echt oder herzlich an. Eine komische Vorstellung, dass wir zur selben Familie gehören sollten. Mein Zahnarzt ging herzlicher mit mir um.

„Don“, gab ich zurück.

„Schön, dass du kommen konntest.“

„Natürlich konnte sie kommen“, mischte Mom sich ein. Sie sah sich wieder hektisch um, in der Hoffnung, dass niemand mitbekam, dass wir nicht die perfekte Familie waren.

„Komm.“ Sie hakte mich unter. „Mischen wir uns unter die Leute.“

In der nächsten halben Stunde wurde ich allen möglichen Menschen vorgestellt. Ich fixierte ein Lächeln auf meinem Gesicht, aber es fühlte sich an, als würde ich die ganze Zeit die Luft anhalten. Ich wartete darauf, dass wir Justin und Melanie begrüßten.

Ich hatte den Eindruck, Mom wollte mich von den beiden fernhalten. Ich sah es an ihrem wachsamen Blick, jedes Mal, wenn sie mich musterte. Als befürchtete sie, dass ich die Suppe ausspucken würde oder so ähnlich, sobald ich Justin sah. Vermutlich hatte sie nicht so weit gedacht, als sie mich eingeladen hatte.

Das Unausweichliche ereignete sich, als Melanie mich entdeckte. Sie fing an zu strahlen und rannte quer durch den Raum, um mich in die Arme zu schließen. „Emerson! Du bist hier! Ich wünschte, du hättest Bescheid gesagt. Dann hätte ich dich an unseren Tisch gesetzt!“

Ich lachte schwach. „Schon okay. Außerdem …“ Ich sah mich um. „Es sitzt doch noch niemand.“

Sie umklammerte meinen Arm. „Stimmt auch wieder.“ Sie ließ den Blick schweifen. „Alle scheinen sich gut zu amüsieren.“

„Natürlich“, warf meine Mutter ein. „Das Essen ist ja auch ganz köstlich.“ Wie um ihre Worte zu beweisen, nahm sie ein Hummer-Canapé von einem Tablett, das gerade vorbeigetragen wurde, biss hinein und stöhnte wohlig. „Und der Champagner ist superb! Das Orchester ist grandios." Sie gestikulierte wild. „Das hier ist eben das Four Seasons."

Ich verzichtete darauf, die Augen zu verdrehen. Mom musste sich immer wieder selbst auf die Schulter klopfen. Es erstaunte mich ein wenig, dass sie keinen Anstecker trug, auf dem „weltbeste Gastgeberin" stand.

„Hast du Justin schon begrüßt? Er wird sich so freuen, dass du da bist!" Melanie stellte sich auf die Zehenspitzen und hielt nach ihm Ausschau. „Oh! Da ist er ja!" Sie winkte ihn zu uns rüber.

Ich folgte ihrem Blick. Mein Stiefbruder sah kurz auf, dann machte er sich, lässig grinsend, auf den Weg zu uns. Bei seinem Anblick drehte sich mein Magen um. In den letzten fünf Jahren hatte Justin sich verändert. Er war jetzt etwas dicker, nicht mehr der schlaksige Zwanzigjährige. Sein Kiefer war nicht mehr ganz so kantig, sein Gesicht fast schon ein bisschen aufgeschwemmt.

Seine kleinen blauen Augen fokussierten mich. „Emerson." Er nahm mich in die Arme, und es fühlte sich … ganz okay an. Brüderlich. Ganz natürlich. „Ich freue mich sehr, dass du da bist. Vielen Dank." Er tätschelte meinen Rücken, und dann flüsterte er mir, nur für mich hörbar, zu: „Vielen Dank, dass du gekommen bist."

„Danke. Ich freue mich auch, dass ich hier bin." Ich sah von ihm zu Mom und zu Melanie, und ich meinte es ernst. Es war gut so. Ich hatte meine Ängste überwunden.

Mom strahlte und drückte meine Hand. „Ich wusste, du würdest kommen."

„Ich möchte dich gern meinen Eltern vorstellen." Melanie zog mich mit sich. Justin folgte uns, ganz pflichterfüllter

Verlobter, lächelnd und genießerisch den Kopf schüttelnd, als könnte er sein Glück nicht fassen.

In der folgenden Stunde wurde ich mit Essen und Getränken abgefüllt und mit den meisten der zweihundert Gäste bekannt gemacht. Zumindest fühlte es sich so an. Melanie hielt sich dicht an meiner Seite. „Ich bin echt total sauer auf dich“, sagte sie und machte einen Schmollmund.

Ich blinzelte irritiert. „Wieso?“

„Weil du dich vorher nie hast blicken lassen. Ich hatte dich auf meiner Hochzeit eingeplant, aber dafür ist es jetzt zu spät.“

„Oh.“ Ich lächelte und fühlte mich geschmeichelt, auch wenn ich erleichtert war, dass ich nicht dabei sein würde. Heute Abend hier zu sein war eine Sache. Aber auf der eigentlichen Hochzeit? Nein danke. „Das ist okay. Wirklich.“

„Nein, du hättest eine meiner Brautjungfern sein sollen. Im Ernst! Meine Cousine Pauline, die ich nicht ausstehen kann, hat jetzt leider diese Aufgabe übernommen. Macht das irgendeinen Sinn?“

Mir schauderte vor dem Gedanken, dass ich bei Justins Hochzeit anwesend sein sollte. Zwar wirkte er verändert und ich fand seine Zukünftige ganz nett, aber alles andere wäre doch reichlich … seltsam.

Bevor ich lügen musste und ihr versichern konnte, dass ich zu gerne dabei wäre, rempelte mich von hinten jemand an, sodass ich mit Melanie zusammenstieß. Der Inhalt ihres Cocktailglases ergoss sich über mein Kleid.

„Oh!“ Sie begann mich mit einer Serviette abzutupfen. „Entschuldige bitte.“

„Schon okay“, versicherte ich ihr. „Das Kleid ist schwarz, man wird nichts sehen. Ich gehe mich nur kurz trocknen.“

Rasch drückte sie meine Hand. „Ich komme mit.“

„Nicht nötig, wirklich."

In diesem Augenblick tauchte Melanies Mutter neben ihr auf. „Liebes, Mrs Rothman wurde nur so kurz von dir begrüßt."

Melanie sah mich unsicher an. „Uargh! Für die habe ich babygesittet."

„Geh ruhig", meinte ich. „Ich komme schon klar."

Melanies Mutter nickte. „Siehst du? Sie kommt allein zurecht, Melanie. Lass sie sich unter die Gäste mischen. Sie ist ein hübsches Mädchen. Irgendein netter junger Mann wird sie unter seine Fittiche nehmen." Melanies Mutter strahlte mich an und nickte dazu, wobei ihr perfekt frisiertes Haar starr in seiner Form verharrte.

„Okay. Wir sehen uns dann später."

Ich nickte und schob mich durch die Menge. Vor der Damentoilette hatte sich eine Schlange gebildet, also durchquerte ich die Hotellobby, um die Toilette auf der anderen Seite zu benutzen.

Wie vermutet, war hier niemand. Ich nahm mir Zeit, atmete nach dem Lärm und der Menschenmasse tief ein und aus. Als ich mir die Hände wusch, sah ich mich im Spiegel an. Die Frau, die mir entgegensah, war nicht dieselbe wie noch vor ein paar Monaten. Diese Frau wäre nie hierhergekommen. Sie hätte sich nicht ihrer Vergangenheit gestellt oder der Tatsache, dass alles anders werden könnte. Dass sie eine Beziehung zu ihrer Mutter aufbauen könnte. Und dass ihr Stiefbruder doch nicht der Teufel in Person war – zumindest nicht mehr.

Vielleicht ging es ja. Vielleicht konnte sie sich doch verlieben und eine normale Beziehung führen.

Ich dachte an Shaw. Okay, ich dachte noch mehr als sonst an ihn. Vielleicht konnte ich eine außergewöhnliche Beziehung mit einem außergewöhnlichen Mann führen.

Mein Spiegelbild lächelte zurück, zögerlich zwar, aber voller Hoffnung. Mit leichtem Schritt verließ ich die Toilette, und meine Stiefelabsätze klackerten schwungvoll auf dem gekachelten Fußboden. Ich trat auf den Flur und blieb wie angewurzelt stehen.

Da stand Justin. Er schien auf mich gewartet zu haben, lässig an die Wand gelehnt und eine Hand in der Hosentasche.

„Justin", sagte ich wenig einfallsreich.

„Hey, Em."

„Hallo", antwortete ich. Ich runzelte die Stirn. Was hatte er hier zu suchen? „Bist du mir etwa gefolgt?"

„Ich wollte kurz mit dir allein sein und dir danken, dass du gekommen bist. Ich hätte niemals damit gerechnet nach unserem letzten Telefongespräch."

„Tja." Ich nickte. „Du hattest recht."

Er zog eine Augenbraue hoch. „Ach ja? Womit?"

„Vielleicht ist es an der Zeit, weiterzugehen und zu versuchen, eine Familie zu sein."

Er lächelte. „Ich bin froh, dass du das sagst." Er löste sich von der Wand und kam auf mich zu. „Ich wollte immer nur, dass wir Freunde sind. So wie früher, weißt du noch?"

Ich nickte und wich einige Schritte nach hinten aus, bis es nicht mehr weiterging.

„Ja. Vor der besagten Nacht."

Er legte eine Hand auf die Wand neben meinem Kopf. „Wegen dieser Nacht. Das war falsch von mir." Er schüttelte den Kopf. „Und dumm."

Ich atmete aus. Gab er gerade zu, was er getan hatte? Das war neu. Das war schon fast eine Entschuldigung. „Danke, dass du das gesagt hast", murmelte ich.

„Ich war betrunken. Du warst jung. Ich hätte warten sollen. Du warst noch nicht so weit." Plötzlich senkte er den Kopf, presste seine Lippen auf meine und rammte mir seine Zunge in den Mund.

Völlig erschüttert stieß ich ihn weg. Er sah mich überrascht an. Ich gab ihm eine schallende Ohrfeige.

Er hielt sich mit der Hand die Wange. „Was zum Teufel …?“

„Was soll das?“ Ich schüttelte den Kopf. „Ich dachte, du hättest dich geändert! Ich dachte, alles wäre jetzt anders, aber du bist noch genauso schlimm wie früher! Derselbe Arsch! Nur bin ich jetzt kein kleines Mädchen mehr. Also halt dich verdammt noch mal fern von mir!“ Ich bohrte ihm einen Finger in die Brust.

Justin schnappte sich meinen Finger. Lächelte nicht mehr. Plötzlich war sein Blick voller Wut. „Jetzt verstehe ich. Du bist nur hier, um es mir heimzuzahlen. Hab ich recht?“

Er grinste höhnisch. „Erst verbreitest du all diese Lügen über mich und jetzt …“

„Das waren keine Lügen“, erinnerte ich ihn und entriss ihm meinen Finger. „Du weißt genau, was war.“

Er grinste noch breiter. „Oh ja. Du warst scharf auf mich.“

„Wie bitte?“

Am liebsten hätte ich alles herausgebrüllt. Dass ich damals erst fünfzehn war. Und dass er mich, wenn er nicht so betrunken gewesen wäre und ich nicht aus dem Zimmer gerannt …

Ich blinzelte. Diese Nacht hätte dann ein ganz anderes Ende genommen.

„Natürlich. Du hast dich mir doch gleich an den Hals geworfen, kaum dass unsere Eltern zusammen waren.“

So sah er das also? Für mich war Justin immer mein Bruder gewesen. Und das hatte er dadurch kaputt gemacht, dass er sich nachts in mein Zimmer geschlichen hatte. Ungläubig schüttelte ich den Kopf, denn ich hatte keine Lust, mit ihm über damals zu streiten. „Wie auch immer. Ich bin nicht hier, weil ich die Vergangenheit aufwirbeln will." Nein. Ich war eigentlich hier, weil ich sie begraben wollte. *Wie dumm von mir!* Das erkannte ich jetzt. „Du bist immer noch dasselbe Arschloch." Ich versuchte, an ihm vorbeizugehen, aber er packte mich an der Schulter und schleuderte mich gegen die Wand. Ich biss mir auf die Lippe, um einen Schrei zu unterdrücken.

„Und du bist immer noch eine Schwanzfopperin." Er musterte mich von oben bis unten, und sein Blick blieb auf meinem Dekolleté hängen. Ich hatte das Kleid eigentlich für elegant gehalten. Aber so, wie er mich ansah, fühlte ich mich billig darin.

Mit dem Finger fuhr er über den Saum meines Ausschnitts und ließ eine Hand in meinen BH gleiten. „Oder vielleicht auch nicht? Ich wette, du machst inzwischen ganz schön oft die Beine breit." Er schüttelte den Kopf und schnalzte mit der Zunge. „Ich habe Fantasien davon, wie ich dich ficke."

„Fahr zur Hölle!" Ich schlug seine Hand weg.

Er lachte und sah mich an. „Kein kleines Mädchen mehr."

„Ganz genau. Ich bin erwachsen. Du machst mir keine Angst mehr. Und noch mal tust du mir das nicht an. Am besten gehe ich rein und erzähle Melanie, was du …"

Sein schleimiges Grinsen verschwand. „Halt dich ja von Melanie fern." Er fuchtelte mit einem Finger vor meinem Gesicht herum. „Ein Wort zu ihr, und ich werde dir zeigen, was für ein Arschloch ich wirklich sein kann."

Sein Griff um meine Schulter verstärkte sich, und ich zuckte zusammen. Sicher bekam ich an der Stelle einen blauen Fleck, aber er sollte nicht merken, dass er mir wehtat. „Was ist denn? Hast du etwa Angst, dass sie mir glaubt?"

Hinter seiner Maske aus Wut sah ich Angst auflodern. Ja, das machte ihm Sorgen. Vielleicht war schon einmal etwas vorgefallen. Vielleicht hatte sie Zweifel, was ihn anging, aber er hatte sie noch einmal von sich überzeugen können.

„Du kleine Fotze", stieß er hervor. „Versuch nicht, mich zu verarschen!"

„Justin?"

Ich holte tief Luft und sah an ihm vorbei, um herauszufinden, wessen sanfte Stimme mich da erlöst hatte. Ich ahnte schon, wer es war.

Melanie stand in ihrem wunderschönen gelben Kleid vor uns. Das Glühen puren Glücks auf ihren Wangen war verschwunden. Stattdessen war sie jetzt kreideweiß und krallte ihre Hände ineinander.

„Justin, was machst du da?" Ihr Blick flirrte zwischen mir und ihm hin und her.

„Gar nichts, Schätzchen." Schnell ließ er mich los, ging zu ihr und nahm ihre Hände.

„Emerson und ich haben uns nur gerade ein bisschen unterhalten ..."

„Du hast sie eine ... Du hast sie beleidigt." Kein Wunder, dass sie das Wort nicht aussprechen konnte. Wahrscheinlich kam es in ihrem Wortschatz überhaupt nicht vor, und es musste ein Schock für sie gewesen sein, es von ihrem zukünftigen Mann zu hören.

Melanie heftete ihren Blick auf mich und nagelte mich damit fest. „Emerson?" Sie machte sich von ihm los, und mein Name hing bedeutungsschwer in der Luft.

Ich zuckte hilflos mit den Schultern. Was konnte ich schon tun? Es ihr ins Gesicht sagen? Sie vor dem Mann warnen, den sie heiraten wollte? „Tut mir leid, Melanie."

Sie blickte mich mit ihren großen blauen Augen an, und mir war, als wollte sie in meine Seele hineinsehen, um nach der Wahrheit zu forschen.

„Emerson", stieß Justin drohend hervor. Melanie sah ihn irritiert an. Diesen Ton kannte sie offensichtlich auch nicht an ihm.

Scheiß drauf! Sie hatte genug gesehen. Das sah ich ihr an, ihrer steifen Haltung. Sie war nicht dumm. „Er hat dich nicht verdient", erklärte ich.

Daraus konnte sie machen, was sie wollte. Mehr brauchte ich nicht hinzuzufügen. Es gelang mir, meine Füße in Bewegung zu setzen, und ich ging an ihr vorbei.

Schon war ich wieder im Festsaal – bevor ich mich noch fragen konnte, wieso ich überhaupt blieb. Es gab keinen Grund dafür. Außer vielleicht Mom. Ich sah zu ihr hinüber. Heute Abend hatte sie sich beinahe wie ein Mensch benommen. Wie eine richtige Mutter. Ich ging auf sie zu, um mich wenigstens noch von ihr zu verabschieden.

„Emerson." Sie strahlte mich an.

„Hey Mom. Ich muss jetzt los."

Sie runzelte die Stirn. „Was? Das Dessert wurde doch noch gar nicht serviert."

Ich warf einen Blick über meine Schulter und erwartete halb, dass Justin hinter mir auftauchen und mich niederschlagen würde. Glücklicherweise war er nirgends zu sehen. Wahrscheinlich war er immer noch damit beschäftigt, mit Engelszungen auf Melanie einzureden. Ich wandte mich wieder Mom zu. „Es tut mir leid. Ich muss morgen früh raus."

„Aber die Hochzeit …"

„Ich werde da sein", log ich. So war es einfacher. Hinterher konnte ich ihr immer noch eine Ausrede auftischen.

Ihre Miene glättete sich, und sie sah besänftigt aus.

„Und noch was, Mom." Ich trat von einem Bein aufs andere. „Vielleicht können wir uns ja nächste Woche mal zum Mittagessen treffen."

Sie starrte mich an, und ich war mir nicht sicher, was sie in diesem Moment dachte. Ich würde es auch niemals herausfinden, denn eine Stimme hinter mir jagte alle anderen Gedanken davon.

„Emerson."

Ich wirbelte herum, und Shaw stand vor mir. Mein Herz begann wild zu hämmern, und ich ging auf ihn zu. „Was machst du denn hier? Woher weißt du …?" Ich blieb stehen und schüttelte den Kopf.

„Du hast meine Nachrichten nicht beantwortet."

Er hatte mir Nachrichten geschickt? Seit ich den Wagen geparkt hatte, hatte ich keinen Blick mehr auf mein Handy geworfen. Ich wünschte, ich hätte es getan! Ich wünschte, ich hätte ihm sonst was geschrieben, wo ich war! Irgendeine Lüge. Alles, bloß damit er nicht hier auftauchte. „Und dann fiel mir ein, dass heute Abend ja das Probeessen ist …"

Er sah sich um und deutete auf den Raum, bevor er wieder mich ansah. Forschend. „Da dachte ich mir, dass du vielleicht hier sein könntest."

Ich holte Luft. Natürlich. Melanie hatte ja gesagt, dass das Probeessen im Four Seasons stattfinden würde. Darum hatte er mich finden können.

Er kam näher, sodass seine Brust mich berührte und alles in mir zu vibrieren begann. Seine Nähe. Seine etwas heisere Stimme. „Was machst du hier?" Er hob die Hand und nahm ein paar Haarsträhnen zwischen die Finger. „Ich dachte, wir hätten uns darauf geeinigt …"

„Ich habe mich auf gar nichts geeinigt." Ich versuchte, abgeklärt zu klingen, aber es klang nach Verteidigung. „Erst wollte ich nicht hierherkommen, aber dann habe ich meine Meinung geändert. Das ist mein Recht, weißt du."

Ein Muskel in seinem Gesicht begann zu zucken. Er war offensichtlich nicht erfreut.

„Emerson?“ Da war plötzlich meine Mutter neben mir. Sie klang erstaunt, fragend, während sie Shaw von oben bis unten musterte. Er war formeller gekleidet, als ich ihn je gesehen hatte, in Stoffhose und Hemd. Er hatte sich Mühe gegeben. Für mich. Und trotzdem fiel er hier völlig aus dem Rahmen. Er war zu männlich. Stark. Kantig. Ein Mann, der sein Geld mit seinen Händen verdiente und nicht mit irgendwelchen Meetings. Ich war gerührt. Hätten wir nicht in dieser Menge von Menschen gestanden, auf dem Probeessen meines Stiefbruders und unter den misstrauischen Blicken meiner Mutter, hätte ich ihn am liebsten geküsst.

Ich wandte mich mit einem strahlenden Lächeln zu ihr um. „Mom, das ist …“ Meine Stimme erstarb. Sollte ich Shaw wirklich als meinen Freund vorstellen und mich dadurch ihren neugierigen Fragen aussetzen? War er überhaupt mein Freund? Außer dass er sich Melanie gegenüber so vorgestellt hatte, gab es darüber noch keine offizielle Vereinbarung. Er hatte mich nicht einmal gefragt.

„Shaw“, kam er mir zu Hilfe und streckte die Hand aus. Ich kannte ihn mittlerweile gut genug, um zu wissen, dass sein Lächeln angestrengt war. Er mochte sie nicht. Nicht bei dem, was er alles über sie wusste. Er konnte sie nicht mögen.

Mom starrte einen Moment auf seine Hand, als wüsste sie nicht, ob sie sie ergreifen sollte oder nicht. Sie betrachtete seine Hand, dann wieder ihn, und schließlich verzog sie die Lippen und entblößte ihre Zähne.

„Schön, Sie kennenzulernen.“ Sie berührte ihn nur flüchtig, als hätte sie Angst vor dem Kontakt mit ihm.

„Sehr erfreut, Ma’am.“

„Mir war nicht klar, dass Emerson auf ihrer Antwortkarte ‚in Begleitung‘ angekreuzt hatte.“ Natürlich schwang in dieser Bemerkung ein Vorwurf mit.

Aber das würde ich jetzt einfach ignorieren. Ich hatte nicht mal eine Antwortkarte geschickt. Schließlich hatte ich mich erst gestern Abend kurzfristig entschlossen zu kommen. Vor weniger als vierundzwanzig Stunden, als ich nackt im Bett lag mit dem Mann, der nun neben mir stand.

Oh, was hätte ich darum gegeben, jetzt wieder mit ihm im Bett zu liegen, anstatt hier rumzustehen!

„Studieren Sie auch in Dartford?", fragte Mom und nahm sich ein Glas Wein von einem Tablett, das an uns vorbeigetragen wurde.

„Nein, Ma'am."

„Oh?" Sie musterte ihn noch einmal. „Eine andere Hochschule? Oder haben Sie bereits Ihren Abschluss?" Sie lächelte ein wenig, nach dem Motto: So muss es sein. Weil sie alles andere inakzeptabel gefunden hätte.

„Ich bin kein Student."

Ihr Gesicht wirkte puppenhaft, ohne jegliches Mienenspiel. Nur in ihren Augen sah ich, dass sie nicht verstand. Schließlich formten ihre zu dicken glänzenden Lippen die Worte. „Im Sinne von … nie gewesen?" Sie sah mich an, als erwarte sie eine Bestätigung, dann wandte sie ihren Blick wieder Shaw zu. „Was machen Sie denn dann?"

Jetzt wartete sie garantiert darauf, dass er etwas sagen würde, das sie dennoch besänftigen konnte.

„Seit ich nicht mehr bei den Marines bin, arbeite ich als Mechaniker."

„Als Mechaniker?"

Ihr Körper erschauderte, als hätte Shaw sich dazu bekannt, ein Serienmörder zu sein. Gleichzeitig quollen ihre Augen hervor. Der Schock war ihr so deutlich anzusehen, dass mich der irre Wunsch überkam, laut loszulachen.

Sie sah mich an, und ihre unbewegliche Miene war kurz davor zu zerbrechen. „Ist das dein Ernst, Emerson?“ Sie sah sich hektisch im Saal um, als ob gleich jemand mit der versteckten Kamera hervorspringen und erklären würde, alles wäre nur ein Scherz. Oder vielleicht hatte Mom auch Sorge, dass jemand auf Shaw deuten und ihn als den hart arbeitenden Mittelschichtler outen würde, der er war.

Ich schüttelte den Kopf und nahm Shaws Hand. „Komm, lass uns gehen.“ Ich hatte hier nichts mehr zu suchen. Justins hässliche Worte klangen noch in meinen Ohren. Es hatte sich nichts verändert. Das hier war nicht meine Familie.

Doch ich kam nicht dazu zu gehen. Denn plötzlich vernahm ich hinter meinem Rücken eine Stimme.

„Da bist du ja, du kleine Schlampe.“

19. KAPITEL

Ich erstarrte, als ich seine Stimme vernahm. Alles war noch zu frisch.

Stur blickte ich nach vorn, auf Moms Gesicht. Hätte ich die Stimme nicht bereits erkannt, hätte ich anhand ihrer Körpersprache gewusst, wer hinter mir stand. Ihre Augen waren das Einzige, was ihrem Plastikgesicht einen Hauch von Emotion verlieh.

Ihr Blick war schockiert und dann voller Angst. Ich warf einen kurzen Blick auf Shaw, es war mir peinlich vor ihm. Ausgerechnet jetzt musste er hier sein. Obwohl ich ihm von meiner Vergangenheit erzählt hatte, war es etwas anderes, diese ganzen Leute live zu erleben, es mitzubekommen, Seite an Seite mit mir. Ich wäre am liebsten im Erdboden versunken. Oder hätte mich weggebeamt.

Ich musterte seine Miene. Er sah verwirrt aus. Auch er hatte die Stimme gehört – und die hässlichen Worte. Wie alle, die in unserer Nähe standen. Aber noch hatte Shaw nicht begriffen, dass ich damit gemeint war. Diverse Personen hatten ihre Unterhaltung eingestellt und starrten zu uns herüber.

Lauf. Verschwinde! Das war mein erster Impuls. Ich wollte einfach nur weg, bevor das hier zur Hölle wurde. Hastig machte ich einen Schritt zur Seite und zog Shaw mit mir. Ich wollte Justin um jeden Preis aus dem Weg gehen. Vielleicht war ich verrückt oder litt unter Wahnvorstellungen, aber ich dachte tatsächlich, ich könnte diesen Saal ohne eine Konfrontation mit ihm verlassen. Ohne einen weiteren Blick auf meinen Stiefbruder werfen zu müssen.

„Hast du mich nicht gehört, Emerson?“

Ich erschauderte. Jetzt war allen klar, wen er gemeint hatte.

Shaw erstarrte neben mir – innerhalb einer Nanosekunde versteifte sich sein Körper. Seine Finger umschlossen meine fester, und ich wusste, er würde mich nicht loslassen.

Da war wieder Justins Stimme – wie ein scharfes Messer, dem ich nicht ausweichen konnte. „Wohin willst du? Hey! Ich rede mit dir, Schlampe!"

Ja, er sprach mit mir. Weil ich hergekommen war. Weil ich gedacht hatte, alles könnte anders werden. Weil ich geglaubt hatte, dass ich ein normales Mädchen sein könnte, das keine total gestörte Familie hatte.

Da drehte sich Shaw um, langsam, und ging wortlos mit mir weiter. Ich blickte auf einen Punkt irgendwo über Justins Schulter, starrte blind geradeaus. Sein widerwärtiges Gesicht wollte ich nicht sehen. „Wie hast du sie genannt?"

Diesen Ton hatte ich bisher noch nie in Shaws Stimme gehört. Er hatte vor mir die Fassung verloren, aber so hatte seine Stimme noch nie geklungen. Leise und schneidend, mit bedrohlichem Unterton.

Justin gab keine Antwort. Kein Geräusch war zu hören. Alle Unterhaltungen waren eingestellt worden. Nur das Orchester spielte weiter, nichts ahnend von der Szene.

Ich legte Shaw meine Hand auf den Arm. „Lass uns gehen."

„Ach, jetzt willst du gehen?" Justins Gesicht war wutverzerrt. „Nachdem du Melanie Scheiße über mich erzählt und sie davon überzeugt hast, die Hochzeit abzusagen? Jetzt kannst du natürlich gehen, na klar!"

„Emerson, das hast du nicht getan!", schrie meine Mutter.

„Oh doch. Das hat sie." Justin nickte. „Ich hätte es wissen müssen."

Ich versuchte, mich zu verteidigen. „Ich bin nicht hergekommen, um ..."

„Du bist hergekommen, um genau das zu tun." Justin trat mir in den Weg. Shaw würdigte er keines Blickes. Er schien nur mich zu sehen und fixierte mich mit seinem wuterfüllten Blick. Als er einen weiteren Schritt auf mich zumachte, legte ihm Shaw die flache Hand auf die Brust und schubste ihn nach hinten.

Jetzt sah Justin ihn – und nahm ihn endlich wahr. Er blinzelte. „Wer zum Teufel bist du denn?"

„Ich bin der Typ, der dich töten wird, wenn du noch ein Wort zu ihr sagst und ihr noch einen Schritt näher kommst."

Justin hielt einen Moment seinem Blick stand und lehnte sich gegen Shaws Hand. Sie fixierten einander, schätzten einander ab. Schließlich gab Justin nach und trat zurück. „Von mir aus. Nimm sie mit, und verschwinde."

Ich atmete erleichtert aus und zerrte an Shaws Arm. „Komm."

Shaw ging um meinen Stiefbruder herum, beschützend den Arm um mich gelegt. Und dann waren wir endlich an ihm vorbei. Hatten ihm den Rücken zugekehrt.

„Emerson." Meine Mutter.

Ich hätte nicht zögern sollen. Mich nicht umdrehen. Aber ich tat es. Sie war der eigentliche Grund, warum ich gekommen war. Ich wollte es sehen, wollte es wissen.

Denn sie würde immer meine Mutter sein.

Mom stand neben Justin und starrte mich mit ausdruckslosen Augen an. In meiner Brust zersprang etwas. Sie stand immer noch *ihm* bei.

„Du bist eine einzige Enttäuschung."

Ich holte Luft. Langsam und tief, während ich mich wunderte, wieso ihre Worte mich immer noch so verletzen konnten.

Dann drehte ich mich um, bereit zu gehen, aber jetzt spielte Shaw nicht mehr mit. Ich ging ein paar Schritte weiter, und erst da bemerkte ich, dass er immer noch dastand und Mom und Justin ansah.

„Sie ist eine einzige Enttäuschung?“, fragte er. Sein Körper war starr vor Wut.

Mom hob das Kinn. „Also, ich weiß nicht, wer Sie sind, aber das hier ist nicht Ihre Angelegenheit. Sie sind nicht einmal eingeladen. Gehen Sie, bevor ich den Wachdienst rufen lasse.“

Diese Drohung konnte Shaw nicht schrecken. Er bewegte sich keinen Zentimeter. „Die Enttäuschung sind Sie. Sie haben als Mutter versagt.“

Ich rannte zu ihm und nahm seinen Arm mit beiden Händen, wobei mir die Blicke der Umstehenden nicht entgingen, die gierig unser kleines Familiendrama beäugten. Das fühlte sich gar nicht schön an. „Shaw, was soll denn das?“, zischte ich panisch.

Er sah mich mit wütendem Blick an. Dann wandte er sich wieder meiner Mutter zu. „Sie haben eine Tochter wie Emerson nicht verdient.“

„Richtig. Das habe ich nicht“, gab Mom zurück. Sie reckte das Kinn und hob ihre Stimme um eine ganze Oktave, damit jeder sie hören konnte. „Meine Tochter hat viele Probleme. Sie verursacht mir nichts als Sorgen.“ Sie sah sich um und wandte sich an alle Anwesenden, nicht nur an Shaw.

Shaws Arm verkrampfte sich unter meinem Griff. „Erstens: Emerson ist wunderbar und klug und liebenswert, aber mit einer Mutter wie Ihnen kann man nur Probleme haben. Oh, und wo wir gerade dabei sind … Das Stück Scheiße, das da neben Ihnen steht …“

„Shaw!“ Ich zerrte mit meinem ganzen Gewicht an ihm, so große Angst hatte ich vor dem, was er gleich sagen würde.

Er schaute mich kurz an und berührte mich an der Schulter. „Nein! Ich weiß, was dieser Kerl dir angetan hat.“ Seine

Stimme wurde zu einem leisen Zischen, sodass nur ich ihn hören konnte. „Alle hier sollten wissen, was für ein Schwein er ist."

Ich schüttelte den Kopf. *Nein, nein, nein!* Das durfte niemand erfahren. Mom und Shaw waren die einzigen Menschen, denen ich je davon erzählt hatte. Nicht einmal meine besten Freundinnen wussten davon. Auch mein Vater nicht. Diese Leute hier durften nicht davon erfahren. Das ging niemanden etwas an.

Plötzlich wurde Shaw weggezerrt. Justin hatte ihn an der Schulter gepackt und deutete auf zwei uniformierte Hotelangestellte. „Bringen Sie dieses Stück Dreck raus."

Und da flippte ich aus. Ich sah rot. Shaw war kein Dreck. Shaw war edel und ein guter Mensch. Das genaue Gegenteil von Justin.

Ich rannte auf Justin zu und riss seine Hand von Shaws Schulter. „Wag es ja nicht, ihn anzufassen! Nie wieder! Du bist wirklich …" Ich war jetzt sehr wütend und empört. „Du hast versucht, mich zu vergewaltigen!" Ich wirbelte zu meiner Mutter herum. „Und du hast nichts gemacht, als ich dir davon erzählt habe! Nichts!" Meine Stimme verwandelte sich in ein ersticktes Schluchzen.

Irgendwann in den letzten paar Minuten hatte die Band aufgehört zu spielen.

Mir wurde schlagartig übel, als meine Worte durch den Saal hallten. Schrill und schrecklich hingen sie in der Luft. Sie schienen für immer weiterzuklingen, tief hinein in meine Seele.

Noch nie hatte ich es ausgesprochen. Nicht mit diesen Worten. Weder meiner Mutter noch Shaw noch mir selbst gegenüber hatte ich diese Worte jemals benutzt. Aber genau das war es, was passiert war. Auch wenn ich es bisher immer anders formuliert hatte.

Er hat mich *belästigt.* Mich angefasst. Alles Euphemismen.

Er hat versucht, mich zu vergewaltigen.

Ich spürte die Blicke der Menschen auf mir, kam mir vor wie nackt. Es zerriss mich, sie konnten in mein Innerstes schauen.

Ich taumelte ein paar Schritte nach hinten und fühlte mich zu meiner Überraschung plötzlich leichter. Als hätten diese sechs kleinen Worte vorher meine Seele festgehalten wie Anker, von denen ich nun befreit war.

Justin zeigte mit einem Finger auf mich. „Du beschissene kleine Lügnerin!"

Ich zuckte zusammen.

Danach sagte niemand mehr etwas. Eben noch hatte Shaw regungslos neben mir gestanden, jetzt verschwamm seine Silhouette. Mit einem lauten Krachen landete seine Faust in Justins Gesicht.

„Nicht, Shaw!"

Er hörte nicht auf mich, sondern schlug noch einmal zu. Dabei schüttelte er die Hotelangestellten ab, die versuchten, ihn festzuhalten.

„Hör auf! Hör auf!" Ich verbarg mein Gesicht in den Händen und hielt mir die Ohren zu, als könnte ich so das Geräusch ausblenden, das Shaws Fingerknöchel auf Justins Gesicht verursachten.

Justin ging zu Boden. Meine Mutter fing an zu schreien. Die Menschenmenge teilte sich. Shaw stellte sich über Justin, jeweils ein Bein seitlich neben ihm postiert. Er zog ihn hoch, um weiterzumachen, aber mir reichte es. Justins widerliche Beleidigungen, Moms angeekelter Blick. Ich kam mir vor, als wäre ich wieder fünfzehn.

Ich hatte genug. Zitternd stand ich da und spürte alle Blicke auf mir. Als wäre ich ein mieses Stück Dreck. Und jetzt sah ich noch dabei zu, wie mein Stiefbruder zu einem blutigen Haufen zusammengeschlagen wurde. Das war das i-Tüpfelchen an diesem oberbeschissenen Abend.

Ich drehte mich um und floh aus dem Festsaal, schnappte mir im Rausrennen noch meinen Mantel. Draußen klackerten meine Schritte hektisch, als ich zum Parkplatz lief. Mit zitternden Fingern fummelte ich an meinen Mantelknöpfen herum.

„Emerson!"

Ich blickte mich kurz um und bemerkte Shaw, der hinter mir herkam.

Ich schüttelte nur den Kopf und rannte weiter. Mir doch egal, wie kindisch das war.

„Emerson, warte!"

Seine Stimme war jetzt dicht hinter mir, und mir wurde bewusst, dass ich niemals schneller sein würde als er.

„Was fällt dir ein?", flüsterte ich und riss meinen Arm weg. „Du hättest nicht hierherkommen dürfen! Ohne dich hätte ich niemals einem Ballsaal voller Fremder gesagt, was sie mir angetan haben!" Denn so empfand ich es – *sie* hatten es mir angetan. Nicht nur Justin. Auch Mom, deren Verrat mich schlimmer getroffen hatte als alles andere. Immer noch. „Und war es nötig, Justin vor allen Leuten zusammenzuschlagen? Was wolltest du damit beweisen? Warum bist du nicht einfach zu Hause geblieben? Ich wäre allein mit ihnen fertiggeworden. Dafür habe ich dich nicht gebraucht! Ich brauche dich nicht!"

„Aber ich brauche dich, verdammt!", rief er und sah mich forschend an. Er wollte sehen, ob ich es zuließ. Doch ich schüttelte den Kopf und wich vor ihm zurück, als würde mich die Distanz zwischen uns beschützen. Er kam mir nach. „Und ich möchte, dass du mich brauchst." Er nahm mein Gesicht in seine Hände und zog mich an sich, legte seine Stirn an meine und murmelte: „Ich konnte nicht zulassen, dass er so über dich spricht. Dir scheint es nichts auszumachen, wenn sie dich so behandeln, aber ich lasse das nicht zu."

„Hör auf damit! Hier geht es nicht um dich!" Ich wehrte mich gegen meinen Drang, ihm die Arme um den Hals zu werfen. „Was wolltest du überhaupt hier?"

„Hast du gedacht, ich würde ruhig zu Hause sitzen, nachdem mir klar war, wo du bist? Während du dich im selben Zimmer mit dem Typen befindest, der versucht hat, dich zu vergewaltigen?"

„Sag das nicht dauernd!" Ich stieß ihn von mir weg.

Er neigte den Kopf und schaute mich zärtlich an. „Aber es ist die Wahrheit, Em."

„Meinst du, das weiß ich nicht?" Und plötzlich rannen mir die Tränen heiß über das Gesicht. „Ich habe es gerade selbst allen erzählt! Jetzt weiß es jeder!" Ich hob den Kopf und schluchzte, dann deutete ich auf das Hotel. „Zweihundert Leute wissen jetzt Bescheid. Deinetwegen!"

„Meinetwegen?"

„Ja, genau! Ich hätte es niemandem sagen müssen, wenn du nicht hier aufgekreuzt wärest. Denn dann wäre ich nicht so sauer geworden, als Justin dich als Dreck bezeichnet hat!" Ich wäre überhaupt nicht hier gewesen, wenn es Shaw nicht gäbe. Wenn er mir nicht unbewusst vermittelt hätte, dass es keinen Zweck hatte, für immer davonzurennen und mich zu verstecken. Dass ich stark genug war, mich meiner Vergangenheit zu stellen und so mutig zu sein wie er.

Er steckte eine Hand in die Hosentasche, und erst da fiel mir auf, dass er keine Jacke trug. Ihm musste eiskalt sein, aber er zitterte nicht. Er starrte mich einfach nur an, mit stoischer Miene. „Das ist es also? Du bist sauer auf mich, weil ich dich angeblich dazu gezwungen habe, dich mit der Sache auseinanderzusetzen, vor der du dein Leben lang davongelaufen bist?"

„Ja! Nein!“ Ich sah hinauf in den Winterhimmel, als könnte ich dort eine Antwort finden – oder eine Wahrheit, in den dunklen grauen Wolken, in der dunkler werdenden Nacht. Aber … nichts.

Er hatte recht. Es fühlte sich an, als wäre das alles seine Schuld. Er hatte mich aus meinem selbstauferlegten Gefängnis befreit. Dadurch, dass ich ihm begegnet war, waren meine alten Wunden wieder aufgegangen. Ich hätte heute Abend nicht hierherkommen dürfen. Und ihn in mein Leben zu lassen war auch ein Fehler gewesen.

Ich senkte meinen Kopf wieder und schaute ihn an. Er wartete ab, schweigend, und sein Blick war so … wertend. So empfand ich es jedenfalls. Ich kam mir bloßgestellt und verwundbar vor. Er konnte in mich hineinsehen und sah, dass etwas in mir zerbrochen war. Das wieder ganz gemacht werden musste.

„Du kannst mich nicht retten. Das war nicht dein Kampf“, flüsterte ich.

„Dein Kampf ist mein Kampf. Was meiner Freundin wehtut, tut auch …“

„Nein.“ Ich wich zurück und schüttelte den Kopf. „Ich bin nicht deine Freundin.“ Dabei zuckte ich mit den Schultern. „Bin ich nicht.“

Ich beobachtete, wie er meine Worte aufnahm. Der Glanz in seinen Augen wurde matter. „Du hast doch nur Angst“, sagte er schließlich leise.

„Angst?“, fuhr ich ihn an. „Wovor denn?“

„Vor allem, was echt ist. Und was wir beide zusammen haben, ist echt. Du liebst mich, und das macht dir Angst.“

„Ich liebe dich überhaupt nicht“, behauptete ich.

Da umschloss er mein Gesicht mit beiden Händen, zog mich an sich. „Ich weiß, dass du mich liebst. Ich weiß es, weil ich es in deinen Augen lesen kann. Daran, wie du mich ansiehst.“ Er holte tief Luft. „Und genauso sehe ich dich an.“

„Nein!“, rief ich. Seit wann war ich so durchschaubar? Liebe bedeutete Schmerz. Liebe bedeutete Kontrollverlust. Wie man heute Abend wieder einmal gesehen hatte.

Und endlich küsste er mich. Innig. Ich kämpfte nur kurz mit mir, dann erwiderte ich seinen Kuss. Ich hatte ihm nichts entgegenzusetzen. Wenn er in meiner Nähe war, verwandelte sich mein Gehirn in Mus, und ich war plötzlich ganz Frau. Sein Kuss wurde zärtlicher, liebevoller. Ich erschauderte. Nachdem ich mich wieder gefangen hatte, schob ich ihn von mir weg.

Meine Brust hob und senkte sich, während mein Atem vor mir weiße Wölkchen bildete. Ich schaute Shaw lange an, danach steckte ich die Hände in die Manteltaschen.

„Ich will dich“, sagte er ohne jeden Zweifel in seiner Stimme. Schonungslos. „Du und ich. Zusammen.“ Dann holte er tief Luft. „Aber ich werde dir nicht ewig nachlaufen.“

Ich nickte. Er stellte mir also ein Ultimatum. Okay, das war fair, aber es blieb ein Ultimatum. Im Moment konnte ich nicht darüber nachdenken. Mir war gerade alles zu viel.

Ohne ihn noch einmal anzublicken, ging ich davon.

20. KAPITEL

Die folgenden zwei Tage erlebte ich wie durch einen Schleier. Georgia und Pepper beobachteten mich besorgt. Ich reagierte nicht auf ihre Fragen, verschlief beinahe den gesamten Samstag und hockte den kompletten Sonntag vor dem Fernseher. Ich checkte mein Telefon, aber es war sinnlos. Er rief nicht an.

Wieder und wieder spielte sich der besagte Abend vor meinem geistigen Auge ab, und jedes Mal sank ich noch tiefer in mein Bett und zog die Beine noch enger an die Brust. Ich hatte Shaw einfach stehen lassen. Und er würde mir nicht mehr nachlaufen. Ich hatte mich entschieden. Ich wollte Sicherheit und Kontrolle über mein Leben.

Und wieso fühlte ich mich dann so beschissen?

Am Sonntagabend kamen Pepper und Georgia in mein Zimmer marschiert und knipsten gnadenlos das Licht an. Georgia hatte eine Papiertüte in der Hand. „Du musst was essen“, erklärte sie.

„Und wir wollen endlich wissen, was mit dir los ist“, fügte Pepper hinzu.

Langsam setzte ich mich auf. „Was soll das denn werden? Einmischung in meine Privatangelegenheiten?“

„Nenn es, wie du willst.“ Georgia nahm verschiedene Kartons aus der Tüte. „Ich hab dir dein Lieblingsessen mitgebracht. Fajitas, Nachos. Mit Guacamole.“

„Lecker“, murmelte ich. „Kohlehydrate.“

„Für dich scheue ich weder Kosten noch Mühen. Erst recht nicht, wenn du dann endlich wieder mit uns redest.“

Ich lächelte. So schlimm war es doch nicht. „Verstehe. Ihr wollt mich bestechen.“

„Selbstverständlich.“

Gerührt sah ich Georgia an. Erst vor Kurzem hatte ihr Freund nach fünf Jahren mit ihr Schluss gemacht. Er war ihre erste große Liebe gewesen. Ihre einzige große Liebe. Ich konnte mir nicht wirklich vorstellen, was sie durchmachte. „Du bist unglaublich, Georgia. Eigentlich sollten wir uns um dich kümmern!"

„Ich war lange genug traurig", verkündete sie mit einer lässigen Handbewegung. „Keine Tränen mehr." Wir verteilten die Kartons mit Nachos und scharfer Soße und setzten uns hin. Ich auf mein Bett, Georgia und Pepper auf das andere. Auf meinem war kein Platz mehr – zu viele Kissen und Klamotten.

Pepper kam direkt zur Sache. „Also. Wie lief das Probeessen?"

„Oh! Schlechter konnte es nicht laufen. Das Highlight war aber, dass Shaw meinen Stiefbruder verprügelt hat."

„Was?" Georgia ließ ihren Nacho fallen und beugte sich vor. „Wieso?"

Ich schaute meine Freundinnen an und seufzte. Irgendwann musste ich es ihnen ja sagen. Vielleicht hätte ich es schon längst tun sollen, aber nachdem ich es vor einer ganzen Gruppe Fremder herausgeschrien hatte, fiel es mir jetzt irgendwie leichter, darüber zu reden. Außerdem hatten die beiden es verdient, die Wahrheit zu erfahren. Ich liebte sie – schon allein deswegen musste es sein.

Sie blickten mich ernst an, als wüssten sie, dass ich gerade dabei war, eine nicht ganz leichte Entscheidung zu fällen.

Schließlich erzählte ich es ihnen. Es brach aus mir heraus. Die beiden saßen da und sagten nichts. Sie hörten schweigend zu, als ich ihnen von meiner Mutter erzählte. Von Justin. Und von Melanie. Alles, was zu den Geschehnissen vom Freitagabend geführt hatte. Und dann erzählte ich ihnen noch, was beim Probeessen vorgefallen war – inklusive Shaws Auftritt. Mit aufgerissenen Augen hörten sie mir zu.

„Wow“, murmelte Georgia danach und stellte ihr Schälchen mit den Nachos auf den Nachttisch.

Ungläubig schüttelte Pepper den Kopf. „Warum hast du uns das nie erzählt? Das mit deiner Mom und deinem Stiefbruder?“

„Ich wollte nicht, dass ihr mich deswegen anders behandelt.“

„Wie denn anders?“ Georgia ließ sich neben mich auf mein Bett fallen, sodass ich einen Stapel mit Klamotten wegschieben musste. „Meinst du, wir hätten dich dann nicht mehr lieb gehabt?“

„Nein, natürlich nicht.“ Ich schüttelte den Kopf und schob mir eine Haarsträhne hinters Ohr. Plötzlich kam ich mir dumm vor. Ich konnte den beiden nicht richtig erklären, wieso ich alles für mich behalten hatte. Nicht nur das, was mein Stiefbruder mir angetan hatte, sondern auch, wie sehr ich mich von meiner Mutter zurückgewiesen fühlte. Sie hatte mich nicht beschützt – sie hatte als Mutter versagt. Sogar Peppers Mutter, eine kaputte Drogensüchtige, hatte auf ihre Weise das Beste getan, um ihr Kind zu beschützen. Und Georgia kam sowieso aus einem liebenden Elternhaus. Im Gegensatz zu mir.

Ich atmete aus. „Ich wollte nur nicht, dass ihr glaubt, irgendwas stimmt nicht mit mir. Ich wollte nicht bemitleidet werden.“

„Em“, meinte Georgia leise. „Mit dir stimmt alles. Du hast einfach nur eine Scheißfamilie. Das ist nicht deine Schuld.“

„Ja, das hat gar nichts mit dir zu tun. Glaub mir. Ich kenne mich aus mit Scheißfamilien.“ Pepper nickte und tunkte einen Nacho in scharfe Soße. „Ich bemitleide dich nicht, Em. Aber ich würde dich am liebsten schütteln, weil du das alles so lange für dich behalten hast!“

Ich lächelte unsicher. „Ich habe es Shaw erzählt.“

„Immerhin“, erwiderte Pepper.

„Und dann ist er dort aufgetaucht und hat Justin eine reingehauen.“

„Halleluja.“ Pepper nickte anerkennend.

„Weil er dich liebt“, stellte Georgia fest. „Das ist dir klar, oder?“ Sie sah mich mit ihrem sanften Blick an. „Ich weiß, du hast so etwas noch nie für einen Mann empfunden. Jetzt hast du Angst vor deinen Gefühlen ... Liebe kann ja auch sehr beängstigend sein.“

Ich schaute die beiden an, während Georgias Worte in mir nachklangen. *Liebe kann ja auch sehr beängstigend sein.* Da war was Wahres dran. Und da wurde es mir auf einmal ganz deutlich bewusst: Ich liebte Shaw. Aber konnte ich mich wirklich darauf einlassen? Auf ihn? Und eine normale Beziehung führen? Liebe nehmen und Liebe geben?

Pepper nickte erneut. „Ich glaube, der Typ liebt dich schon, seit er damals deinen Hintern aus dieser Biker-Bar geschafft hat.“

Ich zog die Knie an die Brust und wiegte mich hin und her. Bisher brachte mir dieses Gespräch noch keine Erleichterung.

„Und er macht dich glücklich“, gab Georgia zu bedenken. „So habe ich dich noch nie gesehen. Echt nicht. Er hat etwas in dir zum Vorschein gebracht. Die echte Emerson. Nicht diese Emerson, die ...“

Ich warf ihr einen scharfen Blick zu. „... die eine Schwanzfopperin ist?“, beendete ich den Satz für sie.

Georgia errötete. Sie wirkte zerknirscht, aber ich konnte es ihr nicht verübeln. Dieses Bild von mir hatte ich schließlich selbst erschaffen. Niemand durfte mein wahres Ich kennen. Denn mein wahres Ich war verletzlich. Das war die unechte Emerson nicht. Sie war unberührbar. In jeder Hinsicht. Ausnahmslos.

Bis auf Shaw.

Er hatte mein wahres Ich freigelegt.

„Das Einzige, was deinem Glück im Wege steht, bist du selbst", stellte Pepper fest. „Glaub mir. Aus den gleichen Gründen hätte ich beinahe Reece verloren. Lass nicht zu, dass Shaw aus deinem Leben verschwindet."

Ich ließ meine Knie los und griff nach meinem Handy, das auf dem Regal lag. Ich strich über das Display und dachte an Shaw, fragte mich, was er wohl gerade machte. Ob er vielleicht an mich dachte?

„Schreibst du ihm eine SMS?", wollte Pepper wissen. Sie klang hoffnungsfroh.

Langsam nickte ich. „Ich … Ja." Ich holte tief Luft und schrieb, löschte alles noch mal und fing von vorn an. Schließlich schickte ich ihm folgende Nachricht:

Ich: Du musst mir nicht mehr hinterherlaufen.

Dann legte ich das Telefon weg und zuckte mit den Schultern. Ich wollte nicht jemandem einfach so mein Herz zu Füßen legen, nur um zu sehen, ob er es aufhob.

Einen Moment lang saßen wir drei einfach nur da und warteten auf eine Antwort von Shaw. Als sich nach einigen Minuten immer noch nichts getan hatte, schnappte ich mir die Fernbedienung, wobei ich gezwungen lächelte, und sagte: „Mal gucken, ob was in der Glotze läuft." Ich bemerkte, wie Georgia und Pepper mich beobachteten, doch ich widmete mein Interesse ganz dem Fernseher. „Hey, schaut mal! ‚Teen Wolf' kommt!"

Nachdem wir aufgegessen hatten, ging Pepper rüber zu Reece. Ich konnte mich nicht auf „Teen Wolf" konzentrieren. Am Mittwoch schrieb ich eine Kunstgeschichte-Klausur, aber aufs

Lernen konnte ich mich natürlich auch nicht konzentrieren. Mit den Strebepfeilern von Notre-Dame würde ich mich später beschäftigen.

„Ich gehe ins Atelier und male dort ein bisschen“, verkündete ich und schlüpfte in meine UGGs.

„Ich dachte, das wäre deine Lieblingsfolge“, erwiderte Georgia und deutete auf den Fernseher, wo gerade ein sexy Typ im Raketentempo durch einen Wald lief.

„Tja …“ Ich zuckte die Achseln und starrte einen Moment dumpf auf den Fernseher. Keiner von den superattraktiven Jungs aus der Serie konnte es mit Shaw aufnehmen. Er war einfach unschlagbar.

Ich zog einen dicken Sweater an. Dann stellte ich mich vor Georgia und drückte ihr einen Kuss auf die Stirn. „Ich komm nicht allzu spät zurück.“

Sie lachte. „Ist klar. Das sagst du immer, und dann vergisst du die Zeit. Und auf dein Telefon reagierst du auch meistens nicht, wenn du im Atelier bist.“

Das stimmte. Ich schnappte mir Portemonnaie und Schlüssel.

„Ich weiß, was los ist, Em. Du willst dich von der Tatsache ablenken, dass Shaw dir noch nicht zurückgeschrieben hat.“

Ich zwang mich zu einem Lächeln. „Du kennst mich einfach zu gut.“

„Warte mal, Em. Schreib ihm wenigstens noch eine SMS und sag ihm, wo du bist. Für den Fall, dass er …“

„Das halte ich nicht für nötig.“

„Du bist echt unverbesserlich!“

„Tschüss.“ Ich winkte ihr zu, schlüpfte in meinen Mantel und verließ das Zimmer. Im Fahrstuhl knöpfte ich den Mantel zu. Draußen empfing mich eisige Kälte. Seit Freitag hatte ich das Haus nicht mehr verlassen und daher schon fast vergessen, dass Winter war. Ich wickelte mir meinen Schal zweimal um den Hals und bedeckte auch mein Kinn mit dem warmen Stoff.

Dann steckte ich nach einem prüfenden Blick mein Handy in die Tasche. Ich hörte noch Georgias Stimme in meinem Kopf. Also zog ich es wieder hervor und schrieb eine Nachricht.

Ich: Gehe jetzt zum Arbeiten ins Atelier.

Während ich das Handy wieder einsteckte, murmelte ich: „So, Georgia. Erledigt. Bist du jetzt zufrieden?"

Ich schlug den gewohnten Weg zum Atelier ein, und die Schlüssel in meiner Hand klapperten bei jedem meiner Schritte. Ich kam an ein paar Leuten vorbei, die auf dem Weg in ihre Wohnheime waren. Andere waren auf dem Weg zur Bibliothek.

Das Atelier lag im Dunkeln. Die Glasfenster glänzten wie die stille Oberfläche eines Sees. Ich spielte mit dem Schlüssel. Professor Martinelli vertraute nur wenigen Studenten den Schlüssel an, sodass sie auch außerhalb der offiziellen Arbeitszeiten Zutritt zu den Räumen hatten. Es war toll, zu diesen Auserwählten zu gehören.

Ich ging zur Tür und steckte den Schlüssel ins Schloss. Zumindest versuchte ich es. Ich fummelte herum, bis ich es endlich geschafft hatte und eintreten konnte. Im Gebäude war es kalt, und die schwere Holztür quietschte, als ich sie aufschob. Es fiel mir schwer, den Schlüssel wieder aus dem alten Messingschloss zu ziehen.

Plötzlich rempelte mich jemand unsanft von hinten an. Ich knallte mit der Schulter gegen die Tür und kam ins Straucheln. Weil ich mich nicht mehr abfangen konnte, prallte ich mit voller Wucht auf den Boden. Meine Wange scharrte über den Betonboden.

Ich stöhnte und war zu überrascht, um mich zu bewegen. Dann hörte ich, wie die Tür zufiel. Jemand riss mich auf die Füße. Ich stand unsicher auf meinen Beinen. Finger gruben sich in meine Arme.

„Hallo, Schwesterherz." Ich spürte seinen stinkenden Atem im Gesicht.

Alles in mir zog sich zusammen. Ich presste eine Hand auf die Wange. „Was willst du hier, Justin?" In der Dunkelheit kniff ich die Augen zusammen, um sein Gesicht zu sehen. Ich konnte kaum etwas erkennen. Nur den Glanz seiner Augen und die Bewegung seiner Lippen. Neben der Tür war der Lichtschalter, aber solange er mich festhielt, kam ich nicht dran.

„Ich statte dir nur einen kleinen Besuch ab. Ich wollte ein bisschen allein mit dir sein. Das ganze Wochenende hast du dich schon nicht blicken lassen, aber ich habe ja jetzt viel Zeit. Meine Hochzeit ist nämlich ausgefallen, weißt du."

„Du bist betrunken!" Unangenehme Erinnerungen wurden in mir wach. Justin. Im Dunkeln. So wie jetzt. Ich, völlig überrascht, mich vor ihm wegduckend.

Er lachte und sagte lallend: „Ich trinke schon seit Freitagabend. Seit dem Moment, als du mein Leben ruiniert hast."

„Dafür hast du meine Hilfe wohl kaum gebraucht."

„Melanie spricht nicht mehr mit mir."

„Recht hat sie", zischte ich. Das konnte ich mir nicht verkneifen.

Er verstärkte seinen Griff, bis der Schmerz immer stärker wurde. Morgen würde ich an der Stelle einen dicken blauen Fleck haben. „Ja. Das freut dich, was? Tauchst einfach mit deinem Freund auf und erzählst einen Haufen Lügen!"

„Das waren keine Lügen."

„Ach so? Ich bin also ein Vergewaltiger?"

Ich versuchte nicht länger, mich von Justin loszumachen, sondern sah ihn an. „Du hast versucht, mich zu vergewaltigen." Diese Worte waren so befreiend! Die Angst, die ich immer gehabt hatte, fiel von mir ab. Verschwand wie Rauch im Nichts.

„Versucht." Er lachte. „Kein großer Unterschied, was? Zwischen einem Beinahe-Vergewaltiger und einem Vergewaltiger? Ich meine, Melanie hält mich für einen kranken Perversen." Sein stinkender Atem umhüllte mich. „Gar kein Unterschied." Seine Stimme klang jetzt leiser, war nicht viel mehr als ein bedrohliches Flüstern. „Da kann ich es doch auch gleich tun. Dann bin ich wenigstens das, was Melanie denkt."

Mir war klar, was Justin damit meinte. Bevor das Adrenalin durch meinen Körper schoss, hatte ich nur noch einen Gedanken: Der Albtraum ist zurück.

Ich holte tief Luft und rammte meinen Kopf nach vorn, schnell und fest. In Filmen hatte ich das x-mal gesehen. Hoffentlich funktionierte es auch im wirklichen Leben.

Und tatsächlich. Es funktionierte – und es tat weh. Ich stolperte und staunte über die Wucht, mit der unsere Köpfe zusammengestoßen waren. Ich war allerdings zu klein, um Justins Nase zu treffen, sodass meine Stirn nur sein Kinn getroffen hatte.

Trotzdem lockerte sich für einen Moment sein Griff um meinen Arm. Also nützte ich die Chance und rannte los, verfolgt von seinen Flüchen. Leider blockierte er den Eingang, und ich wollte ihm nicht zu nahe kommen. Wenn er mich noch einmal zu fassen bekam, war alles vorbei. Justin war viel stärker als ich und mindestens doppelt so schwer. Mein Plan war deshalb, abzuhauen und mich zu verstecken. Zu warten, bis er von der Tür verschwunden war. Dann konnte ich fliehen.

Mein großer Vorteil war, dass ich mich hier auch im Dunkeln bestens auskannte. Lautlos rannte ich durch das Atelier zu einer großen Leinwand, hinter der ich mich versteckte. Mit hämmerndem Herzen. Ich holte tief Luft und wartete. Und lauschte.

Justin lachte. „Wo hast du diesen Superkampftrick denn gelernt?“ Er stieß gegen einen Tisch, sodass das Material, das darauf stand, laut klapperte. „Ich bin gespannt, was du noch so draufhast!“

Seine Stimme kam näher. Er war jetzt etwa in der Mitte des Raums. Ich ging in die Hocke und versuchte, die Entfernung zur Eingangstür abzuschätzen.

„Ohne dich wäre ich jetzt auf Martinique und würde mit meiner Frau am Strand liegen.“ Ich schlich los, während er weitersprach. „Und der Job, den mir ihr Vater in Aussicht gestellt hatte, würde nach unserer Rückkehr auf mich warten. Aber der ist jetzt auch weg. Danke, Emerson.“

Ich dachte kurz daran, mich auf eine Diskussion mit ihm einzulassen. Aber den Gedanken verwarf ich schnell wieder. Er würde mir sowieso nicht verzeihen. Er war betrunken, und er hatte nichts mehr zu verlieren.

„Warum kommst du nicht raus, damit wir die Sache aus der Welt schaffen können? Komm schon, rede mit mir.“

Ich hatte es fast bis zur Tür geschafft. Nur noch wenige Schritte.

Da klingelte plötzlich mein Handy. Der Klingelton hallte laut und schrill durch den großen leeren Raum. Panisch suchte ich meine Taschen ab, um es auszuschalten.

Ich spürte seine Schritte auf mich zukommen. Getrieben von meiner Angst ließ ich das Telefon fallen und sprintete los in Richtung der rettenden Tür, wobei ich mich zwischen zwei Staffeleien duckte. Justin riss sie einfach um.

Er packte mich. Ich flog durch die Luft und landete auf einem Tisch. Mein Rücken wurde feucht, und ich wusste, dass ich auf einem frisch gemalten Bild lag.

Es war ein wilder Kampf. Seine Hände zerrten an meinen Kleidern, und ich wehrte mich nach Kräften. Kratzte und boxte ihn. Schon krallten sich seine Finger in den Bund meiner Leggings. Hektisch suchte ich nach etwas auf dem Tisch, womit ich mich wehren konnte. Da war etwas, das sich bekannt anfühlte. Keine Woche verging, ohne dass ich so ein Ding in der Hand hielt. Ich griff es mir, ohne lange nachzudenken, drehte es in der Hand um und rammte ihm das spitze Ende in die Brust.

Justin schrie. Ich hatte keine Ahnung, wie stark er verletzt war – jedenfalls jaulte er noch einmal auf und rolle dann herunter von mir. Keuchend sprang ich vom Tisch und wich nach hinten in die Dunkelheit aus. Ich konnte mich kaum auf den Beinen halten.

Dann wurde es plötzlich taghell. Jemand hielt mich fest, und ich fing an zu schreien, wehrte mich in wilder Panik.

„Em! Emerson! Ich bin's!“

Ich strich mir das Haar aus dem Gesicht und sah Shaw an, als würde ich ihn nicht erkennen. „Shaw?“ Ich wollte ihn fragen, woher er wusste, dass ich hier war, aber dann fiel mir ein, dass ich ihm ja die SMS geschrieben hatte. Mit unterdrücktem Schluchzen warf ich mich in seine Arme und drückte mich an ihn.

Er erwiderte meine Umarmung, hielt mit einer Hand meinen Kopf, mit der anderen streichelte er meinen Rücken. „Emerson!“ Dann ließ er mich los und musterte mich von oben bis unten. „Du bist ja verletzt!“

Ich zuckte zusammen, sowie er mir über die aufgerissene Haut meiner Wange strich. „Es geht mir gut.“

Er sah mir über die Schulter, und seine Augen verengten sich zu zwei schmalen Schlitzen, als er meinen Stiefbruder erkannte. „Hat er etwa …?"

„Nein." Ich schüttelte den Kopf, und mir wurde schlecht.

Hinter uns gab Justin ein Stöhnen von sich. Ich drehte mich um und begutachtete mein Werk. Der lange Pinsel steckte immer noch in seiner Brust, gleich oberhalb des V-Ausschnitts seines Pullovers, unterhalb des Schlüsselbeins. Keine tödliche Wunde, aber sicher schmerzhaft. „Du wolltest mich erstechen!"

„Du kannst froh sein, dass sie es nicht getan hat", mischte Shaw sich ein, während er sein Handy hervorholte und eine Nummer eintippte. Ich hörte, wie er mit jemandem aus der Notrufzentrale sprach, während ich meinen Stiefbruder neugierig betrachtete.

„Du kannst mir nicht wehtun. Nie mehr wieder", murmelte ich.

In diesem Moment wurde mir klar, dass ich es gewesen war, die es ihm die ganze Zeit gestattet hatte, mir wehzutun. Über all die Jahre. Ihm und Mom. Ich hatte mich durch sie davon abhalten lassen, ein glückliches und freies Leben zu führen.

Justin keuchte, Schweiß glitzerte auf seiner Stirn, und seine Miene war verzerrt vor Schmerzen. Er starrte mich an. „Verdammt, das tut weh, Emerson. Ruf den Notarzt. Bitte! Es tut mir leid! Bitte!"

Shaw kam wieder zu mir und legte einen Arm um mich. Er sprach mit sanfter Stimme, als könnte ich zerbrechen. „Ein Rettungswagen ist unterwegs. Und die Polizei auch. Die werden sicher mit dir reden wollen." Er sah mich forschend an. „Sie bringen dich wahrscheinlich ins Krankenhaus."

Ich nickte.

„Und was ist mit mir?", jammerte Justin.

Alle Sanftheit wich aus Shaws Stimme. „Dich bringen sie auch ins Krankenhaus, du Arschloch. Nachdem sie dich festgenommen haben."

Justin ließ den Kopf sinken, vor sich hin wimmernd, eine Hand an dem Pinsel, der in seiner Brust steckte. „Bitte nicht. Ich ringe mit dem Tod. Ist das nicht Strafe genug?"

Shaws Blick war hart und verächtlich. „Das ist nur eine Fleischwunde, du Pussy." Er kniete sich neben meinen Stiefbruder und drückte auf den Pinsel, sodass Justin aufschrie. „Eigentlich müsste man dir das Ding noch viel tiefer reinstecken!" Shaw sah mich an, und dabei wurde sein Blick wieder zärtlich. „Em ist ein guter Mensch. Ich hätte es getan. Wenn ich dabei gewesen wäre, als du sie angegriffen hast, hätte ich dich umgebracht."

Justin riss die Augen auf und schüttelte wild den Kopf, dann fing er wieder an zu jammern. Diesmal aber nicht vor Schmerz, sondern vor Angst.

Shaw sprach weiter. „Genau das hast du verdient. Und ich verspreche dir eins: Wenn du dich ihr noch einmal näherst, bringe ich dich um."

„Es tut mir leid, Mann." Justin schaute mich an. „Emerson, es tut mir so leid. Ich werde dich von jetzt an in Ruhe lassen. Du wirst mich nie wieder sehen. Ich schwöre."

Shaw erhob sich und nahm meine Hand. Seine Finger schlossen sich warm um meine. „Bist du in Ordnung?"

Es war vorbei. Nach all den Jahren, in denen ich nur vor mich hingelebt hatte, ohne wirklich zu existieren. Ich hatte mich vor mir selbst und allen anderen versteckt, die Welt nur aus der Ferne wahrgenommen, ohne hinauszutreten, um sie zu erleben.

Und Shaw wusste das. Er hatte es mir angesehen.

Ich drückte seine Hand. „Ich will nur noch nach Hause." Dann ließ ich mich an ihn sinken und mich von ihm festhalten. Ich war bereit für die Welt.

21. KAPITEL

Es war nach zwei Uhr am Morgen, als ich aus dem Krankenhaus entlassen wurde.

Ich musste mich untersuchen lassen. Es wurden Fotos gemacht, und jede noch so kleine Wunde wurde dokumentiert. Der Polizist, der meine Aussage aufgenommen und die ganze Nacht bei mir im Krankenhaus geblieben war, brachte uns nun auch zum Parkplatz.

Ich setzte mich auf den Rücksitz, Shaw neben mich. Er schlang seinen Arm um mich und hielt mich fest. Ich atmete tief ein. Erst jetzt wurde mir klar, dass ich die ganze Zeit die Luft angehalten hatte. Wir hatten den Parkplatz noch nicht verlassen, als mein Kopf schon auf Shaws Schulter sank.

Er war im Krankenhaus nicht von meiner Seite gewichen und hatte meine Hand gehalten, als würde er sie nie mehr loslassen wollen. Nur als der Arzt mich untersuchte, hatte er das Zimmer verlassen, um auf meinen Wunsch hin Georgia und Pepper darüber zu informieren, was vorgefallen war. Zum Glück hatte er die beiden etwas beruhigen und ihnen klarmachen können, dass sie nicht ins Krankenhaus kommen mussten. Ich hatte ebenfalls kurz mit meinen Freundinnen gesprochen und ihnen erklärt, dass es mir gut ging. Peppers Stimme hatte verdächtig geschwankt. Sie war kurz davor gewesen, laut loszuheulen – wegen allem, was passiert war.

„Danke", murmelte ich und kuschelte mich in den Sitz. „Für alles."

„Sag das nicht. Ich …"

„Was?", wollte ich wissen. Ich flüsterte, damit der Polizist nicht mitbekam, worüber wir sprachen.

„Ich hätte früher da sein müssen. Ich habe im Schuppen gearbeitet und mein Handy dummerweise im Haus gelassen.

Kaum hatte ich deine Nachricht gelesen, habe ich mich auf den Weg gemacht."

Ich lächelte erschöpft und spielte mit seinen Fingern, die auf meinem Oberschenkel lagen. Er machte sich Gedanken, weil er zu spät zu meiner Rettung gekommen war.

„Du warst in dem Moment da, in dem ich dich gebraucht habe." Ich gähnte und lehnte mich an ihn.

„Aber nicht heute Abend", murmelte er. „Da hast du dich selbst gerettet."

Ich lächelte immer noch, während mir die Augen zufielen. „Ja, das hab ich wohl."

Ich erwachte vom Geruch nach Kaffee und Spiegelei. Mein Magen knurrte. Blinzelnd rieb ich mir die Augen. Die Nachos von gestern waren lange her. Ich trug eins von Shaws T-Shirts, wobei ich mich nicht daran erinnern konnte, dass ich mich überhaupt ausgezogen hatte. Ich musste todmüde gewesen sein.

Ich setzte mich auf und sah mich um. Shaw rumorte in der Küche. Er trug nur seine Pyjamahose, die ihm tief auf den Hüften saß. Ich bewunderte seinen durchtrainierten, schlanken Körper und seine geschmeidigen Bewegungen. Sein dunkles Haar stand wild vom Kopf ab. Er wirkte stark und männlich. Und er gehörte mir. Er war mein Mann. Ich musste lächeln.

Er bewegte sich flink zwischen Herd und Arbeitsfläche. Ließ Speck und Eier auf zwei Teller gleiten. Schaltete den Herd aus. Zwei Scheiben Brot sprangen aus dem Toaster, und er verbrannte sich die Finger und unterdrückte einen Fluch, als er die Scheiben auf die Teller legte. Dann kam er damit rüber zum Bett.

Seine Augen leuchteten auf, sowie er mich bemerkte. „Hey, du bist wach."

„Wie könnte ich bei diesem köstlichen Aroma weiterschlafen?“

Grinsend setzte er sich aufs Bett, die Teller in der Hand. „Stimmt auch wieder.“

Ich nahm ihm einen Teller ab. „Na siehst du.“ Ich steckte mir einen Speckstreifen in den Mund. „Das ist jetzt ein Déjà-vu“, stellte ich fest und zog kurz an meinem T-Shirt. Nur mit dem einen Unterschied, dass ich deswegen diesmal nicht verlegen war. „Ich schätze mal, du hast mich ausgezogen?“

„Du bist schon im Auto eingeschlafen.“

Genüsslich verspeiste ich einen großen Bissen Toast. „Ich hatte keinen Schimmer, dass wir zu dir fahren.“

„Ich wollte dich bei mir behalten.“ Er schaute mich an, wollte wissen, welche Reaktion seine Worte bei mir auslösten. „Das kannst du mir nach letzter Nacht nicht verdenken.“ Plötzlich hatte ich ein Bild vor Augen – Shaw wachte über mich, während ich schlief. Ich steckte mir eine Haarsträhne hinters Ohr. Igitt! Das fühlte sich nicht gut an. Ganz sicher sah ich schrecklich aus. Meine Wange schmerzte, und alles tat mir weh.

„Ich muss dringend unter die Dusche“, stellte ich fest und betastete mit einer Hand mein verkrustetes Haar, während ich mir mit der anderen noch ein Stück Speck in den Mund schob. Kauend deutete ich auf meinen vollen Teller. „Aber ich darf erst aufessen, oder? Das ist *so* lecker!“

„Ja klar. Iss bitte auf. Die Dusche hat Zeit.“ Er wackelte mit den Augenbrauen. „Ich bin dir dann auch gerne behilflich.“

Ich erwiderte sein herausforderndes Grinsen mit einem matten Lächeln. „Ach ja? Das ist aber nett von dir. Und so selbstlos.“

„So bin ich nun mal. Und außerdem steh ich auf dich. Sehr sogar.“ Er streichelte meine Wange. Das Spielerische in seinen

Augen verschwand, und das, was übrig blieb, sorgte dafür, dass meine Brust sich zuschnürte. „Gewöhn dich dran."

Mein Lächeln erstarb, und plötzlich war die Atmosphäre angespannt. Er ließ die Hand sinken. Ich befeuchtete meine Lippen, denn ich wusste, ich musste etwas sagen. „Es tut mir leid, dass ich dich neulich einfach hab stehen lassen ..."

„Nein, ich muss mich entschuldigen. Ich hatte kein Recht, einfach auf dieser Feier aufzutauchen. Du wolltest mich nicht dabeihaben, das hätte ich respektieren müssen."

Ich betrachtete meinen Teller und spießte ein Stückchen Ei auf. „Vielleicht. Aber trotzdem hattest du recht. Mit allem, was du über mich gesagt hast. Ich hatte Angst. Ich hatte immer Angst. Davor, dass mir jemand zu nahe kommen will. Dass ich es zulasse, dass jemand sich mir nähert. Vor allem du. Oh Gott! Du ..." Ich hob den Blick und sagte heiser: „Du hast mich so erschreckt."

Er verzog schmerzvoll das Gesicht und beugte sich nach vorn, als wollte er mich festhalten, aber er hielt sich zurück. Stattdessen ballte er die Hände zu Fäusten und öffnete sie wieder.

„Und der Grund, warum du mich so erschreckt hast", fuhr ich fort und zwang mich dazu, es ihm zu erklären, „war, dass du mir nicht gleichgültig bist. Ich wusste, dass ich mich in dich verlieben würde – und das hat mich geängstigt. Es macht mir immer noch Angst." Und das würde sich auch niemals ändern.

Wie Georgia gesagt hatte. *Liebe macht Angst.* Das gehörte dazu. Immer. Denn man war sich darüber bewusst, dass es jederzeit zu Ende sein konnte. Und doch wollte ich es. Ich wollte lieben, selbst wenn ich über die Liebe keine Kontrolle hatte. Ich wollte die Liebe. Und ich wollte Shaw.

Bei meinem Geständnis entspannte sich seine Miene etwas. Er richtete den Blick auf seine geballten Fäuste. „Ich bin zu schnell. Das war schon immer mein Problem. Das hätte ich damals von Adam lernen können. Ich war immer der Anführer, ich brachte ihn auch dazu, sich zusammen mit mir zu verpflichten. Ich habe einfach die Verantwortung übernommen, alle Entscheidungen für uns beide getroffen. Aber mit dir will ich das nicht."

Ich legte meine Hand auf seine Fäuste. „Du hast Adam nicht gezwungen, etwas zu tun, das er nicht tun wollte. Und glaub mir, meine Entscheidungen lasse ich mir auch von niemandem abnehmen. Dazu bin ich viel zu eigensinnig."

Laut seufzte er. „Ich habe dich herumkommandiert, weil ich dachte, das wäre das Richtige für dich." Er fuhr sich mit der Hand durchs Haar. „Und dann ging ich auf diesen Justin los, weil ich ihn am liebsten in Stücke gerissen hätte. Ich war so wütend in diesem Moment. Mir war ganz egal, was du wolltest." Er schüttelte den Kopf. Dabei sah er so verzweifelt aus, dass ich ihn am liebsten an mich gedrückt und getröstet hätte. „Ich bin ausgerastet. Ganz egal, welche Konsequenzen mein Handeln für dich haben würde."

Da küsste ich ihn und vergrub meine Finger in seinem Haar. Meine Zunge glitt in seinen Mund, und er zog mich stöhnend an sich.

„Lieb mich einfach", flüsterte ich.

Er hielt kurz inne, dann drückte er mich keuchend an sich.

Ich ließ ihn los, umschloss sein Gesicht mit den Händen und ließ die Worte auf uns beide wirken. Mit klopfendem Herzen wartete ich auf seine Antwort, versuchte, sie in seinen braunen Augen zu finden.

Er blickte mich nur an, sagte allerdings nichts. Und tat auch nichts.

Die Zeit schien stillzustehen, und ich fragte mich langsam, ob er mich überhaupt gehört hatte.

„Sag was“, bat ich ihn leise.

Endlich sprach er. Zögernd, die Hände verkrampft auf meinem Rücken. „Wiederhol das noch mal. Damit ich mir sicher bin, dass das wahr ist und kein Traum.“

„Lieb mich. Bitte.“ Ich holte tief Luft und schüttelte dann heftig den Kopf. Jetzt war es geschehen. Da konnte ich ihm das andere auch noch sagen. „So, wie ich dich liebe, Shaw. Denn das tue ich.“ Ich küsste ihn. „Ich liebe dich.“ Noch ein Kuss. „Ich liebe dich.“ Ich küsste ihn weiter, und jedes Mal sagte ich dazwischen: „Ich liebe dich.“

Da zog er mich in seine Arme – trotz der Tatsache, dass unsere Frühstücksteller noch immer zwischen uns standen. Er bedeckte meine Lippen mit Küssen, bis ich keine Luft mehr kriegte. Doch ich erwiderte seine Küsse genauso gierig. Atmen war so was von überbewertet. Wenn es Küsse gab, wer brauchte da schon Luft?

„Ich liebe dich“, flüsterte ich wieder und wieder. In meinen Augen standen Tränen. Er schob mir eine Haarsträhne aus dem Gesicht und schaute mich an. Unsere Nasenspitzen berührten sich. Er wischte mir die Tränen weg.

„Nicht weinen, Baby. Ich liebe dich auch. Ich liebe dich, Emerson.“ Er sprach die Worte ganz langsam aus, als würde er sie schmecken und genießen. Vielleicht wollte er auch, dass ich sie wirklich tief in mir aufnahm. Damit ich sie genauso deutlich spürte wie seine Hand auf meinem Gesicht, seine Lippen auf meinem Mund, seinen Herzschlag an meiner Brust.

Damit ich ihm glaubte. An ihn glaubte.

Und das tat ich. Ich fühlte seine Worte, und ich glaubte sie.

Ich glaubte an *uns*.

22. KAPITEL

Drei Monate später …

Nervös trat ich in meinen High Heels von einem Bein auf das andere. Ich stand vor „Ein Wintermorgen“ in einem Saal voller Menschen. Stimmengewirr erfüllte die Luft, man hörte Gläser klirren und leises Gelächter. Zwei meiner Bilder wurden in der bekannten Galerie in Boston auf einer Ausstellung gezeigt, und ich hatte mich vor meinem Lieblingsbild postiert – natürlich das Bild, das Shaw zeigte.

Lächelnd tauschte ich ein paar Sätze mit zwei älteren Frauen aus, die mein Werk bewunderten, und beantwortete geduldig ihre Fragen.

Als sie weitergingen, streifte mein Blick meinen Vater, der sich gerade angeregt mit der Galeristin unterhielt. Als ich ihn eingeladen hatte, war ich nicht davon ausgegangen, dass er kommen würde. Was mich allerdings noch mehr erstaunte als seine Anwesenheit heute Abend war die Tatsache, dass er beeindruckt zu sein schien – wenn nicht sogar stolz auf mich. Dieser Eindruck verschaffte mir ein ungekanntes Gefühl von Leichtigkeit, Unbeschwertheit. Und trotzdem war ich nicht auf sein Urteil angewiesen. Ich freute mich, dass er da war, aber ich brauchte seine Anerkennung nicht für mein Selbstwertgefühl. Und auch nicht die Anerkennung meiner Mutter.

„Hey, Schöne.“

Ich schrak zusammen und lächelte Shaw an, der neben mich trat und mir den Arm um die Taille legte.

Ich lehnte mich an ihn und genoss es, seinen Körper zu spüren. „Hey, du.“

Ich sah ihn an und wusste, dass er in meinen Augen lesen konnte, was ich für ihn empfand. Seit ich am Morgen nach Justins Attacke in seinem Bett aufgewacht war, ließ ich meine Gefühle zu. Ich liebte Shaw und machte kein Geheimnis mehr daraus. Diese Liebe war in jedem Wort, das ich sagte. Sie war in allem, was ich tat. Inzwischen waren Shaw und ich genauso schlimm wie Pepper und Reece. Ich korrigiere mich: genauso gut wie Pepper und Reece. Unzertrennlich und immer zusammen, außer wir mussten zur Arbeit beziehungsweise in die Vorlesung.

In der Tat verbrachten wir viel Zeit damit, uns gegenseitig die Kleider vom Leib zu reißen, bei ihm zu Hause oder in meinem Wohnheimzimmer. Meistens natürlich bei ihm. Wir bekamen nie genug voneinander, aber wir verbrachten auch viel Zeit zusammen in seiner Werkstatt. Dort arbeiteten wir gemeinsam, waren kreativ. Shaw brachte mir die Airbrush-Technik bei und schleppte immer neue Metallteile an, an denen ich meine Kunst verbessern konnte. Es war äußerst befriedigend, Seite an Seite mit ihm zu arbeiten, ein gemeinsames Ziel zu verfolgen.

Shaw plante, im Herbst seine eigene Werkstatt zu eröffnen. Den geeigneten Ort dafür hatte er bereits gefunden, und ich hoffte, bis dahin so weit zu sein, dass ich ihm beim Airbrushen der Motorräder helfen konnte. Shaw behauptete zwar, ich wäre schon besser als die meisten Profis, mit denen er bisher zusammengearbeitet hatte, aber ich wollte trotzdem noch mehr Erfahrung sammeln. Ich wollte ein echter Gewinn für seine Werkstatt sein. *Unsere* Werkstatt. Shaw bestand darauf, dass das unser gemeinsames Projekt war – falls ich das wollte. Und das tat ich.

Ich bekam eine Gänsehaut, als er sich zu mir herunterbeugte und mir ins Ohr flüsterte: „Wenn du nicht aufhörst, mich so anzusehen, suche ich uns ein ungestörtes Plätzchen, wo ich dir dein kleines Schwarzes hochschieben kann."

„Hallo, Leute! Tut uns leid, dass wir so spät dran sind. Aber wir konnten hier in der Gegend einfach keinen Parkplatz finden."

Ertappt hob ich den Kopf und erblickte Suzanne, Pepper und Reece. Während ich die Mädels zur Begrüßung umarmte, tauschten Reece und Shaw einen Handschlag aus.

„Vielen Dank, dass ihr da seid!"

Pepper und Suzanne stellten sich vor mein Werk und betrachteten es.

„Das können wir uns doch nicht entgehen lassen. Wie aufregend ist das denn!" Pepper drückte mir die Hände.

Bewundernd schüttelte Suzanne den Kopf. Sie stand genau vor meinem Bild. „Wow, Emerson! Das ist super! Du bist echt gut!"

„Danke." Ich sah mich um. „Wo ist denn Georgia?"

Pepper und Suzanne tauschten einen Blick aus. „Hast du nichts von ihr gehört?"

Ich runzelte die Stirn. „Nein."

„Wir haben sie seit heute Morgen nicht gesehen, und auf SMS antwortet sie nicht."

„Hm." Ich schaute die beiden an. „Hoffentlich ist nichts passiert."

Pepper zuckte die Achseln. „Ich weiß genau, dass sie kommen wollte."

„Vielleicht ist sie im …" Suzanne unterbrach sich mit bedeutungsschwerer Stimme und zog die Augenbrauen hoch.

„Na ja, sie ist ja schon groß. Macht euch keine Sorgen um sie", mischte sich Reece in unsere Unterhaltung ein. Er winkte einen Kellner herbei, der mit einem Tablett voller Champagnergläser herumging. „Lasst uns anstoßen."

Alle nahmen sich ein Glas und erhoben es.

„Auf Emerson“, meinte Shaw. „Sie ist genauso begabt und kreativ, wie sie schön ist. Von innen und außen.“

Beifälliges Gemurmel von den anderen. Mir wurde ganz heiß.

Shaw drückte mir einen Kuss auf die Lippen. „Und ich liebe sie.“

Die Gläser klirrten, als wir alle miteinander anstießen. Ich schaute meine Freundinnen an, dann wieder Shaw und hatte Schmetterlinge im Bauch. Das Leben war schön.

Er griff nach meiner Hand. „Bist du glücklich?“, fragte er mich.

Ich lächelte, plötzlich sehr gerührt. „Glücklicher, als ich es mir je vorstellen konnte.“

Wieder küsste er mich und raunte dann: „Gewöhn dich lieber schnell daran. Das ist nämlich erst der Anfang!“

– ENDE –

Lesen Sie auch von Sophie Jordan:

Deutsche Erstveröffentlichung

Sophie Jordan
Foreplay –
Vorspiel zum Glück

Die 19-jährige Pepper ist seit Ewigkeiten in den Bruder ihrer besten Freundin verliebt. Sie weiß einfach, dass er ihr Mr. Right ist.

Band-Nr. 25831
9,99 € (D)
ISBN: 978-3-95649-172-6
eBook: 978-3-95649-531-1
304 Seiten

Ab Januar 2016

Sophie Jordan
Wild –
Atemlos vor Glück

Georgia hat genug davon, immer nur die brave Vorzeigestudentin zu sein. Höchste Zeit für einen Imagewechsel!

Band-Nr. 25896
9,99 € (D)
ISBN: 978-3-95649-263-1
eBook: 978-3-95649-511-3

Chelsea M. Cameron
My sweetest Escape:
Die schönste Zeit meines Lebens

Noch vor wenigen Monaten führte Joscelyn Archer das perfekte Teenagerleben. Dann kam dieser Abend, an dem ihre Welt zerbrach. Seitdem ist ihr alles egal. Niemals wird sie wieder das Mädchen werden, das sie einst war. Doch Campus-Bad-Boy Dusty scheint aus irgendeinem Grund entschlossen, sie aus ihrem Schneckenhaus herauszulocken …

Band-Nr. 25811
9,99 € (D)
ISBN: 978-3-95649-102-3
eBook: 978-3-95649-393-5
352 Seiten

Chelsea M. Cameron
My favorite Mistake:
Der schönste Fehler meines Lebens

Taylor Caldwell weiß nicht, was sie von ihrem neuen Mitbewohner halten soll. Auf der einen Seite hat Hunter Zaccadelli diese unglaublichen blauen Augen, mit denen er direkt in ihre Seele zu schauen scheint. Auf der anderen Seite ist er ein tätowierter, Gitarre spielender Bad Boy, der etwas verheimlicht. Doch wer ist Taylor, ihm das vorzuwerfen? Sie selber hält ihre Vergangenheit unter Verschluss.

Band-Nr. 25749
9,99 € (D)
ISBN: 978-3-95649-014-9
eBook: 978-3-95649-317-1
416 Seiten

Deutsche Erstveröffentlichung

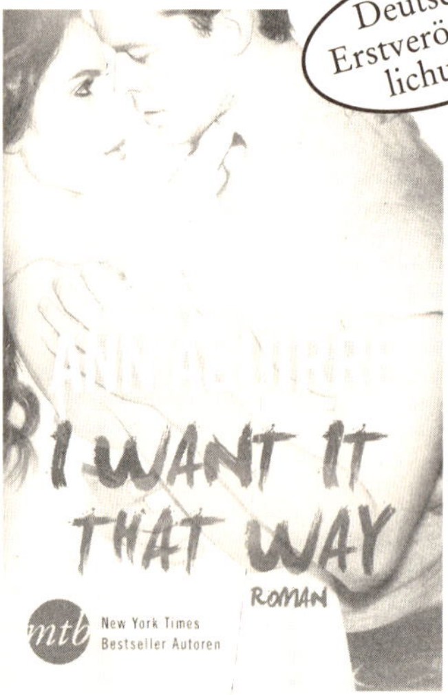

Band-Nr. 25859
9,99 € (D)
ISBN: 978-3-95649-209-9
eBook: 978-3-95649-465-9
352 Seiten

Ann Aguirre
I want it that way

Liebe? Dafür hat Nadia gerade überhaupt keinen Kopf. Die ehrgeizige Studentin verfolgt so zielbewusst ihren Weg, dass zwischen College und Job jeder Flirt auf der Strecke bleibt. Doch dann zieht sie mit ihrer WG um – und trifft diesen wortkargen, aber unwiderstehlichen Typen aus dem Erdgeschoss. Ty, der seinen kleinen Sohn allein großzieht, macht keinen Hehl daraus, dass auch ihm komplizierte Gefühle derzeit nicht in den Kram passen. Dennoch verbindet die beiden etwas, das so viel tiefer als eine normale Freundschaft geht. Und Nadia wird klar: Das Leben hat seine eigenen Pläne …